MISTERIO en la
·PROVENZA·

MISTERIO en la PROVENZA

·VIVIAN CONROY·

Cualquier forma de reproducción, distribución, comunicación pública o transformación de esta obra solo puede ser realizada con la autorización de sus titulares, salvo excepción prevista por la ley. Diríjase a CEDRO si necesita reproducir algún fragmento de esta obra.
www.conlicencia.com - Tels.: 91 702 19 70 / 93 272 04 47

Editado por HarperCollins Ibérica, S. A.
Avenida de Burgos, 8B - Planta 18
28036 Madrid

Misterio en la Provenza
Título original: Mystery in Provence (Miss Ashford Investigates, Book 1)
© 2022 Vivian Conroy
© 2023, para esta edición HarperCollins Ibérica, S. A.
Publicado por One More Chapter, una división de HarperCollins Publishers Ltd, UK
© De la traducción del inglés, HarperCollins Ibérica, S. A.

Todos los derechos están reservados, incluidos los de reproducción total o parcial en cualquier formato o soporte.
Esta edición ha sido publicada con autorización de HarperCollins Publishers Limited, UK.
Esta es una obra de ficción. Nombres, caracteres, lugares y situaciones son producto de la imaginación del autor o son utilizados ficticiamente, y cualquier parecido con personas, vivas o muertas, establecimientos comerciales, hechos o situaciones son pura coincidencia.

Diseño de cubierta: CalderónSTUDIO®
Imágenes de cubierta: Dreamstime.com

ISBN: 978-84-10021-01-3
Depósito legal: M-28938-2023

MISTERIO en la PROVENZA

·VIVIAN CONROY·

Cualquier forma de reproducción, distribución, comunicación pública o transformación de esta obra solo puede ser realizada con la autorización de sus titulares, salvo excepción prevista por la ley. Diríjase a CEDRO si necesita reproducir algún fragmento de esta obra.
www.conlicencia.com - Tels.: 91 702 19 70 / 93 272 04 47

Editado por HarperCollins Ibérica, S. A.
Avenida de Burgos, 8B - Planta 18
28036 Madrid

Misterio en la Provenza
Título original: Mystery in Provence (Miss Ashford Investigates, Book 1)
© 2022 Vivian Conroy
© 2023, para esta edición HarperCollins Ibérica, S. A.
Publicado por One More Chapter, una división de HarperCollins Publishers Ltd, UK
© De la traducción del inglés, HarperCollins Ibérica, S. A.

Todos los derechos están reservados, incluidos los de reproducción total o parcial en cualquier formato o soporte.
Esta edición ha sido publicada con autorización de HarperCollins Publishers Limited, UK.
Esta es una obra de ficción. Nombres, caracteres, lugares y situaciones son producto de la imaginación del autor o son utilizados ficticiamente, y cualquier parecido con personas, vivas o muertas, establecimientos comerciales, hechos o situaciones son pura coincidencia.

Diseño de cubierta: CalderónSTUDIO®
Imágenes de cubierta: Dreamstime.com

ISBN: 978-84-10021-01-3
Depósito legal: M-28938-2023

1

Junio de 1930

Cuando Miss Atalanta Ashford recibió la noticia que le cambiaría la vida para siempre, subía por el sendero rocoso hacia las ruinas de un antiguo burgo suizo fantaseando con que aquellos restos grises y pedregosos eran las columnas de mármol blanco del Partenón.

Su vívida imaginación consiguió aislar el tintineo de los cencerros de las ovejas que pastaban en las laderas circundantes y lo sustituyó por el murmullo de las voces de los turistas, que hablaban todos los idiomas del mundo. A su lado se imaginaba a jóvenes ansiosos a los que contaba todo sobre la mitología griega, y, a pocos metros, a un apuesto hombre de intrigantes y profundos ojos marrones que caminaba mientras lanzaba miradas interesadas en su dirección al tiempo que ella explicaba el mito de la hidra de Lerna.

Él la invitaría más tarde a probar *baklava* sentados a una mesa bajo un gran árbol ancestral en un patio sombreado mientras un músico arrancaba notas melancólicas de su mandolina. «Pocas veces he oído —diría su admirador masculino— a alguien hablar de un monstruo de varias cabezas con tanta pasión, Miss Ashford».

—¡Miss Ashford!

Una voz se hizo eco de las palabras de su imaginación, pero no era masculina ni admirativa. Era femenina, joven y muy impaciente.

Atalanta detuvo su travesía ascendente y se volvió despacio para mirar por encima del hombro. Al pie del empinado sendero, una de sus alumnas más jóvenes agitaba un objeto blanco en la mano.

—¡Miss Ashford! Una carta para usted. Parece sumamente importante.

Atalanta suspiró mientras renunciaba a la resplandeciente vista del Partenón a sus espaldas y se encaminaba, con dificultad, por la senda de su vida real. Lo había hecho muchas veces, aunque siempre con el agudo pesar de que las fantasías que la hacían tan feliz no eran más que eso: ensoñaciones.

Pero también renovaba a cada paso su determinación de ver algún día Atenas, Creta o Estambul. Ahora que por fin había saldado las deudas de su padre, podía ahorrar dinero para sus viajes.

Ojalá la carta no fuera de otro acreedor que hubiera llegado hasta ella a través de los otros que habían cobrado. Había tardado años en arreglar las cosas para poder, al fin, ser independiente. Quería disfrutar de esa libertad. Era cierto que sus vacaciones de ese año no serían más que un breve viaje a un valle cercano, pero sería el primer dinero que podría gastarse en ella misma desde que había enterrado a su padre. Ahora estaba sola en el mundo y se debatía entre dos opciones: huir de la responsabilidad o pagar las deudas, por mucho tiempo que le supusiera, y así empezar de cero. La idea de que otro acreedor más pudiera arrebatarle ese dinero le partía el corazón.

—Parece que hay un escudo en el sobre —dijo la chica estudiando el objeto que tenía en la mano—. Quizá sea de un duque o un conde.

Atalanta sonrió involuntariamente.

Le gustaba que la gente esperara que los vientos del cambio soplaran a través de las telarañas de su existencia cotidiana. Sin embargo, era muy poco probable que un duque o un conde le escribieran. Su padre procedía de una familia aristocrática, pero había roto todos los lazos con ellos para forjar su propio camino en la vida. Había deseado enormemente conseguir algo, hacerse un nombre lejos de su derecho de nacimiento. Su objetivo había sido demostrarle a su padre que podía ser algo más que el mero heredero de un título, más que un hombre esperando entre bastidores para ocupar su lugar en la fila de antepasados de su árbol genealógico.

La tristeza la invadió. Su padre había muerto sintiendo que había fallado. No a sí mismo, sino a ella, a su única hija.

«Ojalá pudiera saber lo bien que me ha salido todo».

Tragó saliva rápidamente y volvió a centrar su atención en su alumna. Frunció el ceño.

—¿Por qué sigues aquí, Dotty? ¿No debería haberte recogido ya el chófer de tu padre?

Dorothy Claybourne-Smythe era hija de un diplomático inglés que tenía una casa en Basilea. Pasaría allí las vacaciones de verano si la familia no decidía irse a su villa de la Toscana. Si Atalanta tenía suerte, Dorothy le enviaría una postal que alimentaría aún más sus fantasías sobre viajes al extranjero. Atesoraba álbumes enteros llenos de postales y fotos recortadas de periódicos con una promesa invisible escrita al lado: «Algún día veré estos lugares». Los álbumes eran su salvavidas cuando las cosas se ponían difíciles.

La expresión de Dorothy se endureció.

—No quiero ir a casa. —No sonaba rebelde, solo dolorosamente triste.

«Pobre chica». Atalanta bajó de un salto el gran peñasco que representaba los últimos metros, aterrizó junto a su alumna y rodeó con un brazo sus estrechos hombros durante un momento.

—No será para tanto.

—Lo será. Mi padre nunca tiene tiempo para mí y odio a mi madrastra. Hace comentarios acerca de todo, desde mi vestuario hasta mis pecas. Quiero a mi madre.

A Atalanta se le revolvieron las tripas. ¿Cómo podía decirle algo edificante a su alumna, cuya situación era similar a la suya? Al igual que Dorothy, Atalanta nunca había conocido a su madre. Desde su muerte prematura, solo habían estado su padre y ella, mecidos por las mareas de sus gastos, con épocas en las que el dinero abundaba y podían permitirse libros y ropa y postres, también meses en los que no tenían absolutamente nada y su padre la enviaba a abrir la puerta cuando llegaban los cobradores de deudas para que se apiadaran de una pobre niña con un vestido andrajoso.

Había aprendido rápido a leer la postura de estos cobradores, la mirada de sus ojos y a determinar si podía negociar con ellos para proporcionarle a su padre un poco más de tiempo, o si debía ofrecerles enseguida que se llevaran algún objeto de la casa a modo de pago.

Había mantenido la compostura mientras se llevaban las joyas de su madre. Solo cuando hubieron cerrado la puerta se permitió sollozar como un bebé. De su madre solo quedaban los recuerdos y la fotografía junto a la cama.

—Al menos tienes familia, un lugar al que llamar hogar —le dijo Atalanta a Dorothy en voz baja.

Un hogar estable en lugar de direcciones que cambian constantemente y una existencia que camina en la cuerda floja entre la esperanza de que esa vez sus circunstancias cambien a mejor y el miedo a que nunca salgan como su padre había pensado. En su entusiasmo, a menudo pasaba por alto los riesgos.

—¿Hogar? —Dorothy hizo una mueca—. A menudo siento que sobro. Todo gira alrededor de los chicos.

Los chicos eran los alborotadores gemelos que había tenido su madrastra. Sobre todo el mayor, heredero de la propiedad, al que nunca corregían ni castigaban por nada, según le había explicado Dorothy.

Atalanta no podía negar que la descendencia masculina, los herederos, importaba, y mucho, en cualquier familia acomodada. Sin embargo, no soportaba ver a su alumna tan abatida. Ser capaz de adaptarse constantemente a las nuevas circunstancias era una gran ventaja en la vida, así como comprender que no siempre puedes salirte con la tuya y que las situaciones desagradables pueden mejorar si cambias tu forma de verlas.

—Tendrás que idear un plan, entonces. —Atalanta apretó el hombro de Dorothy—. Cada vez que tu madrastra no sea amable contigo, imagínate en otro lugar.

—¿Dónde? —preguntó la chica bastante perpleja.

—Donde quieras. Un lugar sobre el que hayas leído, un lugar en el que hayas estado. Un lugar que te hayas inventado, todo a tu gusto —se entusiasmó Atalanta—. Puede ser tu castillo secreto en el que esconderte cuando el mundo te parezca un lugar solitario. Allí tienes todo lo que necesitas, incluso amigos. Eso es lo bonito de la imaginación: no tiene límites.

Dorothy parecía dudosa.

—¿De verdad funciona? Mis amigos están aquí y no pueden venir conmigo. No se me permite llevar ni a un amigo. Mi madrastra dice que hacemos demasiado ruido y que le da dolor de cabeza. Pero cuando los chicos gritan todo el día, no le duelen los oídos. Es tan injusto... —Suspiró y apoyó la cabeza en Atalanta—. Ojalá pudiera quedarme aquí contigo.

El simple gesto y las palabras provocaron que a Atalanta se le hiciera un nudo en la garganta. Tener una hermana menor así, sentir un vínculo inquebrantable... Pero el director del internado era muy estricto y los alumnos no debían entablar una relación demasiado estrecha con los profesores. Se desalentaba la emoción, se desaprobaba la empatía. Tenía que mantener las distancias, aunque no quisiera.

—Pero yo no voy a quedarme aquí. —Atalanta le sonrió con cariño para suavizar el golpe—. He encontrado un pueblecito en un valle remoto donde puedo escalar y explorar a mis anchas.

—Así que tampoco puedo escribirte —dijo Dorothy con expresión triste—. Tenía tantas ganas de escribirte cada vez que me sintiera triste o los chicos se burlaran de mí...

—Entonces escríbelo todo y finge que me lo envías.

De niña había escrito innumerables cartas a su madre en las que le contaba lo que había aprendido a tocar al piano o lo bonito que estaba el parque con los capullos en flor. Nunca había escrito acerca de los negocios de su padre ni sobre cuando se habían llevado las joyas. Eso solo habría entristecido a su madre.

Dorothy no parecía haberla oído.

—Pero de todos modos no podría haber escrito nada significativo —dijo frunciendo los labios—. Miss Collins lo habría leído. Ella abre los sobres con vapor y los vuelve a cerrar con pegamento, ya sabe.

—No es de buena educación decir esas cosas de otras personas. —«Aunque sean ciertas», añadió Atalanta para sí.

Miss Collins era su ama de llaves, su cartero y mucho más. Era amable con las niñas y una aliada cuando Atalanta tenía un proyecto educativo más peculiar, pero también era insaciablemente curiosa.

Atalanta cogió el sobre de la mano de Dorothy y estudió el reverso para ver si lo habían abierto, pero el remitente había tomado la precaución de lacrarlo con un sello antiguo de lacre rojo. Incluso había presionado su anillo en él. Sin embargo, no era un escudo, como Dorothy había sugerido; eran unas iniciales: una «I» y una «S» entrelazadas como enredaderas de un árbol viejo. ¿De quién serían?

Dio la vuelta al sobre y estudió el anverso, con el nombre y la dirección de la «Escuela Internacional para Señoritas de Buena Reputación».

Sin remitente. Vaya misterio.

—Dorothy Claybourne-Smythe.

El nombre debería haberse pronunciado con indignación, pero la falta de aliento de la oradora hizo que sonara más bien como una locomotora a la que se le hubiera acabado el vapor. Miss Collins se detuvo junto a ellas y puso sus tersas manos en las caderas.

—El chófer de tu padre ha llegado y te está esperando. ¿Por qué no has hecho la maleta? ¿Dónde está tu sombrero? No está bien ir por ahí con la cabeza descubierta. —Lanzó a Atalanta una mirada entre reprobatoria y divertida—. Eso va para usted también, Miss Ashford.

Atalanta levantó la mano que tenía libre para palparse la cabeza al darse cuenta de repente de que no llevaba sombrero.

—Sí, Miss Collins —murmuró obediente pensando que, si por algún milagro llegaba a entrar en el Partenón, sería imprescindible llevar un elegante sombrero para el sol.

Dorothy añadió:

—Adiós, Miss Ashford. Gracias por lo que me ha dicho. —Y echó a correr por el ancho sendero empedrado que llevaba de vuelta a la escuela.

Atalanta sintió el vacío donde la cabeza de la niña se había apoyado contra ella. Sus alumnas confiaban en ella, pero aquellos momentos maravillosos le recordaban con agudeza que ella misma no tenía a nadie a quien recurrir. Que tenía que valerse por sí misma.

Miss Collins permaneció en su posición, mirando con curiosidad la carta en la mano de Atalanta.

—No sabía que hubiera venido el cartero.

Al parecer, Dorothy, dando vueltas para evitar al chófer de su padre todo el tiempo que pudo, había conseguido hacerse con la carta antes de que la jefa de correos se percatara de su llegada.

—Me llegó sin problemas, *merci*. —Atalanta sonrió—. Ahora continuaré con lo que estaba haciendo. *Au revoir*. —Y volvió sobre sus pasos hasta las ruinas del burgo.

Sabía que a Miss Collins le parecía muy poco femenino «subir por los caminos», como ella lo llamaba, y no la seguiría, lo que le proporcionaría la privacidad que ansiaba para zambullirse en su misteriosa carta. Si eran malas noticias, tendría tiempo de serenarse antes de volver a la escuela.

Y si fueran buenas noticias... Pero ¿qué buenas noticias podrían ser?

Tras unos minutos de escalada, se plantó en la cima de la pequeña colina, entre las piedras agrietadas y las formaciones musgosas de lo que antaño había sido un burgo con vistas al pueblo de abajo.

Las flores silvestres rosas y blancas florecían entre las piedras, las abejas zumbaban y, en lo alto, la cometa roja lanzaba su inquietante grito mientras daba vueltas en el cielo azul, con las alas desplegadas para atrapar todo el aire caliente que pudiera para seguir volando.

Se sacó un alfiler del pelo para abrir la carta y lo dejó caer descuidadamente en el bolsillo de la chaqueta para mirar enseguida dentro del sobre.

Extrajo una hoja de papel fino y de alta calidad, la desdobló y leyó las primeras líneas, escritas con una mano fuerte, probablemente masculina, y tinta azul cara.

Querida Miss Ashford:

Confío en que esta carta la encuentre bien y con buena salud. Me duele escribirle para expresarle mis condolencias por la muerte de su abuelo, D. Clarence Ashford.

Atalanta emitió un grito ahogado y, para mantener el equilibrio, empujó con fuerza los talones contra las piedras agrietadas bajo sus pies. Solo había visto a su abuelo una vez. Tenía unos diez años cuando él acudió a su casa para ofrecerle a su padre ayuda para pagar las deudas. Atalanta había creído que la llegada de un elegante carruaje y un hombre bien vestido era la respuesta a sus plegarias, en cambio su padre se había peleado con su visitante, a quien había lanzado terribles acusaciones e insultos, y lo había despedido con una orden tajante de que no volviera a visitarlos.

Más tarde, cuando su situación se volvió cada vez más desesperada y la salud de su padre empezó a resentirse, sintió la tentación de coger un bolígrafo y escribir a su abuelo para rogarle que la ayudara. Sin embargo, nunca lo hizo. Habría sido demasiado doloroso recibir una respuesta fría diciendo que estaba demasiado mortificado por el trato recibido como para ver con buenos ojos su petición, o algo por el estilo. Su padre lo había tratado de una forma terrible y lo natural sería una respuesta de ese calado.

Además, no sabía cómo le afectaría a su padre la revelación de que se había puesto en contacto con su familia. ¿Y si se enfadaba tanto con ella que sufría un infarto o un derrame cerebral? No podía arriesgarse. Las posibilidades de un desenlace feliz eran demasiado escasas.

Y ahora era demasiado tarde. Su abuelo se había ido.

Notó la brisa fría en el cuello y parpadeó contra el ardor que sentía detrás de los ojos. Se armó de valor para seguir leyendo.

> *Su abuelo dejó instrucciones muy específicas sobre su última voluntad, que debo transmitirle en persona. Me he instalado en el hotel Bären, frente a la estación. La esperaré allí con la mayor brevedad posible para poner en su conocimiento algo que la beneficiará.*
>
> *Atentamente,*
> *I. Stone, abogado*

Leyó y releyó el breve mensaje. El corazón le latía dolorosamente en el pecho. Además de la conmoción de que su abuelo hubiera muerto sin que ella hubiera llegado a conocerlo bien, ahora la informaban de que su última voluntad tenía algo que ver con ella.

Y la carta decía que era algo que la beneficiaría. Pero ¿cómo era posible? Seguro que, después del terrible comportamiento de su padre, su abuelo no estaría dispuesto a ayudarla de ninguna manera.

¿Qué podía significar?

Apretando una mano contra su mejilla caliente, Atalanta se obligó a pensar, a ignorar la agitación que sentía en su interior tanto por la muerte como por los recuerdos de aquella vez que había visto al imponente hombre de pelo cano y bastón, y voz de barítono, que destilaba autoridad natural. Le había sonreído con una amabilidad repentina.

«Antes de que padre dijera todas aquellas cosas hirientes».

Se mordió el labio. No debía juzgar lo que hubiera sucedido entre ambos antes de que ella naciera, y no podía comprender qué rencor por heridas pasadas había conducido a su padre a reaccionar de aquella manera.

Volvió a mirar la carta. «Con la mayor brevedad posible», decía. Y ella partía hacia su remoto valle a la mañana siguiente, así que solo podía hacerlo en aquel momento.

Consultó su reloj. Supuso que las tres de la tarde era una hora perfecta. Solo tenía que vestirse para la ocasión.

Reunirse con un abogado desconocido para hablar de un testamento era algo muy especial. A pesar de su tristeza por la muerte de su abuelo y de la confusión que le producía saber cómo le afectaba todo aquello, debía intentar disfrutar de aquella experiencia única. Probablemente no volvería a ocurrirle.

2

Quince minutos más tarde, ataviada con su mejor vestido de satén, conservado con sumo cuidado, su bolso azul suave favorito y unos guantes a juego, Atalanta se encaminó por la calle que llevaba del internado, en lo alto de la colina, a la estación de tren, más abajo.

Los geranios rojos llenaban las macetas que decoraban los balcones de madera de las casas de madera, y un anciano conducía por la brida un burro que transportaba en el lomo leña para cocinar. Al pasar junto a ella se le cayeron algunas ramas y Atalanta se agachó para recogérselas.

—*Danke* —dijo el hombre con sorpresa en las facciones por el hecho de que una dama elegante se molestara en echarle una mano.

La muchacha se desentendió de su repetido agradecimiento y se apresuró a continuar.

El río serpenteaba como una brillante cinta plateada a su derecha y sonó una aguda llamada del tren de vapor que recorría la vía junto al agua espumosa llevando a los turistas a Lauterbrunnen, donde las famosas cascadas caían cientos de metros a lo largo de una escarpada pared rocosa.

Atalanta casi podía sentir el frío del agua en la cara mientras recordaba su visita a la escuela cuando empezó a trabajar en ella. Después de haber vivido con sencillez en la ajetreada ciudad de Londres, nunca había visto nada tan hermoso e imponente. Trabajar en aquel magnífico entorno había sido un regalo, aunque en absoluto le saliera gratis. Pasaba largas horas enseñando francés y música, resolviendo disputas entre el personal y secando las lágrimas de los alumnos, que estaban seguros de que nunca dominarían el subjuntivo. Sus relaciones con los demás profesores eran amistosas pero distantes; eran ante todo colegas, no amigos. Las estrictas normas de la escuela les impedían pasar tiempo en común en sus habitaciones por la noche y, cuando se les permitía salir de vez en cuando, esas jornadas estaban organizadas por la escuela y solían tener el mismo aire formal que las salidas de clase, que servían a un propósito educativo. «No están pensadas para el placer», le había dicho una vez el director a Atalanta, y viniendo de su boca *placer* casi había sonado como una palabrota.

El hotel Bären, situado frente a la estación, lucía la bandera regional amarilla y roja. Un chico barría la escalera delantera y retiró un momento la escoba para no manchar con ella los pulcros zapatos de Atalanta. Pasó de la luz cegadora del sol a la penumbra del vestíbulo y se detuvo un momento para que se le adaptaran los ojos.

Detrás del mostrador de recepción, la hija de los propietarios, de mediana edad, escribía en un libro grueso encuadernado en piel. Atalanta se le acercó y se dirigió a ella en el alemán que había aprendido allí con facilidad.

—*Gutentag.* ¿*Herr* Stone?

La mujer levantó la vista y sonrió.

—*Gutentag.* Sí, está aquí. Lo llamaré. —Hizo un gesto al chico para que entrara y le dio instrucciones con frases rápidas.

Atalanta miró a su alrededor, desde la cornamenta de ciervo de la pared hasta el reloj de cuco y el retrato de un hombre serio vestido con el traje local. ¿Quizá algún antepasado que hubiera regentado el hotel antes que ellos?

El chico volvió por una puerta acompañado de un hombre alto con traje oscuro que llevaba un maletín. Le tendió la mano.

—¿Miss Ashford? Es usted rápida.

¿O la consideraba avariciosa por haber ido corriendo a ver qué podía conseguir?

Atalanta se sonrojó ante tal idea. Nunca había esperado que nadie la apoyara, pues había trabajado duro para enmendar los errores de su padre. Que ahora la considerasen una carroñera que fuera a abalanzarse sobre la herencia de su abuelo tan rápido como le resultara posible sería un duro golpe.

Pero en realidad ella no sabía si él pensaba eso. Él apreciaba su rapidez, ya que lo ayudaba a concluir sus asuntos pronto. No le quedaba más que esperar algo bueno de él y de toda aquella extraña situación.

Ella le dio un apretón de manos.

—Me gusta hacer las cosas bien. Además, mañana me voy de vacaciones a Kiental.

—Puede que quiera cambiar de planes —dijo el abogado con sorna.

—¿Por qué iba a hacerlo? —preguntó Atalanta asombrada—. ¿Es preciso que intervenga en algún tipo de papeleo?

El señor Stone miró a la mujer y al chico, que los contemplaban boquiabiertos, y le hizo a Atalanta un gesto para que lo siguiera.

—Será mejor que hablemos en privado. Pronto verá lo que quiero decir.

Con el corazón acelerado, caminó tras él. Sus pasos eran cortos y sonoros, subrayaban que todo en él era absolutamente correcto, como tenía que ser.

La condujo a través de un comedor en el que se habían recogido las mesas del desayuno, de unas puertas abiertas que daban al jardín trasero, que contaba con una maravillosa vista de las montañas de Eiger, Monch y Jungfrau, famosas en todo el mundo. Sus cumbres estaban cubiertas de nieve incluso en pleno verano.

Atalanta les sonrió, aquella imagen familiar le calmó los nervios. Estaba en su territorio. Fuera lo que fuera lo que esperaran de ella, lo afrontaría con dignidad.

El abogado se detuvo cerca de un estanque. Algo saltó al agua, tal vez una rana.

Se volvió hacia ella y habló despacio:

—Mis condolencias, de nuevo, por la pérdida de su abuelo, aunque me dio la impresión de que no lo conocía en persona.

—No. Mi padre se había alejado de su familia. —Atalanta lo dijo en voz baja y sin rodeos.

Si aquel abogado se ocupaba de todos los asuntos familiares, conocería los desafortunados sucesos que habían ensombrecido su vida durante tanto tiempo. Posiblemente su abuelo hubiera hablado con él, en alguna ocasión anterior, de lo decepcionante que había sido para él su único hijo y de cómo tenía que proteger la fortuna familiar de alguien que no dudaría en despilfarrarla.

Pero, si el señor Stone no lo sabía, ella no estaba dispuesta a aclarárselo.

Asintió con la cabeza.

—Mi cliente, su abuelo, ha estado muy preocupado durante mucho tiempo por que la finca construida con la cuidadosa previsión de sus antepasados...

Atalanta se encogió interiormente esperando la siguiente palabra del abogado.

Este pareció pensar que lo mejor era ser lo más prudente posible y añadió:

—... pudiera perderse para las generaciones futuras. Creía firmemente en la tradición y en transmitir un legado duradero, por eso le complacía saber que su nieta se había convertido en una joven íntegra y con la cabeza bien amueblada sobre los hombros.

El cumplido la cogió por sorpresa. Nunca habría imaginado que él se interesaría por su situación, y mucho menos que aprobaría su comportamiento.

Obviamente, el señor Stone interpretó su silencio como una invitación para continuar y añadió:

—Su abuelo se informó en detalle de cómo se ha desenvuelto, tanto cuando su hijo aún vivía como después de su prematura muerte, y creyó que podía confiarle algo especial.

La mente de Atalanta daba vueltas ante la idea de que el abuelo, al que solo había conocido como la imponente figura de un encuentro único, lo supiera todo sobre ella. ¿Por qué la había observado desde las sombras? ¿Por qué no se había acercado a ella cuando aún vivía? Lo habría dado todo por conocerlo.

—Pero yo... no merezco recibir nada —protestó—. Nunca lo conocí bien. No he sido la nieta que a él le habría gustado tener. —Atalanta parpadeó—. No lo entiendo.

—Esta carta lo explica. —El abogado sacó un sobre del bolsillo y se lo entregó—. Su abuelo me la confió junto con el testamento. Iba a entregártela personalmente para que la leyera antes de explicarle lo que implica su legado.

—Ya veo.

La muchacha miró el sobre que tenía en la mano. Su abuelo le había escrito. A veces se había imaginado cómo sería si lo hubiera hecho, si se hubiera puesto en contacto con ella, en lugar de haber sido ella quien lo hiciera. «Ahora había llegado el momento».

Abrió el sobre con cuidado, haciendo tiempo para prepararse contra las palabras posiblemente hirientes de la carta. ¿Hablaría de aquella terrible discusión en la que su padre lo había echado de casa? ¿Explicaría cómo les había tendido una mano amiga y su padre se había negado fríamente a aceptarla, prefiriendo meterse —y meterla— en más problemas antes de aceptar su ayuda?

Querida Atalanta:

Había utilizado la palabra *querida*. Sintió un soplo de alivio y sus ojos se apresuraron a saber más.

Cuando te llegue esta carta, ya no estaré vivo. Nunca planeé que fuera así. Cuando mi hijo, tu padre, murió...

Aquí la escritura se volvió menos segura, como si se hubiera movido.

... pensé en escribirte; sin embargo, no estaba seguro de que fuera a gustarte que me acercara después de haberos dejado a los dos solos. No tendría que haber sido tan terco como para retirarme después de esa oferta, pero mi relación con tu padre siempre fue extremadamente difícil y cargada de emociones. No podíamos estar en la misma habitación sin sentir como si toda la casa fuera a derrumbarse a nuestro alrededor y a sepultarnos a los dos bajo los escombros.

A Atalanta se le hizo un nudo en la garganta. Recordaba a la perfección aquellos momentos de tensión en los que ambos se habían enfrentado. Aun siendo una niña de solo diez años, había percibido las emociones que se estaban gestando y las palabras no dichas que flotaban en el aire. No podía culparlo por haberse sentido menospreciado después de que lo rechazaran de esa forma.

Había pensado en escribirle, en tenderle la mano. Tal vez, al igual que ella, se había sentado ante su escritorio bolígrafo en mano para escribir y luego se había abstenido y había tirado el bolígrafo a un lado con un suspiro frustrado.

Tragó saliva mientras seguía leyendo.

No debería haberme ido con ira ciega como hice aquel día. Estabas allí y debería haberte tenido en cuenta. Mi nieta, la niña a la que nunca había visto antes. Pensé que tu padre estaría abierto a mi oferta, por tu bien. Era obvio que él solo no podría criarte de la forma adecuada. Pero tu padre era un hombre orgulloso y yo debería haber expresado mi oferta de otra manera. En lugar de señalar lo inadecuada que era tu situación para una niña, debería haberle recordado que yo me estaba haciendo mayor y que lo necesitaba en la propiedad. Apelar a su compasión por mí podría haberme llevado más lejos, aunque a veces pienso que se habría dado cuenta porque me conocía bien.

Aquellas palabras conmovieron a Atalanta. Aquellos dos hombres, por muy distanciados que estuvieran, se habían conocido como nadie en el mundo.

Supongo que conocías su temperamento, pero también su bondad y generosidad. Siempre seguía sus sentimientos, tanto si eran beneficiosos para él y sus seres queridos como si lo llevaban por mal camino. Siempre fue fiel a sí mismo como yo me mantuve fiel a lo que creía.

Cuando me enteré de su muerte, quise escribirte y ofrecerte mi apoyo, pero no quería obligarte a tomar una decisión dolorosa. Era posible que sintieras que aceptar la mano que te tendía era una traición a tu padre, a todo lo que él había representado. Sentí que, con su muerte tan reciente, era inapropiado y poco amable. Una vez...

De nuevo, la letra vaciló como si le hubiera costado seguir adelante.

... creí que tu madre podría ser mi aliada para lograr una reconciliación entre tu padre y yo. Hablé con ella poco antes de que se casaran. Ella me había impresionado y creí que teníamos posibilidades de lograrlo, pero tu padre se enfadó mucho cuando se enteró, y le echó la culpa. Casi rompieron. Tu madre estaba destrozada, nunca había visto a nadie con el corazón tan roto.

Eso me convenció de que era mejor dejar las cosas como estaban, en aquel momento y también después, cuando naciste. No quería estropear su felicidad. Al recordar el dolor de tu madre, no podía escribirte después del fallecimiento de tu padre y pedirte que tomaras la decisión más difícil: responder a mi carta o ignorarla. Me preocupaba que te sintieras obligada a contestar, aunque en el fondo sintieras que eso iba en contra de lo que tu padre habría querido. No podía destrozarte así.

Atalanta tragó saliva. Su abuelo había sido muy considerado. No había actuado desde la ira y el orgullo, sino desde una preocupación sincera por su situación. Y bajo todo ello reverberaba su amor por un hijo que nunca había querido estar cerca de él, pero al que nunca había podido dejar marchar.

Aun así, pedí a mis abogados que te vigilaran y me informaran en cuanto tuvieras problemas. Sentí vergüenza cuando me indicaron que habías encontrado un puesto en una prestigiosa escuela suiza y eras una profesora respetada. Debería haber sabido que harías algo maravilloso sin necesidad de mi ayuda.

Las palabras se desdibujaron un instante ante sus ojos y tuvo que parpadear para despejar la vista.

Pensé que habías empezado una nueva vida lejos de Inglaterra y de todas tus dificultades. Pero más tarde me enteré de que habías enviado a Inglaterra toda tu paga para saldar las deudas de tu padre. Debiste de quererlo mucho para asegurarte de que su nombre no quedara manchado. Cuando Stone me lo contó, sentí que se confirmaba el plan que ya estaba considerando.

Verás, Atalanta, tengo mucho que dejar atrás y solo puedo dejárselo a alguien en quien confíe.

La muchacha respiró hondo al comprender el peso del momento. Tenía en las manos la carta de un hombre al que apenas conocía y que le confiaba un legado.

—No me merezco esto —le dijo al señor Stone.

La miró pensativo.

—Todos los acreedores de su padre hablaban muy bien de usted. Me aseguraron que su comportamiento se debía a una decisión suya, no a una influencia externa. Podría haberse lavado las manos. No tenía ninguna razón para proteger a su padre, decían. La trató mal, como a todos los que pasaron por su vida.

«Aun así, lo quería».

Atalanta se irguió más y recondujo la conversación hacia la carta.

—Aunque informara a mi abuelo de lo que he hecho, no veo por qué iba a pensar que podía confiarme nada. No soy más que una simple maestra. Nunca he estado acostumbrada a la riqueza. —La cabeza le dio vueltas—. En realidad, no puedo administrar un patrimonio, si eso es lo que tiene en mente. ¿Por eso me dijo que cambiara mis planes de viaje? ¿Porque tengo que ir a Inglaterra con usted para gestionar los asuntos de mi difunto abuelo?

—Inglaterra, Francia, Corfú. —Una sonrisa se le dibujó en los labios—. No necesitará esconderse en Kiental cuando tenga dinero para dar la vuelta al mundo.

«La vuelta al mundo... Imagínate».

Hacía una hora que estaba sola, jugando a desear ir a los lugares con los que soñaba, ¿y ahora podía ir de verdad?

En un instante, el jardín del hotel que la rodeaba se transformó en los restos del Coliseo. ¿Podría viajar a la Ciudad Eterna? ¿Y de allí a Florencia, Venecia, Viena?

¿Copenhague?

¿Moscú?

En su mente daba vueltas la idea de que fuera realmente posible, de que estuviera más al alcance de la mano de lo que jamás había imaginado.

—Hay una condición. —La voz seca del abogado rompió el ensueño—. No sé si está en la carta o tengo que explicarlo.

«¿Una condición? ¿Qué podría ser?».

Lo miró con desconfianza.

—¿Tengo que casarme con alguien? —¿Podría casarse con alguien a quien no amara o que ni siquiera le importara para conseguir el dinero y el estilo de vida que había anhelado durante tanto tiempo? Parecía poco romántico y una mentira—. Mi abuelo podría haber pensado que me beneficiaría de un protector masculino...

—Oh, no, su abuelo no era así en absoluto. Valoraba a las mujeres independientes.

—¿En serio? Ojalá lo hubiera conocido.

—Tal vez me equivoque al llamarlo *condición* —dijo el señor Stone frunciendo el ceño—. Es más bien... una vocación. Algo que él deseaba que usted hiciera, pues él ya no estaría aquí para llevarlo a cabo, para continuar el buen trabajo que siempre ha hecho. Por favor, lea la carta para ver lo que él mismo escribe al respecto. Si alguna duda persiste, puedo aclarársela.

«*Vocación* sonaba bastante interesante. Como una misión en la vida. Un gran propósito».

Encontró el párrafo en el que había dejado de leer.

Espero que me perdones por controlarte a tus espaldas, pero tenía que hacerlo. Siempre me dolió que tu padre fuera un hombre tan poco práctico, se lanzaba de cabeza a las situaciones sin pensarlas bien. No estaba seguro de si tú eras igual, pues solo te conocí brevemente cuando no eras más que una niña. Lo que supe de tu comportamiento tras su muerte me sugirió que eras muy distinta, que eres sensata y no temes asumir una tarea difícil. Parece que antes de que aparezcan los problemas ya tienes pensadas las soluciones.

Atalanta sonrió y susurró:
—Tuve que aprender a hacerlo para sobrevivir.

Necesito a alguien que sepa lo que supone el compromiso para manejar mi herencia sabiamente. Hay dinero, sí, y riqueza de por medio, pero esas cosas no deben cegarte. No son más que cosas que pueden hacer la vida muy agradable. Lo que importa es nuestro propósito. Creo que todos tenemos un propósito, un papel que desempeñar. La gente que confió en mí me asignó un papel, me lo confió, por así decirlo.

Atalanta pensó en las muchas veces que habían llamado a su puerta por la noche y un alumno había entrado para confesar alguna pequeña transgresión o pedir consejo para arreglar una disputa con un amigo. Incluso una profesora más joven la había abordado un día en el jardín, susurrando en voz baja y con urgencia, ruborizada porque quería saber cómo manejar el repentino interés romántico de una amiga de toda la vida.

Tras su conversación, Atalanta le había preguntado por qué había acudido a ella; nunca antes habían compartido nada personal, solo una pequeña charla.

—Creo que es porque parece que te gustan los problemas. Es decir, otras personas los evitan y los ignoran, pero tú los afrontas de cara. A ti te gusta analizar la situación desde distintos ángulos y encontrar la mejor solución.

Era como si su abuelo lo hubiera sabido. ¿Él había sido igual? ¿Era un rasgo que compartían, una conexión entre generaciones?

Discreción garantizada. Esas son las palabras que utilizaba, a veces, para referirme a lo que hacía. Resolvía asuntos delicados para gente de los más altos círculos. Confiaban en mí y yo investigaba.

Atalanta se quedó sin aliento.

—¿Mi abuelo era detective privado? —preguntó a Stone—. Qué increíblemente emocionante. Mi padre me regaló un volumen de historias de Sherlock Holmes cuando cumplí doce años y las devoré todas en pocos días.

Había buscado las calles de Londres que se mencionaban en los relatos y se había quedado allí deseando que la figura del gran detective doblara la esquina y ella pudiera seguirlo para ver adónde iba y qué hacía..., aunque sería imposible seguir a alguien tan observador sin que se diera cuenta. Había releído las historias muchas veces después de aquello y el gastado volumen se contaba entre sus posesiones más queridas. No tenía mucho, pero ese libro, y el que su madre le había dejado sobre mitología griega, eran cosas de las que nunca se separaría.

—¿Un investigador privado? —El señor Stone pareció reflexionar sobre su designación—. En cierto sentido, quizá, pero nunca anunciaba sus servicios ni la gente de su entorno lo sabía. De alguna manera, me dijo, los clientes siempre sabían cómo encontrarlo. —El abogado frunció el ceño, como si no estuviera muy seguro de cómo funcionaba aquello, pero había aceptado la palabra de su cliente—. Me dijo que en cuanto se conociera su muerte y la heredera que seguiría sus pasos apareciera en escena, la gente podría acudir a usted.

—¿A mí? Seguro que se trata de un malentendido.

Atalanta volvió a mirar la carta que tenía en la mano.

Te lo dejo todo a condición de que, cuando alguien se te acerque para pedirte ayuda, intentes ayudarlo de la mejor manera posible. No puedo decirte aquí y ahora qué tipo de ayuda necesitarán. Puede que tengas que buscar información o infiltrarte entre la gente para ver cómo se comporta. Hay que ser observador, leal y decidido. Tienes que proteger los intereses de tu cliente, pero también seguir tu propio camino, según te indique la investigación. Sobre todo, nunca debes tener miedo de hacer lo más difícil y habrás de enfrentarte a ello sola. Sé que eres capaz de esto último, lo has demostrado; confío en que también reunirás las demás capacidades necesarias para que esto funcione.

«Pero no soy más que una maestra de escuela».

Atalanta volvió a sentirse como cuando tenía cuatro años, sentada en un carruaje tirado por caballos que empezaban a correr cada vez más rápido hacia un destino desconocido. El paisaje que se divisaba a través de la ventana era borroso y se sentía aturdida y asustada, deseando salir de allí.

—Pero ¿habrá alguien que quiera recurrir a mí? No me conocen como a él, así que, ¿por qué iban a buscarme?

—No estaba seguro de que lo hicieran —dijo el señor Stone—. Pero quería que usted supiera que podrían hacerlo. Si vienen, puede escuchar el problema y ver cómo contribuir a solucionarlo. Debería considerar un gran honor que su abuelo tuviera tanta fe en usted.

«Un gran honor y una enorme responsabilidad». Su abuelo había escrito sobre cómo su padre solía lanzarse de cabeza a las cosas sin pensar en las consecuencias. Ella no era así. No estaba segura de querer correr ese riesgo.

Su mirada volvió a la carta y a las últimas líneas.

Me doy cuenta de que esto puede ser una imposición. Pero, mientras lo pensaba, se me ocurrió que una mujer puede tener ventajas en este negocio, que podría ganar-

se la confianza de otras mujeres antes que un hombre. Las mujeres a menudo conocen los secretos de una casa y sus instintos son insuperables. Creo que puedes llegar a ser mejor en esto de lo que yo nunca he sido. Y yo te guiaré.

Atalanta releyó aquellas sencillas palabras.

—Aquí dice que me guiará —dijo pasando el dedo por la línea—. ¿Cómo?

—No me contó los detalles, pero usted va a vivir en sus casas, a conducir sus coches y a asistir a las fiestas a las cuales él asistía, entonces entrará en contacto con la gente que él conocía y descubrirá lo que quería decir.

—¿Casas? ¿Coches? ¿Fiestas?

La incredulidad la invadió ante la mención casi casual de todas esas cosas que le habían resultado tan ajenas, como de otro mundo, justo esa mañana, y que ahora estaban de repente a su alcance.

Pero, más que eso, vivir su vida podía mostrarle quién había sido. Podía ponerla en contacto con un hombre al que nunca había conocido, pero al que deseaba conocer. Podría hacer preguntas sobre él a sus criados. Podría haber cartas, álbumes de fotos, pistas para explicar la problemática relación entre su padre y su familia.

Al aceptar este encargo de convertirse en investigadora de los problemas de otras personas, también tendría una oportunidad única de aprender más sobre su propio pasado y sobre la familia que nunca había tenido.

¿Cómo iba a dejar pasar una oportunidad así?

—Quiero intentarlo... —le dijo al abogado con la voz temblorosa por el nerviosismo.

—Entonces está todo arreglado. Necesito su firma en unos papeles y después le daré la llave de su casa de París. Debe ir allí en primer lugar.

«Mi casa de París».

Atalanta acarició las palabras en su mente, imaginándose a sí misma soltándoselas por casualidad a alguien conocido. A Miss Collins, por ejemplo. ¡Qué ojos pondría!

—El criado de su abuelo está allí. Tiene las llaves de las otras casas y coches, y está al tanto de todos los preparativos. Él le dará más instrucciones. —El abogado la miró—. Enhorabuena, ahora es usted una mujer muy rica. Le aconsejo que no lo divulgue, pues podría atraer a la gente equivocada.

—No se lo diré a nadie —le aseguró Atalanta—. Partiré por la mañana, como tenía pensado hacer para Kiental, pero iré a París.

La emoción le corría por las venas y tenía ganas de alzar los brazos y gritar de alegría. Pronto tendría su propia casa, en lugar de una habitación en un internado donde ni siquiera los muebles eran suyos. Tendría su propia cama y su propia estantería donde guardar sus queridos libros de Sherlock Holmes y el de mitología griega.

No tendría que seguir un horario de clases, sino que podría hacer sus propios planes para el día. Caminar a los pies de la Torre Eiffel, comer cruasanes recién hechos, visitar los jardines de Versalles. Su cabeza estaba llena de imágenes de todo lo que vería, haría y probaría.

Probar. La vida era bastante aburrida cuando nunca podías probar algo nuevo.

«Y en cada paso del camino el abuelo estará conmigo porque él hizo todo esto posible. Él me guiará. Seguiré sus pasos, sintiéndome por fin conectada a un miembro de la familia, al pasado. No a la deriva y sola, sino conectada. Gracias, abuelo; me has cambiado la vida».

3

—Rue de Canclère.

Atalanta se levantó y miró el nombre de la placa con una sensación de incredulidad. Así era. Allí, en aquella elegante calle parisina, estaba su casa.

Acababa de pasar por delante de escaparates de tiendas de ropa y sombrererías, de restaurantes y cafés, y de ver la silueta del Arco del Triunfo. Cada pocos pasos quería detenerse y pellizcarse para asegurarse de que en realidad se encontraba allí y no lo había soñado mientras caminaba por Kiental, donde se suponía que debía estar. Todo era un sueño del que temía despertar demasiado pronto y percatarse de que todo, sobre todo la conexión con su abuelo, no era más que una mala jugada de su imaginación, algo que solo podía desear porque nunca sería realmente suyo.

Alguien chocó con ella y vio una ráfaga de rojo y azul cuando el chico de los telegramas pasó a toda velocidad. Murmuró algunas maldiciones que probablemente pensó que ella no entendía.

—*Pardonnez moi* —le gritó, pero el intenso tráfico ahogó sus disculpas.

Por fin hablaba el idioma con gente que lo conocía de toda la vida.

Volvió a mirar con cariño la placa de la calle y se adentró en ella caminando despacio, deleitándose en cada paso que daba ante los escalones de piedra de las imponentes casas con cortinas de encaje y timbres de latón bruñido. De una de ellas salió una dama vestida con un elegante abrigo sobre un vestido de seda que le llegaba justo por debajo de la rodilla. Sus tacones eran tan altos que Atalanta se preguntó cómo podía caminar con ellos. Bajó los escalones de su casa con elegancia, se echó un extremo de su fino pañuelo al hombro y se metió en un coche reluciente que la esperaba. Un vehículo así podría ser de Atalanta. Un Mercedes Benz o un Rolls. No necesitaba coches lujosos en sí, pero la idea de poseerlos de repente le parecía grandiosa y pensaba disfrutar de cada momento.

El número ocho, el número diez... El suyo era el catorce. Agachó el cuello para verlo, para absorber el resplandor de la suave fachada beis a la luz de la mañana, las elegantes formas de las altas ventanas, el brillo del oro en los lirios de piedra trabajados justo en el borde del alero del tejado. Todo era perfecto.

Y tras sus ventanas había habitaciones que le hablarían del hombre que había vivido allí, que la había acogido bajo su protección; un hombre del que deseaba con desesperación saber más.

Tenía llave, pero sabía que los dueños de las casas rara vez la utilizaban, sino que tocaban el timbre para que el servicio los dejara entrar. En su caso, esto le parecía especialmente apropiado, ya que era nueva allí y ni siquiera conocía a ninguno de sus empleados. Entrar sin más y sorprenderlos con su presencia le parecía de mala educación.

Puso la mano enguantada en la barandilla de su propia entrada, subió los tres escalones y llamó al timbre. No lo oyó sonar. Imaginó que la campanilla estaría sujeta a una tabla en algún lugar de las profundidades de la casa, donde los sirvientes trabajaban entre bastidores para mantenerlo todo en orden. No había ni una mota de barro en los escalones ni en la puerta, aunque había llovido durante la noche y los aguaceros siempre levantaban arena y suciedad. Alguien había hecho todo lo posible para que luciera impecable para el nuevo propietario.

La puerta se abrió suavemente y se presentó ante ella un hombre vestido de uniforme. Tenía el pelo fino y gris peinado hacia atrás sobre el cráneo y un rostro estrecho con ojos azules de mirada profunda. La estudió desapasionadamente.

—Soy Miss Atalanta Ashford. Soy... —De repente se sintió un poco incómoda apropiándose de lo que había sido el territorio de su abuelo.

¿Cuánto sabía él de las problemáticas relaciones familiares y del vergonzoso comportamiento de su padre? ¿Tenía sus propias ideas sobre su nueva posición como heredera de todo aquello?

Poniendo en su voz la fuerza que apenas sentía, añadió:

—Soy la nieta de su difunto señor. Siento mucho su muerte.

—Yo también, *mademoiselle*. Era un señor muy bueno. Pase. Me alegro de que haya llegado tan pronto. Tenemos un percance.

—¿Un percance? —repitió Atalanta al entrar. La curiosa elección de palabras la distrajo de sus preocupados pensamientos sobre la opinión que él tenía de ella.

La casa olía a cera y pulimento. Delante de ella se abrían unas amplias escaleras alfombradas, con retratos dentro de pesados marcos dorados que guiaban al visitante. A la derecha había puertas y, al fondo, un pasillo conducía a lo que ella supuso que serían las cocinas y las dependencias del servicio.

A la izquierda se encontraban más puertas que debían de dar acceso a un salón deliciosamente luminoso. Se había dado cuenta enseguida de que la casa daba al norte, lo cual proporcionaba una luz excelente para pintar y dibujar. La parte trasera miraba al sur, que era cálido y agradable. Apostó a que su abuelo tenía allí un invernadero con plantas raras.

Si no, podría añadir uno. Lo primero que compraría sería una orquídea blanca como la nieve. Su madre las había cultivado y, tras su muerte, las plantas habían muerto también, echando en falta los cuidados que habían recibido. Pero allí las cultivaría nuevas. «También rosas y amarillas, mamá. Puedo empezar a dar forma a mi propia casa. Es increíble».

—Un percance con una clienta, *mademoiselle* —dijo el criado. Se inclinó ligeramente—. Esta mañana ha llamado al timbre preguntando por el señor. La informé de su fallecimiento, pero le expliqué que había un sucesor en camino. Insistió en esperar.

—¿A mí? —preguntó Atalanta sorprendida—. Pero no tenía ni idea de que vendría hoy, ¿verdad?

—Supuse que querría conocer su nueva propiedad. Sabía que había terminado la temporada en el internado donde se desempeña y me imagino que debe de quedarse aburrido y vacío una vez que los alumnos regresan a su hogar.

—Así es. Bien pensado. —Naturalmente, su abuelo había contratado a un hombre observador y rápido para que sacara conclusiones como él.

—Entonces nos ocuparemos de ese percance con prontitud.

Se había quitado los guantes y el abrigo, y se los había entregado al criado junto con el bolso. Frente al alto espejo del vestíbulo, se retiró el sombrerito de los rizos y se examinó a sí misma. Tenía las mejillas coloreadas por el vigoroso paseo y su pelo estaba cuidado. Tal vez su ropa no fuera muy elegante, pero haría bien en no eclipsar a su visitante. Mejor parecer profesional, supuso. No tenía ni idea de lo que la clienta esperaba de ella, pero estaba decidida a enfrentarse a aquel percance.

—Aún no me ha dicho su nombre —le indicó al criado.

—Disculpe, *mademoiselle*. Puede llamarme Renard.

—¿Renard? ¿Fox? —preguntó ella—. ¿Es usted francés?

—Mitad francés, mitad inglés, *mademoiselle*.

No pestañeó ante sus preguntas y, aunque ella tenía derecho a formularlas, le resultó extraño interrogar a un hombre que le doblaba la edad o más. Había algo en los mayordomos y sirvientes que era impersonal y que impedía asignarles una edad concreta, según había observado antes. Sin embargo, también tenían sentimientos y no quería tratarlo con insensibilidad; de hecho, podría aprovecharse de sus conocimientos para aprender algo útil. Los sirvientes eran los ojos y los oídos de una casa.

—¿Puede decirme algo sobre la clienta? ¿La conoce?

—Todos en París la conocen, *mademoiselle*. —Parecía una frase hecha, pero Atalanta se sintió un poco intimidada.

¿Tal vez debería haber comprado algunos periódicos y haber leído las noticias? ¿Qué asuntos entusiasmaban al público parisino? ¿Qué susurros resonaban en las salas de los teatros y las óperas?

—¿Así que es famosa? —preguntó con cuidado, tanteando el terreno para obtener más información.

—Viene de una familia muy acomodada de la ciudad. Su padre posee varias fábricas y su madre era concertista de piano antes de casarse. Sigue actuando con regularidad en veladas. La clienta es la menor de tres hijas, pero ha sido la primera en casarse. Hace unos meses, sus padres le anunciaron su compromiso con el conde de Surmonne. Desde entonces, los dos aparecen en todas las columnas de sociedad asistiendo a fiestas y exposiciones. Casi no se puede abrir un periódico sin que el bello rostro de Eugénie Frontenac le sonría a uno.

—Ya veo. —Atalanta intentó memorizar lo esencial lo mejor que pudo—. ¿Y Eugénie Frontenac está aquí? ¿Con un problema?

—Un percance, nos gusta llamarlo. Mi señor... era muy discreto. —Renard sonrió—. Los ricos no tienen problemas, solía decir. Son demasiado importantes y demasiado autosuficientes para eso. En lugar de ello, tienen percances que es preciso solventar con discreción.

Parecía que su abuelo no solo había sido discreto, sino también exigente. De hecho, las familias pudientes de sus alumnas se consideraban por encima de los problemas mundanos del resto. No querían que la escuela les notificara que sus hijas faltaban a clase o suspendían los exámenes. Se suponía que ellos debían ocuparse de eso.

Tendría que aprender a expresarse con circunspección, algo que temía que fuera muy contrario a sus inclinaciones. Pero, como profesora, a menudo no había tenido opción de réplica y había aprendido a decir la verdad sin ofender a nadie. Eso podría ser útil en este caso.

—Entonces debemos ver a esta joven —le dijo a Renard— y averiguar cómo podemos ayudarla.

—¿Cómo sabe que es joven?

—Ha mencionado que era la menor de tres hijas y que había sido la primera en casarse. Las chicas de familias acomodadas suelen casarse jóvenes, así que sus hermanas no tendrán cuarenta. —Se dio cuenta demasiado tarde de que había sido una prueba poco sutil y le lanzó una mirada inquisitiva.

Él no mostró ningún signo de estar satisfecho ni de que se hubiera quedado satisfecho con su respuesta.

¿Le había dado su abuelo instrucciones a ese hombre para que la pusiera a prueba? Las enigmáticas palabras que indicaban en la carta que la guiaría seguían ocupando sus pensamientos. «¿Cómo?».

Renard se adelantó y abrió la puerta que daba a la segunda sala de la izquierda. Había un magnífico piano en la pared del fondo y elegantes sofás a la derecha. Atalanta podía imaginarse a un público elegante reunido allí para escuchar la actuación de una dama. Pero su abuelo había vivido allí él solo. ¿Habría invitado a amigos? ¿Se llevaría bien con algunas familias? ¿Podría esperar conocer a gente que le contara cosas sobre él que la ayudaran a comprenderlo mejor?

De uno de los sofás se levantó una joven. Llevaba el pelo dorado recogido en lo alto de la cabeza y sujeto con un tocado de plumas rojas. Su vestido amarillo tenía el cuello y los puños bordados en rojo. Las manos le brillaban con anillos y pulseras. No era alta, pero se comportó con elegancia cuando se acercó a Atalanta.

—*Bonjour*. ¿Es usted la sucesora de la que me han hablado?

Antes de que Atalanta pudiera afirmar, su clienta prorrumpió en un discurso de pánico.

—Debe ayudarme a limpiar la mancha que empaña mi felicidad. No puede ser verdad. No puede serlo. Pero hasta que no lo sepa con certeza, no tendré ni un momento de paz. —Se retorció las manos pálidas.

Atalanta vio sobre el sofá su bolso con un par de guantes arrugados. Por lo visto, *mademoiselle* Frontenac se había puesto muy nerviosa esperando a que alguien acudiera a verla y había manoseado sus guantes hasta el punto de romperlos. Como había estado sola, parecía que su angustia era sincera.

—¿En qué puedo ayudarla? —preguntó.

—Traeré té —entonó Renard, y se retiró hacia la puerta.

—Con bombones, *s'il vous plaît*. —La joven le sonrió—. Necesito un poco de azúcar para recuperarme. —Le indicó a Atalanta que se acercara a los sofás—. ¿Nos sentamos aquí?

Atalanta se sintió un poco abrumada al ser invitada a sentarse en su propia casa, pero al mismo tiempo era fascinante ver lo rápido que había cambiado el estado de ánimo de la clienta, de indefensa a estar al mando. Por supuesto, era la hija menor, probablemente muy mimada y acostumbrada a chasquear los dedos y conseguir lo que quería. Atalanta ya había tenido contacto con chicas así en el colegio. Lo mejor era complacer primero a su clienta y ver cuánta información podía extraer para evaluar el caso.

¡Caso! Estaba a punto de aceptar un caso. Hacía solo dos días llevaba una vida normal y ahora estaba en París siguiendo los pasos de su abuelo detective. «No le fallaré».

Mademoiselle Frontenac dijo:

—Debe conocerme a mí y mis circunstancias.

Atalanta agradeció en silencio a Renard que la hubiera informado de todo lo que necesitaba saber. Eso la ponía un paso por delante.

—Está a punto de casarse con el conde de Surmonne.

—Sí, y alguien está intentando separarnos. —La joven levantó las manos en un exagerado gesto de fastidio—. Sé que la gente está celosa de mí desde que Gilbert me propuso matrimonio, pero es natural. Lo consideraban el soltero más codiciado. —Sonrió satisfecha de haberlo conseguido—. Nunca había tenido ojos para nadie después de la muerte de su primera esposa.

—Oh, ¿es viudo? —preguntó Atalanta.

—Sí, Mathilde murió en un accidente poco después de casarse. Ocurrió en su finca. Muy trágico. A Gilbert le llevó algún tiempo recuperarse del *shock*. Desde entonces se ha dedicado a viajar y a atender sus negocios; se dedica al arte. Es como un buscador de tesoros, encuentra pinturas renacentistas donde nadie las espera y las traslada hasta las galerías parisinas. Es un genio en eso.

Se quedó callada un momento, como si pensara qué más podía decir de su prometido.

Atalanta quería saber si el matrimonio había sido concertado o si *mademoiselle* Frontenac amaba de verdad a su prometido, pero sabía que era una pregunta que nunca podría formular. Tendría que averiguarlo de otro modo.

—¿Cómo se conocieron?

—En la fiesta de cumpleaños de un amigo, en febrero. Se enamoró perdidamente de mí. —De nuevo, una pequeña sonrisa de satisfacción—. Nos vimos en secreto varias veces y mi madre se enteró. Le dio a elegir: romper o casarse conmigo. Primero pensó que era demasiado pronto.

Se calló como si recordara algún otro detalle que no quisiera compartir.

Atalanta se preguntó si el conde le habría transmitido alguna vez a *mademoiselle* Frontenac que tal vez su relación no había sido tan seria para él como para plantearse el matrimonio. ¿Qué eran unas cuantas reuniones secretas para un hombre que, en palabras de *madeimoselle* Frontenac, era un soltero de lo más codiciado?

Su potencial clienta volvió a la vida y continuó:

—Pero, tras unos días fuera de la ciudad, apareció de la nada y le pidió mi mano a mi padre. Dijo que podíamos empezar a planear la boda de inmediato y que sería perfecto hacerlo en verano, cuando los campos de lavanda están en plena floración. *Maman* esperaba un compromiso largo para hacer desfilar a Gilbert en las fiestas y conseguirme el vestido perfecto, pero, por supuesto, no podía negarse a los deseos de un conde. Todo el mundo estaba contento.

—¿Incluyéndola a usted? —preguntó Atalanta.

Era una pregunta directa, pero derivada naturalmente de la conversación. De este modo no tenía que preguntar por separado por los sentimientos de *mademoiselle* Frontenac. Esperaba que su abuelo lo hubiera aprobado.

Mademoiselle Frontenac parecía superada.

—¿Por qué no iba a estar contenta? Soy la primera de las tres hijas a la que le piden la mano. Mis hermanas estaban muy celosas. De hecho, aún lo están. —Volvió a sonreír.

Llamaron cortésmente a la puerta y, cuando se abrió, Renard entró con una bandeja de té de plata, que colocó en una mesa cercana.

—¿Le sirvo? —murmuró, pero Atalanta le hizo un gesto negativo—. Me ocuparé yo misma. —No quería que una presencia extraña alterara el ambiente.

Mientras Atalanta servía el aromático té en delicadas tazas de porcelana, *mademoiselle* Frontenac volvió a preguntar:

—¿Por qué cree que no estoy contenta? —Ahora sonaba más vulnerable, casi insegura.

Atalanta se encogió de hombros.

—Es usted muy joven. ¿De verdad quiere atarse a alguien de por vida?

Aquella mujer no tenía más edad que las alumnas más mayores del internado y la invadió un sentimiento de protección.

Mademoiselle Frontenac se estremeció un momento.

—Cuando lo dice así, suena como una sentencia.

Cuando cogió la taza que le ofrecía Atalanta, le temblaba la mano.

—No quería disgustarla —se apresuró a decir Atalanta. Al mismo tiempo, la emoción que recorría el rostro de su clienta era demasiado significativa para que la dejara pasar.

Su clienta hizo caso omiso de sus disculpas y se inclinó hacia ella como si quisiera confesarle algo.

—Entiendo lo que quiere decir. A mi madre se le saltan las lágrimas por que me vaya de casa tan pronto, pero quiero ser libre. Lejos de París y de los constantes cotilleos sobre lo que puedo o no puedo hacer.

—¿Y su marido la llevará lejos? ¿Y sus negocios?

—En invierno suele estar aquí, pero en verano se queda en su finca entre los campos de lavanda. Nunca he estado allí, pero Gilbert pintó un cuadro maravilloso. Se llama Bellevue por las hermosas vistas de los alrededores.

—Ya veo. —«¿Y es la misma finca donde murió su primera esposa, Mathilde?», quiso preguntar, pero se lo guardó.

Tal asociación era impertinente, insinuante y potencialmente desastrosa para la tranquilidad de su clienta. «Entonces, ¿por qué se me ha ocurrido?».

—No me disgustó el compromiso —dijo *mademoiselle* Frontenac. Dio un sorbo al té y miró hacia delante.

Atalanta percibió que había algo más.

—¿Hasta que...?

—Hasta que llegó esta carta. —*Mademoiselle* Frontenac dejó caer la taza de té con tal brusquedad que el líquido marrón se derramó por el borde. Cogió su bolso y lo abrió de un tirón, entonces extrajo algo de su interior. Era un sobre arrugado. Se lo puso en la rodilla—. Esto es tan vil. —Su voz chirrió al pronunciar la última palabra—. Tan bajo y... no puedo creer que alguien tenga el corazón de enviarlo.

Atalanta miró el sobre liso, que tenía un nombre escrito. «Mademoiselle E. Frontenac». Sin dirección.

Su clienta apretó los dientes.

—Todavía no puedo creerlo. Debe de ser algún... truco para separarnos. Para destruir mis posibilidades de ser feliz.

—¿Qué dice la carta? —preguntó Atalanta.

—Mírelo usted misma.

Mademoiselle Frontenac le entregó el sobre arrugado y se quedó mirando mientras lo abría y extraía el contenido.

Una sola hoja de papel doblada dos veces.

Atalanta abrió los ojos ante el brillo de la tinta utilizada para escribir el mensaje. Rojo brillante, como la sangre.

—«Su primera esposa no murió en un accidente. Tenga cuidado. Debería tener miedo» —leyó en voz alta.

Observó, casi distraída, que las letras estaban trazadas con cuidado, evitando cualquier adorno característico que pudiera delatar quién había escrito aquella advertencia. La persona había ocultado de manera consciente su letra, algo que sus alumnos intentaban cuando redactaban notas que en teoría procedían de sus padres explicando que Elisa no podía comer judías o que Patricia debía jugar al tenis todos los días. Atalanta se preguntó si la letra torcida no era más que una precaución general o si podría indicar que *mademoiselle* Frontenac conocía a la persona que la había enviado y su letra. «Interesante».

Allí estaba ella, extrayendo información de los más pequeños detalles de aquella nota, en apariencia anónima, como si fuera una auténtica detective. Pero su excitación murió bajo el peso de las palabras confiadas a esa carta.

El mensaje en sí era claro y no dejaba nada a la imaginación.

El hombre con el que Eugénie Frontenac estaba a punto de casarse era un asesino.

«Para —se amonestó a sí misma—. Eso no lo sabes. Solo dice que su primera esposa no murió en un accidente. Si la asesinaron, podría haber sido cualquiera».

Por otro lado, ¿por qué advertir a la recién casada a menos que el peligro procediera del hombre con el que estaba a punto de contraer matrimonio?

—¿Sabe cómo murió su primera esposa? —preguntó.

—Sí. El caballo de Mathilde la tiró y ella se rompió el cuello. Fue un accidente, seguro. Nadie podría haberlo evitado. —*Mademoiselle* Frontenac miró a Atalanta a los ojos—. Esta carta es una vil insinuación destinada a hacerme romper mi compromiso, pero no lo haré.
—¿Así que ya se ha decidido?
—Sí.
—Entonces, ¿por qué está aquí?
—Quiero saber quién envió esta carta. Quiero saber quién quiere dañar mi matrimonio y empañar el honor de mi prometido. Quiero saber quién escribió esas palabras acusadoras y... —Casi se atragantó y volvió a coger el té para sorberlo y tragarlo.
Atalanta dijo:
—Los remitentes de las cartas anónimas son muy difíciles de rastrear. Este es un papel normal, sin... —Lo levantó a la luz en busca de marcas identificativas. «Ninguna»—. Sin más pistas sobre su origen. La escritura tampoco dice nada. La tinta... —La estudió—. Dudo que pudiera rastrearla, aunque lo intentara. Veo que el sobre solo tiene su nombre. ¿Cómo se lo entregaron?
—Eso fue lo más extraño. Nuestra cocinera salió a comprar verduras frescas, llevaba una gran cesta en el brazo. Cuando llegó a casa y sacó las zanahorias y los puerros de la cesta, la carta estaba entre ellos; hizo que la camarera me la trajera. Por supuesto, una vez que la leí, bajé a las cocinas para preguntarle cómo la había conseguido, pero, aparte de que alguien debió de meterla en la cesta mientras ella estaba en el mercado, no conseguí que me dijera nada más.
Sonaba despectivo. Atalanta dijo:
—Ya veo. ¿Y no puede atribuirlo a mero rencor y dejarlo estar? ¿Desea que se hagan averiguaciones?
Por un lado, era natural que una joven mimada como *mademoiselle* Frontenac se sintiera indignada por aquel intento de empañar su felicidad, pero contratar a un investigador

privado para averiguar quién la había escrito iba más allá de satisfacer sus sentimientos heridos. Sus manos temblorosas sugerían que estaba realmente asustada.

Mademoiselle Frontenac, sentada, jugaba con la cucharilla.

Su expresión era pensativa y casi triste.

Atalanta dijo en voz baja:

—Hay más, ¿verdad? Puede contármelo.

Mademoiselle Frontenac suspiró.

—Esta carta ha envenenado mi mente. Sé que no debería, pero lo ha hecho. Empecé a pensar... La primera esposa de mi prometido provenía de una familia adinerada. Cuando se casó con él, llevó consigo una cuantiosa dote. Después de su muerte, el dinero fue todo suyo para gastarlo en su negocio, su búsqueda de nuevas pinturas. Mi padre me quiere y me ha prometido que no dejará que me vaya con las manos vacías. —Se quedó en silencio.

Atalanta asintió lentamente.

—Teme que le ocurra lo mismo, poco después del matrimonio, y que el conde se quede con lo que haya aportado.

—Se me pasó por la cabeza. Sé que suena perverso, pero ¿qué otra cosa puedo pensar? ¿Por qué alguien iba a escribir una carta así? —M*ademoiselle* Frontenac exhaló un siseo—. Intento no pensar en ello, pero me persigue por la noche cuando estoy en la cama. Veo al caballo tirando a esa mujer y me pregunto si tenía una espina bajo la silla. Me tumbo de espaldas mirando al techo, dejándome llevar por el sueño, y entonces siento que me ahogo porque alguien me pone una almohada húmeda en la cara. Veo una forma oscura de pie sobre mí y... solo puedo pensar que yo también moriré, y todo por dinero. —Suspira—. No debe dejar que eso me pase. Debe averiguar por mí, antes de que me case, si esta carta es solo un truco mezquino para separarnos a mí y a mi prometido o si es una advertencia real; de lo contrario, nunca tendré paz.

Atalanta estaba sentada en silencio, considerando la situación. No estaba segura de poder determinar quién había escrito aquella carta o si la muerte de la primera esposa del conde de Surmonne había sido un accidente. ¿Cómo se hacía eso?

De repente, todo lo que había hecho hasta entonces le pareció un juego de niños comparado con la enormidad de la tarea que tenía ante sí. Su abuelo podría haber pensado que ella podría hacer algo así, pero...

—Venga conmigo. —*Mademoiselle* Frontenac la miró suplicante—. Venga conmigo a Bellevue a conocer a los asistentes a mi boda. Mire a ver si hay alguien entre ellos que me desee el mal o el bien con esta advertencia. Me gustaría que estuviera conmigo por si llegara otra carta.

—¿Por qué cree que va a llegar otra? —preguntó bruscamente Atalanta—. El remitente tiene lo que quería.

—En realidad no lo sabe. Podría pensar que la eché al fuego sin haberle dado la más mínima importancia al mensaje.

—Cierto, puede ser.

Lo más inquietante es que *mademoiselle* Frontenac parecía pensar que la persona que la había escrito seguiría persiguiéndola incluso después de que ella hubiera abandonado París para viajar a la finca de su futuro marido.

¿Tenía acaso una idea en mente de quién podría ser? ¿Realmente quería que un investigador la tranquilizara diciéndole que no era esa persona?

Mademoiselle Frontenac la agarró del brazo.

—Por favor, venga conmigo.

Atalanta pensó que Bellevue era el mismo lugar donde la primera esposa había encontrado su prematuro final. Tal vez aún hubiera sirvientes, vecinos o amigos que supieran lo ocurrido. Podría hacer averiguaciones discretas para saber si había sido un trágico accidente. Si los testimonios coincidían, podría suponer que el contenido de la carta era una mentira venenosa y tranquilizar a la angustiada joven. Parecía factible.

La futura novia le sujetó el brazo.

—Por favor. Necesito su ayuda.

El reloj de péndulo dorado de la repisa de la chimenea dio las once. Las notas reverberaban en la caja de resonancia del magnífico piano. Ahora todo aquello era suyo; su abuelo se lo había cedido a condición de que ayudara a la gente necesitada. Esa persona, sentada a su lado, le suplicaba que al menos la acompañara a la finca para ver qué podía hacer con aquel percance. Su abuelo había escrito que, como mujer, podría conseguir más cosas, y eso ya era cierto, porque dudaba de que *mademoiselle* Frontenac se hubiera abierto alguna vez a su abuelo de la forma en que lo había hecho con ella.

Así que su plan estaba funcionando.

Sonrió a Eugénie Frontenac.

—La acompañaré. ¿Cuándo partimos?

4

Mientras Renard acompañaba a *mademoiselle* Frontenac a la salida, la cabeza de Atalanta estaba llena de pensamientos sobre las cosas que tendría que preparar para su partida. Habían decidido que viajaría a Bellevue en compañía de *mademoiselle* Frontenac y se haría pasar por una prima lejana. *Mademoiselle* Frontenac le había asegurado que la familia de su padre era muy extensa y que había muchos primos a los que nadie había visto nunca.

No obstante, para que todos los detalles fueran correctos, Atalanta le había pedido que le proporcionara toda la información posible sobre la rama de la familia a la que supuestamente pertenecía; al fin y al cabo, una boda sería un asunto familiar y cabía esperar que los parientes cercanos de la novia estuvieran presentes y se interesaran por ella.

«No hay nada peor que tener que esquivar encuentros todo el tiempo y temer preguntas que podrían revelar al instante que soy un fraude».

El corazón le latía deprisa ante la idea de ir a hacerlo de verdad, y al mismo tiempo le daba una energía que no había sentido antes.

Renard entró en la habitación con tal sigilo que ella apenas lo oyó. La miró con el ceño fruncido.

—¿Ha pensado a quién va a llevar, *mademoiselle*?

—¿Perdón?

—Debe llevar una criada o acompañante. Las damas de familias acomodadas nunca viajan sin criadas.

—Tal vez en el siglo pasado, pero estamos en la época moderna —protestó Atalanta con debilidad.

Su referencia a las familias acomodadas le recordó dolorosamente que su padre había caído de su alta posición y que ella nunca había tenido la educación que le habría correspondido si él hubiera sido más prudente con sus gastos.

—Y necesitará a alguien que la ayude en la investigación. Puede ser muy beneficioso tener ojos y oídos entre el personal.

—Sin duda, pero se supone que no soy más que una prima lejana de la rica familia Frontenac. *Mademoiselle* Frontenac me preguntó cuáles eran mis talentos, además del de detective... —Aquí Atalanta se sonrojó ligeramente, pues aún no estaba del todo convencida de poseer ese talento—. Y le dije que enseño francés y música. Enseguida se animó y me indicó que podría tocar el piano la noche del banquete nupcial, ya que su prometido también ha contratado a una conocida cantante para que asista a los festejos. Una tal Angélique Broneur.

Renard se permitió una discreta tos.

Atalanta estaba muy familiarizada con aquella tos; siempre que su padre y ella habían llegado a algún sitio, la gente se había llamado así la atención y había asentido con la cabeza y susurrado mientras se cubría la boca con la mano.

—¿Hay algo que quiera decirme acerca de Angélique Broneur?

—No quisiera cotillear, *mademoiselle*, ni influir en su juicio antes de que la conozca, pero...

—¿Sí? —Atalanta lo animó a continuar.

—Angélique Broneur está considerada uno de los mayores talentos musicales de la última década. Los críticos dicen de ella que tiene una voz más dulce que la de un ruiseñor. Las damas ricas de París consideran que más bien es una sirena —vaciló un momento—. Supongo que conoce el mito.

—¿Sobre las sirenas? Naturalmente. La mitología es uno de mis pasatiempos favoritos. Leo cualquier cosa remotamente interesante, ya sean las conocidas historias recogidas en la *Ilíada* y las *Metamorfosis* o relatos más oscuros. —Se detuvo antes de lanzar una larga lista de todo lo que había descubierto recientemente en un libro usado que había comprado en una pequeña librería anticuaria del pueblo cercano a la escuela—. La llaman sirena para indicar que atrae a los hombres con su voz.

—Con otros atributos también —observó Renard con sorna—. Pero el hecho de que Angélique Broneur vaya a cantar en la boda de *monsieur le comte* es... notable, por decirlo con suavidad.

—¿Ha habido rumores de que él esté... interesado en ella? —Atalanta lo expresó con delicadeza.

Renard le sostuvo la mirada sin inmutarse.

—*Oui*, pero eso no es todo. También cantó en su primera boda.

«Oh». Atalanta tardó un poco en asimilar aquella información.

—¿Cantaba cuando se casó con su primera mujer, que murió en un accidente poco después?

—El accidente tuvo lugar mientras *mademoiselle* Broneur estaba en la finca.

—¿En serio? Eso sí que es interesante. —Atalanta se paseó por la habitación. Se le ofrecía una gran pista y su mente se apresuró a encontrarle sentido—. Así que podríamos suponer que los dos tuvieron una aventura antes de que él se casara y que luego ella mató a su mujer... Pero ¿por qué? Habría tenido sentido si la aventura hubiera comenzado cuando él ya estaba casado y ella hubiera asesinado a su esposa para liberarlo del vínculo y poder casarse con ella. Pero si se comenzaron a verse antes de que él se casara y luego ella mató a la esposa, y él no se casó con ella, sino que siguió soltero hasta que conoció a *mademoiselle* Frontenac y decidió casarse con ella... El asesinato no la habría beneficiado en absoluto.

—Tal vez en ese momento ella creía que él se casaba por dinero y que, si la esposa moría y él tenía el dinero, se casaría con ella. La habría motivado su creencia, no la verdad de los hechos.

—Hmmm. —Atalanta se detuvo junto al piano y pasó los dedos por las teclas—. Por supuesto, es verdad.

Sobre todo cuando se trataba de sentimientos, no importaba cuál fuera la verdad, solo lo que alguien percibía como la verdad.

—Pero si ella mató a la esposa y sus esperanzas de convertirse en la nueva condesa de Surmonne no se materializaron, ¿por qué iba a seguir en contacto con él? ¿Por qué iba a cantar en su boda? Es poco probable que ella planee matar también a la segunda novia. Eso sería tan... obvio.

¿Tendría alguien realmente el valor de intentarlo? Atalanta nunca había reflexionado a fondo sobre la disposición de los asesinos, pero ahora tendría que hacerlo.

«Después de todo, puede que pronto conozca a uno en Bellevue».

Renard dijo:

—Usted lo considera obvio, pero ¿por qué habría de serlo? El primer asesinato, si es que lo fue, nunca se investigó. Todo el mundo vio el accidente de equitación como eso: un accidente. ¿Cree que podría idear otro para esta nueva novia? ¿Nunca ha oído hablar de familias perseguidas por la tragedia?

—Pero ¿por qué? ¿Simplemente para tener al conde para ella sola? Sabe que no se casará con ella; si lo hubiera querido, ya lo habría hecho. —Atalanta extendió las manos en un gesto interrogativo—. No tiene sentido.

«Si la pasión no era el motivo, ¿qué otra cosa podía ser?». Su mente recorrió las historias de misterio que había leído para encontrar algo plausible.

—¿Tiene dinero?

Renard frunció los labios.

—No cabe duda de que tiene algunos ahorros, ya que ha hecho muchas giras y sus actuaciones están bien pagadas, pero también le gustan la ropa bonita y las joyas.

—¿Gasta la mayor parte de lo que gana? —concluyó Atalanta.

—Yo diría que sí. Cuando está en París, se aloja en una casa a las afueras de la ciudad. Podría averiguar si es de su propiedad o si se la alquila a alguien, pero, aunque sea suya, nunca tendrá lo que tiene una hija de Martin Frontenac. Digamos que, en comparación, *mademoiselle* Broneur siempre tendría las de perder.

—Ya veo. Eso será doloroso si lo ama. —Atalanta miró la alfombra de colores brillantes bajo sus pies, sumida en sus pensamientos—. El amor es una motivación tan poderosa en la vida...

—Yo más bien lo llamaría venganza —corrigió Renard—. No creo ni por un momento que Angélique Broneur ame sinceramente al conde de Surmonne. Ni él a ella. Ambos son demasiado egocéntricos para preocuparse de verdad por otra persona.

—¿Cómo puede saberlo? Solo juzgamos a la gente desde fuera. No sabemos lo que hay en su corazón.

Renard parecía poco convencido, pero dijo:

—Entonces, ¿será usted la pianista de la actuación de *mademoiselle* Broneur en el banquete nupcial? Eso explicaría su presencia allí y le permitiría acercarse *mademoiselle* Broneur, lo que podría resultar útil en la investigación.

—¿Así que ha descubierto al asesino sin que yo haya puesto un pie en la finca? —se burló Atalanta.

Renard pareció molesto.

—No tiene por qué preocuparse —dijo fríamente— de que le falten sospechosos. Estoy seguro de que pronto descubrirá que hay muchos más candidatos viables.

—¿Tan poco gustaba la primera esposa del conde? —preguntó Atalanta con el ceño fruncido—. ¿Por qué nunca se cuestionó el accidente? ¿No se sospechó que la hubieran asesinado?

—No creo que tuviera muchos enemigos, ya que era, por lo que oí de ella, una joven muy vivaz y atractiva. Pero la gente envidia a los que tienen buena fortuna y el conde estaba muy solicitado incluso entonces.

—¿Ahora lo está más? —Atalanta se abalanzó sobre el significado implícito de las dos últimas palabras.

—Yo diría que sí. Se ha granjeado una reputación aún mayor como experto en arte del Renacimiento y muchos hombres ricos están dispuestos a pagar una fortuna por un cuadro que él pueda encontrarles en Italia.

—Pero, si sus servicios están tan demandados, seguro que no necesitará asesinar a su novia para controlar su dote. Con independencia de lo que ocurriera en el pasado, ahora no tendrá necesidad de...

Se detuvo cuando Renard levantó la mano y dijo:

—No sabemos si el motivo del asesinato de la primera esposa, si es que hubo asesinato, fue su falta de dinero. Pudo haber otras razones para matarla. Y para juzgar su situación económica no hay que fijarse solo en sus ingresos, sino también en sus gastos.

Atalanta asintió pensativa.

—Quieres decir que aún podría necesitar dinero, ya que sus gastos podrían superar lo que gana.

—Me han dicho, y la fuente suele ser fiable, que puede apostar mil francos en una sola partida de póquer.

Atalanta abrió los ojos.

—Eso puede salir caro a menos que sepa ganar.

—Oh, gana, pero algunos susurran que hace trampas. Muchos padres no están contentos por que el querido conde haya desplumado a sus hijos.

—Así que el conde tiene enemigos. —Atalanta comenzó a caminar de nuevo—. Uno de ellos podría haber escrito esa advertencia roja como la sangre para causar fricciones en las relaciones personales del conde, tal vez incluso para impedir que se celebre el matrimonio. Para dañar sus intereses, su reputación. Supongo que, si se rompiera el compromiso, la gente murmuraría sobre ello.

—Y Martin Frontenac estaría furioso. No es un hombre que tolere bien la frustración.

—Ya veo. Razón de más para que los enemigos del conde intenten golpearlo donde es vulnerable. —Atalanta se detuvo bruscamente—. Renard, sabe tanto... Si alguien puede ayudarme es usted. ¿Por qué no viene conmigo a Bellevue? —Lo miró atentamente para ver si mostraba algún sutil signo de satisfacción. ¿Había sacado el tema de que alguien la acompañara solo para que lo invitara?

Renard se irguió.

—Eso no es suficiente, *mademoiselle*. Soy el criado de su difunto abuelo. Puedo cuidar de sus posesiones mientras usted, su heredera, me lo permita, pero no puedo viajar con usted para intervenir en los casos. La gente me conoce.

Atalanta quiso protestar diciendo que la gente rara vez prestaba atención a los criados y que, en su opinión, él tenía el mismo aspecto que cualquier otro mayordomo o criado, pero no quiso herir sus sentimientos. Además, si había una mínima posibilidad de que alguien lo reconociera y sospechara algo, su caso se echaría a perder.

Se arrepentía de haber hecho esa sugerencia. No debería cometer errores tan evidentes cuando acababa de emprender el viaje. Pero ¿quién la apoyaría una vez allí? ¿De verdad tendría que hacerlo sola?

—Tiene razón, por supuesto. —Lo miró a los ojos—. Ojalá tuviera un conocimiento tan profundo de las relaciones entre las personas a las que voy a conocer.

«Esta tarea es demasiado grande para mí. ¿Cómo voy a conseguir algo?».

—También podría impedirle formarse una opinión imparcial. Su abuelo tenía un profundo conocimiento de la naturaleza humana que lo ayudaba a resolver sus casos. Creo que creía que ustedes estaban cortados por el mismo patrón, por así decirlo. —Renard reprimió una sonrisa—. Me doy cuenta de que no se equivocaba, porque usted es independiente, como lo era él. Es bueno saber adaptarse a las situaciones. Se aprende mucho escuchando bien. —Renard frunció el ceño y continuó—: Como dice que va a hacerse pasar por una pariente lejana que se gana la vida como profesora de música, es menos probable que cuente con una criada que viaje con usted. Aun así, ¿se da cuenta de que estará sola allí, entre gente de la que no podrá fiarse? Cada uno de ellos podría tener un motivo oculto para ser amable con usted. Tendrá que estar siempre en guardia.

Un escalofrío recorrió la espalda de Atalanta. En su entusiasmo por París, por tener su propia casa donde cultivar las orquídeas favoritas de su madre, por su primer caso y por la perspectiva de ver los campos de lavanda, no había pensado en ello de esa manera, en lo traicionero que podría ser. Se relacionaría con gente que podría tener secretos. Si alguno de ellos sabía algo más sobre la muerte de la primera esposa del conde de Surmonne, por supuesto que no querría que nadie indagara en su pasado.

En cuanto empezara a hacer preguntas, por mucha inocencia que pusiera en su empeño, alguien podría tomar nota.

Alguien que sabría muy bien lo peligroso que resultaría que aquel viejo asunto volviera a la vida.

¿Alguien que podría... decidir que ella no debía indagar sobre ello? Se rodeó los hombros con los brazos. *Mademoiselle* Frontenac temía estar en peligro y le había pedido ayuda. Al aceptar aquella tarea, Atalanta podría haberse puesto en el punto de mira. A menos que fuera extremadamente cuidadosa, su primer caso podría convertirse en el último.

Renard la estudió.

—¿Es consciente de lo que ha hecho? —le preguntó con dulzura—. No quiero ver miedo en su rostro, sino que comprenda cuál es su lugar. Debe ser muy cuidadosa en todo lo que haga. Cierre la puerta con llave por la noche. Acostúmbrese a mirar con atención a su alrededor. Debe ver antes que los demás. Y nunca sea demasiado orgullosa para pedir ayuda. Siempre puede escribirme aquí o llamarme por teléfono. —Le sostuvo la mirada—. Y, quién sabe, tal vez la primera esposa no fuera víctima de un asesinato y la carta se haya escrito simplemente por despecho. Podría no querer decir nada más.

Renard se dirigió a la puerta.

—Si tiene alguna petición especial para la cena, puedo transmitírsela a la cocinera.

Atalanta parpadeó al ver que él volvía así a sus tareas cotidianas, como si todo el asunto de su primera clienta estuviera cerrado, como si no le hubiera ordenado que cerrara la puerta con llave y se guardara siempre las espaldas.

Pero, con la mano en el pomo de la puerta, Renard añadió:

—Aunque la carta se haya escrito por despecho, denota que algo se está cociendo. Alguien no le desea lo mejor al conde y su nueva prometida. Eso podría ser igualmente peligroso. Debe tener mucho cuidado. Su abuelo no querría que le hicieran daño.

—Mi vida no siempre ha sido fácil, pero me las he arreglado para salir adelante.

Renard estaba de pie y tenía la cabeza inclinada.

—Perdóneme —dijo en voz baja—, pero no es lo mismo luchar contra circunstancias difíciles que enfrentarse a malas personas. Por todo lo que he oído de usted, es una persona leal y de buen corazón. Pero no crea que los demás también son así. No se fíe de nadie. —Abrió la puerta y salió al pasillo—. Ni siquiera de su clienta.

—¿Qué ha dicho? —gritó Atalanta, perpleja ante sus últimas palabras.

Pero él ya había cerrado la puerta.

Estaba en la soleada habitación rodeada de sus nuevas posesiones. Pero ahora se daba cuenta de que su vocación conllevaba toda una serie de retos: desconfiar de todos los que conocía y con los que trataba, no tomarse nada al pie de la letra, ni siquiera lo que le había dicho su clienta. Había visto a Eugénie Frontenac como una versión algo mayor de una de sus alumnas: voluntariosa, mimada, rebosante de emociones. Pero tenía que pensárselo con detenimiento, ver más allá de su primera impresión y ser consciente de las otras opciones. El relato de Eugénie Frontenac era su versión de los hechos. Tal vez hubiera omitido elementos por decisión propia o simplemente porque no le parecieron importantes; era posible que hubiera adornado la verdad o hubiera mentido descaradamente para satisfacer sus propósitos. Ni siquiera tenía que haberlo hecho con mala intención. Tal vez Eugénie se sintió avergonzada por algo y decidió que era mejor no mencionarlo. Pero al tomar tal decisión podría estar privando a Atalanta de una información vital.

Golpeando el piano con la mano, Atalanta se quedó pensativa unos instantes y tomó una decisión. Para asegurarse de que su información era veraz y objetiva, tenía que hacer sus propias averiguaciones. «Antes de partir de París hacia Bellevue, tengo trabajo que hacer».

5

Una hora más tarde, Atalanta se encontraba frente a una hermosa casa en una de las calles más prestigiosas de París.

Vestía recatadamente de azul oscuro y llevaba en el brazo una cesta llena de flores que había comprado a un vendedor ambulante en Montmartre. Tras contemplar la fachada durante unos instantes, se adentró en el callejón que bordeaba la casa y que la condujo a la entrada del servicio, en la parte trasera. Llamó a la puerta y le abrió un chico de uniforme que la miró con curiosidad.

—Vengo a vender flores para la mesa —dijo Atalanta—. La cocinera ya lo sabe.

El chico pareció dudar, pero la invitó a pasar con un gesto de la mano. Ella lo siguió a través de la despensa, donde una criada fregaba los platos, hasta una gran cocina. Una mujer gruesa, inclinada sobre un hornillo, removía con ímpetu. El dulce aroma sugería que se trataba de algún tipo de postre a base de natillas. El chico dijo:

—*Madame* Fournier, una florista dice que la conoce.

Madame Fournier miró por encima del hombro.

—¿Te conozco, muchacha? —preguntó, y sus penetrantes ojos azules se fijaron en la pulcra apariencia de Atalanta y en la cesta que llevaba en el brazo—. Parecen unas flores muy bonitas, pero no las necesitamos.

—Por favor, escúcheme. —Atalanta dejó la cesta sobre la mesa de la cocina. Ignorando al niño, que estaba boquiabierto, le explicó—: He oído que pronto va a haber una boda, una gran boda de sociedad. Puedo encargarme de las flores y hacer algo más que entregarlas; también puedo convertirlas en bonitos ramos y arreglos para la mesa. Solo quiero conseguir algo de dinero para mi familia. Por favor.

La expresión de la cocinera se suavizó. Volvió a remover, tapó la olla y se volvió hacia Atalanta.

—Has oído bien lo de la boda, muchacha, pero no tendrá lugar aquí en París.

—Es en Bellevue, una finca —declaró el chico.

—Nadie te ha preguntado nada —le espetó la cocinera. Y se dirigió a Atalanta—: *Mademoiselle* Frontenac se casa con un conde. Tiene una hermosa casa de campo y se casarán allí. Supongo que tendrá un gran jardín y podrá decorar la casa con sus propias flores.

Atalanta bajó la cabeza como si aquello la decepcionara.

La cocinera añadió:

—Pero esas flores tienen son preciosas. Jean... —Miró al chico—. Ve a buscar al señor Vivard y pregúntale si podemos usar estas flores para la cena de esta noche. Ve, ve.

A Atalanta se le aceleró el pulso. Ahora que iban a recurrir a un sirviente de alto rango, tenía poco tiempo.

—*Merci* —le dijo a la cocinera con una sonrisa de agradecimiento—. Es usted muy amable. Debo admitir que tenía un motivo oculto para venir aquí. En realidad, no soy una florista, sino una amiga de *mademoiselle* Frontenac.

La cocinera parecía confusa. ¿Una amiga? Examinó las sencillas ropas de la muchacha.

Atalanta dijo:

—Estoy muy preocupada por Eugénie, últimamente no está muy alegre. Me confesó que había recibido una carta preocupante y me dijo que usted se la había hecho llegar.

Como era de esperar, la mujer saltó enseguida en su propia defensa.

—No fue exactamente así. La carta estaba en la cesta cuando volví del mercado. La habían puesto allí, entre las lechugas y los puerros; la encontré cuando vacié la cesta. Envié la carta a su habitación, no tenía ni idea de que le molestaría tanto como para venir aquí a preguntarme de dónde había salido: no lo sé.

—Ella cree que lo sabe —dijo Atalanta para ejercer presión.

Lo sentía por la pobre mujer, pero tenía que saber más y rápido. Jean volvería con *monsieur* Vivard y su oportunidad se habría esfumado.

—No sé de dónde ha salido la carta. El mercado está muy concurrido y la gente pasa a mi lado todo el tiempo; cualquiera podría haberla metido en la cesta.

—Y cuando llegó aquí, a la casa, ¿vino directamente a sacar las verduras?

—Vine directamente aquí y puse la cesta sobre la mesa. —La cocinera señaló el lugar en el que se había sentado—. Sonó el timbre del salón y no había nadie para ir a contestar; salí al pasillo para ver dónde estaban las criadas. Era la tarde libre de nuestro mayordomo, así que me ocupo de vigilar al resto del personal. —Lo dijo con cierto orgullo—. Encontré a las criadas charlando en la biblioteca. Las regañé y regresé aquí.

Atalanta reconoció que era posible que alguien hubiera puesto la carta en la cesta mientras la cocinera no estaba en la cocina. «Alguien de la casa podría haberlo hecho». Eugénie había mencionado que sus hermanas estaban celosas de ella. ¿Lo habría hecho una de ellas para estropear su felicidad?

—¿Le resultó familiar la letra de la carta? —le preguntó a la cocinera, sin esperanza.

Ella frunció el ceño.

—No. Era un trazo muy pulcro y recto, nada que ver con cómo escribe la gente de verdad. Cuando *mademoiselle* Louise escribe un menú para una velada, apenas soy capaz de entender lo que pone.

Atalanta asintió. Se oyeron pasos en el pasillo y la puerta se abrió. Un hombre alto y moreno la miró por debajo de su larga nariz.

—No compramos flores a vendedores ambulantes —dijo

en tono adusto—. Por favor, váyase de inmediato o llamaré a la policía.

—Ya me voy —le aseguró Atalanta, y recogió su cesta de flores.

Tenía las palmas de las manos húmedas de sudor, pero una sonrisa burbujeaba en su interior. «He conseguido información usando un disfraz».

Aún estaba en el callejón cuando oyó un ruido y se giró. La cocinera se encontraba detrás de ella.

—Sé que me ha dicho la verdad —dijo apresuradamente—. *Mademoiselle* Eugénie me indicó que no hablara con nadie acerca de esa carta. Como ya he dicho, el mayordomo no estaba y las criadas se encontraban trabajando en la biblioteca. Jean le llevó la carta, pero luego se fue a hacer recados. No había nadie cuando ella vino a verme muy alterada para preguntarme dónde la había encontrado. —La cocinera tragó saliva y continuó—: Dijo que nadie debía enterarse, en especial su padre. Explicó que era muy feliz, que no le preocupaba. Si se lo confió, debe de ser usted una gran amiga suya. Y si lo es y le desea lo mejor, debe decirle una cosa.

El tono apremiante de la mujer hizo que a Atalanta la piel de los brazos se le pusiera de gallina. ¿Qué querría decirle? ¿Un gran secreto? ¿Algo que pudiera ayudarla a encontrar la verdad tras la advertencia de la carta?

Miró a los ojos aprensivos de la mujer.

—Sí, dígame.

Respirando hondo, la cocinera miró por encima del hombro para comprobar que no había nadie cerca que pudiera oírla, entonces susurró:

—El anillo no es real.

—¿Perdón?

—El conde le dio a *mademoiselle* Eugénie un anillo de compromiso. Tiene una piedra grande. No es un diamante, es azul, no sé cómo se llama. La cuestión es que el mayordomo tiene un sobrino que trabaja para un sastre y vino a casa a hacerle un traje a *monsieur* Frontenac para la boda. Mientras le hacía el traje, asegurándose de que las mangas no fueran demasiado largas, entró *mademoiselle* Eugénie y habló con su padre. Le puso la mano en el brazo y el sobrino pudo ver el anillo y la piedra. El muchacho es hijo de un joyero y ha trabajado con piedras desde los diez años; fue aprendiz en su tienda, pero luego se aficionó a la sastrería, para disgusto de su padre. Sin embargo, no ha olvidado lo aprendido y al ver la piedra se percató de que no era de verdad, sino falsa. El conde está engañando a *mademoiselle* Eugénie.

«Interesante». Así que tal vez estuviera otra vez escaso de dinero y a la caza de una nueva esposa con una buena dote que luego pudiera invertir en su negocio. ¿Eso también justificaba el corto noviazgo? ¿Así podría poner las zarpas rápidamente en la dote de Eugénie?

—Gracias por decírmelo. —Sonrió a la cocinera para tranquilizarla, aunque su corazón se aceleró ante la idea de que el conde pudiera ser tan frío y calculador. «Un adversario para tener en cuenta».

La mujer no parecía aliviada. Se retorcía las manos.

—Pobre *mademoiselle* Eugénie. Ya era bastante malo que no se le permitiera casarse con el hombre al que ama en realidad, pero caer en manos de un hombre mentiroso, que le ofrece joyas falsas... —Sacudió la cabeza y se marchó.

Atalanta miró fijamente a la figura que desaparecía. «¿El hombre al que ama en realidad...?».

Su clienta no había mencionado sus afectos por otro. Parecía encantada con su compromiso con el conde de Surmonne. ¿Sabía Renard algo más de aquel otro hombre? ¿Por eso le había dicho que no debía fiarse de nadie, ni siquiera de su clienta?

Su advertencia le había producido una sensación de frío en el estómago, que aumentaba ahora que tenía pruebas de que Eugénie le ocultaba información. De todos modos, la justificación podía ser simple; tal vez su enamoramiento anterior había acabado y le avergonzaba que se lo recordaran.

Pero la situación también podría ser más enrevesada; un sentimiento duradero mientras se preparaba para casarse con el hombre que sus padres aprobaban, el que le proporcionaba título y riqueza.

¿Habría escrito la carta este enamorado secreto para asustar a Eugénie y alejarla de su prometido?

«Tengo que preguntarle a Renard si sabe quién es o de quién podría tratarse».

6

—Mire, mire, ¡ahí está! —Eugénie Frontenac apretó la mejilla contra el cristal de la ventanilla del Rolls-Royce mientras se deslizaban por un largo y sinuoso camino hacia una casa blanca con torrecillas.

A ambos lados de la carretera, olas lilas de lavanda se movían bajo la brisa. Eugénie señaló la casa.

—Bellevue debe de ser una de las fincas más hermosas que he visto en mi vida. Es tan blanca y pulcra, las torrecillas tan esbeltas y elegantes... Todo es pura perfección, desde la veleta dorada en lo alto con forma de caballo de carreras hasta la fuente luminosa. Es un sueño para nuestros huéspedes.

Atalanta tuvo que admitir que la casa y sus alrededores ofrecían una imagen de lo más atractiva. Habían recortado los setos de boj en intrincados conos y figuras de animales; las rosas amarillas y naranjas crecían junto a un emparrado y una señal de hierro forjado dirigía a los visitantes a la gruta de las conchas.

«¿Una gruta, aquí? ¿Qué será?».

El Rolls aminoró la marcha y el conductor lo dirigió hacia la orilla que quedaba a su derecha. A la izquierda, un sencillo carro de madera bloqueaba el camino. Dos hombres vestidos con pantalones azules de trabajo y camisa de lino grueso con las mangas remangadas sacaban algo de una zanja. Atalanta tuvo la impresión de que era de color marrón oscuro, estaba embarrado y algo le colgaba sin fuerza, algo parecido a... «¿una mano humana?».

Se quedó sin aliento y giró la cabeza para ver mejor, pero los operarios ya estaban colocando la carga en el carro, ocultándola de su vista.

—¿Qué pasa ahí? —preguntó Eugénie al chófer.

Él se encogió de hombros.

—Probablemente un vagabundo borracho. Lo llevarán a una granja cercana para que duerma la mona.

«Borracho, no muerto». Atalanta reprimió una breve carcajada de alivio. Tenía los nervios demasiado crispados por la llegada a la casa en la que iba a hacer de huésped inocente cuando en realidad intentaba cazar a un presunto asesino. Ya estaba sacando conclusiones precipitadas. Su abuelo la habría mirado con el ceño fruncido. «Haz preguntas primero».

Pero las preguntas que le acudieron a la mente no la tranquilizaron precisamente. ¿Por qué iba a preocuparse la gente de sacar a un vagabundo borracho de una zanja? No era asunto suyo si yacía allí o no. En las zonas más pobres de Londres era bastante normal en verano que los mendigos o los vagabundos estuvieran tirados en la calle, bajo un calor abrasador, al borde de la insolación, y nadie levantaba una mano para llevarlos a un refugio.

Pero estaban en el campo.

«¿Quizá la gente se preocupa más por sus vecinos que en la ciudad?».

Evidentemente, Eugénie se había tomado al pie de la letra la explicación del chófer y su atención volvió a centrarse en la casa de enfrente mientras decía:

—A estas horas es probable que mi prometido no se encuentre en casa. Gilbert estará fuera, montando a caballo, con los amigos o de visita por la zona. Es muy popular. Me pregunto —sonrió con indulgencia— si eso se relajará una vez que nos hayamos casado. —Su expresión cambió un momento, como si considerara algo desagradable y luego lo descartara. Volvió a señalar—. Mire, incluso me han preparado un comité de bienvenida.

La puerta de la casa se había abierto y varias personas se alineaban a lo largo de los escalones que conducían desde la grava hasta la terraza de piedra que rodeaba toda la casa.

El hombre de delante, un mayordomo probablemente, se acercó al Rolls en cuanto este se detuvo y abrió la puerta a las damas. Le tendió una mano mientras Eugénie salía con su vestido de gasa rosa.

—Bienvenida a Bellevue, *mademoiselle*.

—Gracias. —Eugénie se levantó y se estiró ligeramente, girando la cabeza para mirar alrededor—. Qué día tan bonito.

El mayordomo atendió a Atalanta y luego dio instrucciones al chófer para que llevara el coche a la parte trasera de la casa y se ocupara del equipaje.

—Déjenlo en el vestíbulo y yo lo llevaré a los aposentos de las señoras. —Les hizo un gesto para que lo siguieran pasando por delante del personal de servicio.

Había dos lacayos con expresión tensa, como si fueran estatuas de cera; un ama de llaves de mediana edad, con un vestido morado oscuro, y tres criadas de unos veinte años que hacían reverencias nerviosas. Entonces, una muchacha de unos dieciséis años, con un vestido turquesa holgado, salió corriendo por la puerta principal abierta y se unió a la fila. Un perrito blanco la siguió y le rodeó las piernas moviendo su pequeña cola.

El mayordomo se aclaró la garganta.

—No creo que ese sea su lugar, *mademoiselle* Yvette.

—Me atrevo a decir que sí. Aquí me tratan fatal. Ni siquiera puedo ir y venir a mi antojo, no puedo montar el caballo que quiero... Ya no soy un bebé.

Las respuestas atrevidas le resultaban muy familiares a Atalanta, que a menudo había visto algunas chicas llegar a su escuela con esa actitud. «Mis padres me han enviado a esta prisión; aquí no puedo hacer lo que quiero; voy a odiarlo todo». Estaban decididas a ser desgraciadas y, de paso, hacer desgraciados a todos los demás.

—¡Yvette! —exclamó Eugénie—. Qué alegría que estés aquí. —Se inclinó hacia ella y le dio dos besos al aire cerca de las mejillas.

El perrito ladró e intentó morderle los tobillos. Eugénie dio un paso atrás y miró con desprecio al can antes de esbozar otra sonrisa mientras se dirigía entusiasmada a la chiquilla:

—Creía que estabas en Niza.

—Y cómo me gustaría estar allí —suspiró Yvette. Posó la mirada en Atalanta—. ¿Es una de tus hermanas? Louise o... ¿cómo se llamaba la otra?

—Françoise, como bien sabes. —Eugénie pareció irritada un momento, pero forzó una sonrisa y dijo—: Esta es una prima mía, Atalanta Frontenac. Es pianista y tocará en el banquete.

Habían decidido que Atalanta conservara su propio nombre de pila, pues Eugénie le había asegurado que la mayoría de los Frontenac tenían nombres largos y nadie sabía exactamente quién era quién, sobre todo cuando se adentraban en las partes más recónditas del árbol genealógico. Se suponía que Atalanta era la cuarta hija de un hermano del padre de Eugénie, que se había trasladado a Suiza antes de la guerra. «Apenas tenemos noticias de ellos —había dicho—. Y ni siquiera la abuela sabe bien a qué se dedica cada una de las hijas. Es bastante seguro».

Con el ceño fruncido, Yvette estudió a Atalanta.

—Apuesto a que no toca el piano tan bien como yo. ¿Por qué Gilbert no me deja tocar a mí en la fiesta?

Se dio la vuelta e irrumpió en la casa. El perro corrió tras ella, con sus ladridos excitados, pues pensaba que estaban jugando a algo.

—Perdone sus modales —dijo Eugénie a Atalanta—. Es la edad, supongo. Es muy amable por parte de Gilbert ocuparse de su educación, podría haberse desentendido de ella.

Sonaba como si Eugénie hubiera querido decir *debería* haberse desentendido de ella.

Atalanta se sintió identificada con el personal; sus rostros quizá fueran inexpresivos, pero sus oídos se esforzaban por captar cada sílaba de algo interesante que discutir más tarde.

«No les demos material para los cotilleos».

Sonrió a Eugénie y le dijo:

—¿Vamos dentro a refrescarnos un poco? El viaje ha sido largo.

El obediente mayordomo las llevó a sus habitaciones. La de Eugénie se encontraba en el ala este, donde unas puertas elaboradamente decoradas anunciaban las ricas estancias que se escondían tras ellas. A Atalanta la recogió una de las criadas, que la llevó a la otra ala. Allí los tapices de las paredes seguían siendo coloridos y las vidrieras daban a los exuberantes jardines del exterior, pero la puerta de la habitación era de madera sencilla y tenía un simple pomo de latón.

La estancia estaba amueblada con una cama grande, un tocador y un sofá ubicado cerca de la ventana. Todas las telas, desde las mantas hasta las cortinas, eran de color lila, como la lavanda, tan característica de la región.

«¿Puedo ver el jardín desde aquí?». Atalanta se apresuró a asomarse a la ventana para disfrutar de la exuberante tierra, pero su habitación estaba orientada hacia el otro lado, lo que ofrecía una vista del bosque que había detrás de la casa. Grandes robles, abedules, matorrales... y algo escabulléndose entre las sombras, ¿quizá un ciervo?

La oscuridad del denso bosque contrastaba con el jardín abierto y bien iluminado, y Atalanta sintió un estremecimiento de emoción al contemplar su imponente forma. «¿Dónde se encontrará esa gruta de las conchas?».

Se volvió hacia la criada, que le preguntó si todo era de su agrado.

—*Oui, merci.*

La muchacha se retiró y cerró la puerta. Atalanta inspiró y estiró los brazos por encima de la cabeza. Habían llegado. Su caso estaba a punto de empezar de verdad. Por un momento, el recuerdo de la mano flácida que había visto un instante antes pasó por su mente.

Los hombres se habían llevado al vagabundo.

«Hay algo más que belleza y opulencia en este lugar», pensó.

Se rodeó un momento los hombros con los brazos y respiró hondo para disipar aquella inquietante sensación. Entonces se dio cuenta de que su habitación también tenía un balcón y fue a abrirlo para salir a la estructura de piedra. El aire fresco le bañó la cara y le refrescó las mejillas. Sería estupendo sacar una silla y sentarse allí un rato, por la mañana temprano o por la noche, para observar cómo el mundo se tiñe de naranja y rojo. Escuchar el concierto vespertino de los pájaros. «¿Quizá haya aquí un búho como cerca de la escuela?».

Con una sonrisa, apoyó las manos en el borde del balcón, se inclinó y siguió la extensión del bosque hasta el horizonte. ¿Sería todo aquello propiedad del conde? Debía de ser un hombre muy rico.

—Buenas tardes —saludó una voz masculina.

Atalanta bajó la cabeza para ver quién se había dirigido a ella desde abajo.

Un hombre alto, con el pelo negro como un cuervo, estaba en el césped bajo su balcón. Se tapaba los ojos con una mano para protegerse del sol. La luz era brillante, pero Atalanta estaba segura de que los ojos de aquel hombre eran de un marrón intenso, como los del apuesto desconocido que tantas veces había protagonizado sus fantasías sobre viajes.

«No puede ser. Yo lo inventé».

Intentó parecer tranquila mientras decía:

—Buenas tardes.

—Son más que buenas, en realidad. Son perfectas.

—Gran elogio —replicó él—. Pero debo admitir que mi tarde acaba de mejorar. —Una sonrisa inclinó las comisuras de sus labios hacia arriba.

¿Porque la había visto en el balcón?

«Claro que no —se amonestó a sí misma—. Mantén la mente en el caso en lugar de distraerte con un apuesto desconocido que bien podría estar burlándose de ti».

Entonces otro pensamiento la golpeó como un rayo. Eugénie había dicho que su prometido había salido. ¿Y si se trataba del conde, que regresaba a su casa? Desde luego, ella no podía apreciar el buen aspecto de un hombre a punto de casarse.

Con su clienta, en este caso.

—¿Ha podido echar un vistazo? —preguntó el hombre—. ¿Ha visto la gruta de las conchas? Si baja, se la enseño.

—Pero yo... —protestó Atalanta.

La gruta de las conchas era algo que quería ver y, dado que era impensable que pudiera explorarla por su cuenta nada más llegar, aquella invitación le pareció totalmente apropiada.

—Dese prisa, entonces. La espero en la puerta principal.

—Sin esperar su confirmación, se alejó y desapareció de su vista.

Atalanta se dio cuenta de que se había agarrado al borde del balcón y lo soltó. Respiró hondo y trató de recuperar la calma. Sería de mala educación rechazar la invitación de su anfitrión a enseñarle la casa, lo que además le ofrecía la oportunidad de observar su comportamiento, no en grupo, sino en una interacción personal. «Una oportunidad excelente».

Se apresuró a entrar y se inclinó hacia el espejo del tocador para comprobar que llevaba el pelo impecable y tenía el sombrerito en su sitio. Se había comprado ropa nueva para la ocasión; nada demasiado caro, pero sí lo bastante elegante para no avergonzar a Eugénie. Podía hacerse pasar por una prima lejana, pero también podía serlo con gusto y educación.

No necesitó aplicarse color en las mejillas, que ya estaban de un rojo intenso. Se obligó a caminar despacio por el corredor y luego por las escaleras. En el pasillo vio al hombre que la esperaba.

—He entrado porque ha tardado mucho —comentó ofreciéndole el brazo—. ¿Por qué las mujeres tardan tanto en arreglarse para salir? Ni siquiera vamos a salir de aquí.

Atalanta hizo caso omiso de su brazo, pues no creía que a Eugénie fuera a gustarle que se acercara demasiado al conde.

Juntando las manos con recato, sonrió de forma encantadora para compensar.

—Estaré encantada de ver Bellevue. Qué hermosa casa y qué entorno tan impresionante.

—Lástima que uno siempre huela a perfumería después de llevar un día o dos aquí —comentó—. La lavanda lo invade todo. —Se inclinó hacia ella—. ¿Sabía que se considera que el aroma de la lavanda induce al sueño? Qué raro que nuestros visitantes no se desplomen en cuanto llevan aquí unos minutos.

—No es para tanto, ¿no? —preguntó Atalanta. ¿Es que no lo había notado al bajar del coche? Salieron y ella aspiró profundamente—. Apenas huele.

—Mejor. No quiero que se duerma. Tenemos una cueva emocionante por explorar.

Aquellas palabras resumían los sueños de Atalanta. Allí era autónoma, no una profesora a las órdenes de un director de escuela o un miembro del personal. No; era una invitada distinguida y libre.

Se puso a su lado y estiró el cuello para mirar al frente. A ambos lados del camino había parterres con lirios y dalias. Un jardinero cortaba un ramo mientras consultaba la lista que llevaba. «¿Serían las flores que adornarían la cena?».

—La gruta de las conchas es una parte antigua y original de la finca. Se construyó en el siglo XVII y representa unos mitos romanos. ¿Conoce alguno?

—Sí, me encanta la mitología —se entusiasmó Atalanta. A punto estuvo de soltar que una vez había visitado una excavación romana con su padre, pero eso sin duda daría lugar a preguntas. «Cuidado, no digas nada que te delate»—. Leí muchos libros en mi adolescencia.

Pareció reprimir una sonrisa.

—Otra chica a la que le encanta meter la nariz en los libros.

—¿Otra? —preguntó Atalanta—. ¿Se refiere a Eugénie?

Él hizo un gesto con la mano.

—Por aquí.

El camino era más estrecho que el otro, de tierra pisada, y en un momento dado tuvo que agacharse bajo los zarcillos de un arbusto amarillo en flor que colgaba sobre el sendero. Una dolorosa punzada en el cráneo la hizo detenerse y levantar los dedos para palpar lo que se le había enredado en el pelo.

—Permítame. —El hombre extendió la mano y lentamente desenredó un mechón de su pelo de una rama. Estaba tan cerca que ella pudo oler su perfume—. Ya está. Podemos seguir.

Aunque en ningún momento había pensado cogerle el pelo, parecía a gusto en una situación así, buscando más cercanía de la que parecía apropiada para un hombre que estaba a punto de casarse. ¿Significaba eso que no amaba de verdad a Eugénie?

Sus ojos castaño oscuro no lo delataron mientras le sostenía la mirada un momento más antes de darse la vuelta y guiarla más adelante por el sendero.

—No queda mucho.

Aquello era más excitante que cualquier otra cosa que hubiera hecho antes, pero no debía olvidar que estaba trabajando. Que estaba investigando si ese hombre que caminaba delante de ella era un asesino.

Una sensación de frío la invadió y aguzó sus sentidos. La voz de Renard le susurró al oído: «Debe ver antes que los demás».

Delante de ellos había una estructura rocosa cuya entrada estaba medio oculta por una parra en la que se estaban formando pequeñas uvas.

—Qué emocionante —dijo ella.

—¿No había un mito sobre racimos de uvas colgando fuera de nuestro alcance? —preguntó su acompañante.

Al llegar a la boca de la cueva le llegó un olor húmedo y se estremeció involuntariamente. En el techo había un agujero por el que entraba la luz del sol, que acariciaba el mosaico de conchas. Rosa suave, beis, lila y marrón formaban un rico retablo con ninfas juveniles de cabellos dorados que tomaban un baño, un cazador observando desde la maleza, un majestuoso corzo corriendo frenéticamente con perros persiguiéndolo.

—Acteón —susurró Atalanta—. Deseo castigado con la muerte.

Los pájaros trabajaban en los árboles y las liebres descansaban sentadas en el suelo. Un pavo real desplegaba la cola en la esquina izquierda. Cuanto más miraba, más detalles localizaba.

—¿Qué le parece? —le preguntó él.

—Creo que sus antepasados tenían un gusto excelente.

—¿Mis antepasados? —Su voz sonó cerca de ella. Él rio suavemente—. Mi querida señora, no pensará que soy el conde de Surmonne en persona, ¿verdad? No soy más que un humilde amigo suyo. Sin título ni dinero.

«¿De verdad? Absolutamente maravilloso».

Atalanta reprimió cualquier signo de alegría y, en su lugar, frunció el ceño ante su nuevo conocido.

—Podría haberse presentado cuando nos conocimos.

—Usted también. —Se llevó las manos a la espalda—. La confundí con la novia. Pero supongo que conocería a su propio prometido si se lo encontrara a plena luz del día, así que yo también debo de haberme equivocado.

Atalanta tenía las mejillas encendidas. Ese amigo del conde había pensado que se trataba de Eugénie y se había ofrecido amablemente a mostrarle los alrededores. Ahora resultaba que era una extraña y... él podría pensar que sus intentos de caballerosidad habían sido en vano con ella.

—Debo disculparme por el malentendido —dijo en tono formal, extendiendo la mano—. Raoul Lemont. Me han pedido que sea testigo en la boda.

—Atalanta Frontenac. Tocaré el piano en la fiesta.

Él sonrió.

—Así que ambos tenemos nuestro pequeño papel en esta feliz ocasión. —Sonaba ligeramente cínico.

Atalanta observó la emoción que se dibujaba en las facciones de él mientras permanecían de pie en la penumbra de la habitación. «¿En qué estará pensando?».

—¿No cree que vayan a ser felices? —decidió preguntarle.

Raoul pareció sacudirse un pensamiento que estuviera distrayéndolo.

—¿Qué ha dicho?

—¿No será una celebración feliz?

Él dejó escapar un sonido entre risa y resoplido.

—No soy especialmente partidario de atarse de por vida. Pero mi amigo parece decidido a hacerlo. Otra vez.

—Sí, he oído que había estado casado antes y que enviudó trágicamente poco después. —«Ya está, ahora gira la conversación hacia el accidente. Pero de una forma natural»—. ¿Conoció a su primera esposa?

—¿Mathilde? —Raoul parecía sorprendido—. En realidad, sí. Pero no esperaba que una Frontenac estuviera tan ansiosa por oír su nombre.

Sonó tan acusador que Atalanta se estremeció, pero no apartó la mirada. Al contrario, trató de entender el significado de sus palabras.

—¿Qué quiere decir? Es de dominio público que el conde estuvo casado antes.

—Sí, por supuesto, pero por muy poco tiempo. El matrimonio no duró más que unas semanas. Algunas personas lo consideran apenas digno de mención, sobre todo porque piensan que su elección de Mathilde fue... un error.

—Ya veo. —Qué fascinante a la luz de un posible asesinato—. ¿Y por qué pensarían eso?

Se encogió de hombros.

—Mathilde era joven y rebelde, no estaba preparada para el matrimonio. Su elección de montar un semental que ni siquiera un hombre podía controlar era típica de su actitud ante la vida. Siempre quiso más de lo que podía dominar. —Frunció el ceño—. Pobrecita. Pagó ese error con su vida.

—¿Así que se sabía que el caballo era difícil de manejar? —preguntó Atalanta con el corazón acelerado. Eran datos valiosos para apoyar la teoría del accidente—. ¿Había tirado a otros jinetes antes?

—Desde luego que sí. De hecho, Gilbert estaba pensando en devolvérselo al hombre al que se lo había comprado. No lo consideraba lo bastante fiable como para tenerlo en sus cuadras. Pero, antes de que pudiera hacerlo, Mathilde lo sacó a pasear, por supuesto sin que Gilbert supiera nada, salió despedida y se rompió el cuello. —Echó la cabeza hacia atrás y se quedó mirando el agujero por el que entraba el sol—. Fue una imprudente, pero no se lo merecía.

—¿Estaba sola cuando murió? —preguntó Atalanta. Podría ser una pregunta extraña, así que se apresuró a explicarlo—. Quiero decir, es muy triste morir así, y aún más triste si estaba sola, sin nadie que acudiera en su ayuda.

—No, estaba con una de sus amistades. —Raoul puso mala cara al decirlo.

¿Había sido un amigo varón? ¿Por qué si no iba a emplear ese tono?

—Pero no removamos más el pasado —dijo Raoul tocándole ligeramente el brazo—. Los nubarrones se han disipado y el sol vuelve a brillar. Gilbert ha traído otra novia a la finca y todos bailaremos en la boda. Venga. —Se dio la vuelta y volvió a salir.

«Demasiado tarde para preguntar por esa amistad que estaba con Mathilde cuando murió». Una aguda sensación de fracaso la apuñaló. Ahora no podía sacar de nuevo el tema. Como Frontenac presente en la boda, podía tener un ligero interés por la primera esposa, pero mostrar demasiada curiosidad, sobre todo por conocer detalles precisos de la muerte, parecería sospechoso.

Raoul caminaba delante de ella como si de pronto tuviera prisa por alejarse. Justo cuando abandonaban el estrecho sendero, apareció un hombre vestido de jinete. Los vio y les hizo señas con el látigo. Iba acompañado de un policía uniformado que gesticulaba con ambas manos mientras les explicaba algo.

«¿La policía?». Atalanta aminoró el paso, su mente se llenaba de preguntas sobre lo que hacía allí el oficial. ¿Asuntos de la propiedad? ¿Algo sin importancia?

—Es el conde de Surmonne —dijo Raoul a Atalanta—. De mal humor, supongo, porque lo abandoné mientras cabalgaba.

Atalanta miró el traje ligero de Raoul, limpísimo.

—No va vestido para montar.

—Qué observadora es usted. Estaba haciendo de zorro. Le estaba marcando el camino que tenía que seguir. Pero me aburrí del juego y lo abandoné para ir a ver qué atracciones se ofrecían en la casa.

¿Atracciones? ¿Raoul había querido saber si Eugénie ya había llegado? La cocinera había mencionado a un hombre al que ella amaba de verdad. Renard no tenía idea de quién podía ser.

«¿Podría ser Raoul?». ¿Había ido a coquetear con la novia bajo el techo del hombre con el que estaba a punto de casarse? Entonces no le asustaban los riesgos.

Pero no, ¿cómo pudo entonces suponer que ella era Eugénie? Ese error sugería que nunca se habían visto antes.

Eso no significaba que no hubiera querido conocerla sin la presencia de su amigo el conde. Para ser sinceros, aquel hombre apuesto, de pelo negro, ojos cálidos y modales atractivos, probablemente estuviera acostumbrado a gustar a las damas a primera vista y a que coquetearan con él.

¿Quizá había tomado su interés por la gruta de las conchas como una excusa velada para pasar tiempo con él?

Pero, por muy maravillosa que fuera la gruta, todo aquello se ceñía al interés del caso que la había llevado hasta allí. El conde terminó de hablar con el policía, que lo saludó con una respetuosa inclinación de cabeza y se despidió. Entonces continuó su camino hacia la casa, pero cambió de idea y se acercó a ellos. Estudió a Atalanta de pies a cabeza.

—¿*Mademoiselle* Atalanta Frontenac? Eugénie me escribió para decirme que la traería. Debo decir que la sugerencia me pilló con el paso cambiado. De hecho, ya había acordado que mi sobrina, Yvette, tocaría el piano para acompañar a la cantante que contratamos para la fiesta.

—¿La pequeña Yvette iba a acompañar a la gran Angélique Broneur? —Raoul soltó una carcajada echando la cabeza hacia atrás—. Ya sabes lo que opina Yvette de Angélique. La última vez que se vieron le puso una escoba mojada en la cama.

—Yvette era más joven entonces. —El conde lo dijo convencido, pero se le enrojeció el rostro—. Esta vez se comportará.

—Aun así, creo que es una excelente idea mantenerla alejada de *mademoiselle* Broneur —insistió Raoul—. Si *mademoiselle* Frontenac sabe tocar bien el piano y tu querida novia se lo ha pedido para la ocasión, debes complacerla. —Se inclinó hacia él y le dio un golpecito en el brazo—. Los hombres deben escuchar a sus esposas. Evita muchas desgracias.

El conde retiró el brazo como si algo le hubiera picado. La ira brilló en sus ojos y por un momento a Atalanta le pareció que levantaría el látigo y golpearía a Raoul. Pero la furia pasó como un relámpago a plena luz del día cuando no sabes si en realidad ha fulgurado o ha sido un efecto óptico.

«Por supuesto que no arremeterá contra un amigo».

«No por algo tan inocente como ese comentario hecho en broma».

Sin embargo, era destacable ver que todas esas personas compartían un pasado con la difunta Mathilde y se mostraban tan susceptibles cada vez que se planteaba el asunto de las esposas y el matrimonio.

—¿Había un policía con usted? —preguntó Atalanta—. Espero que no haya pasado nada. ¿Un robo, tal vez? Parece que los ladrones son cada día más audaces y entran en las grandes casas a plena luz del día. Y, como coleccionista de arte, usted debe de tener muchos objetos de valor.

—No, solo me ha informado sobre un cazador furtivo que ha fallecido en mi tierra. —El conde hizo un gesto desdeñoso—. Era un anciano y bebía demasiado. Era de esperar que acabara en una zanja.

«¿En una zanja?». Se quedó sin aliento al darse cuenta de lo que implicaba. El hombre al que había visto que se llevaban cuando se dirigían a la casa no estaba borracho, sino muerto.

«Lo sabía. Esa mano terriblemente flácida...».

Muerte entre la lavanda. Y Eugénie había dicho que todo en aquel lugar era pura perfección. Atalanta no habría dicho que algo era perfecto cuando la muerte formaba parte de ello. Otra muerte después de la de Mathilde.

Pero Mathilde había muerto en un accidente de equitación y ese viejo se había emborrachado hasta morir. Había ocurrido en las tierras del conde. Una coincidencia.

Aun así, coincidencias como aquella la incomodaban. Un buen investigador no daría nada por sentado. «Debe ver antes que los demás», le había dicho Renard.

¿Cómo aprendería a hacerlo?

7

Se sentaron a la mesa. Después de una excelente sopa —o tal vez podría llamarse *bouillon*, porque... había sido ligero y aromático, perfecto como aperitivo—, estaban con el plato principal: venado con patatas duquesa y *ratatouille*. El vino brillaba en las copas de cristal y las dalias que Atalanta había visto cortar al jardinero aquella misma tarde estaban dispuestas con gusto en un impresionante centro de mesa.

Al entrar en el comedor y ver al perro de Yvette, Eugénie había pedido que se lo llevaran, pero Yvette había protestado diciendo que Pom-pom nunca estaba lejos de ella y, tras unas cuantas miradas suplicantes a Gilbert, el conde había cedido y le había permitido tenerlo a su lado. La chiquilla seguía dándole comida por debajo de la mesa y buscando el ojo de Eugénie para restregarle su victoria. En opinión de Atalanta, Eugénie haría mejor fingiendo que no se daba cuenta o que no le importaba, pero no parecía estar en su naturaleza ignorar los desaires. Comía sin apetito y miraba a Yvette cada vez que su mano desaparecía bajo el mantel de damasco.

El conde intentó iniciar una conversación sobre las delicias del verano en el campo, pero, al notar la absoluta falta de entusiasmo con que su prometida lo recibía, se concentró en su venado y en degustar el rico vino tinto que lo acompañaba.

Raoul miró divertido a Atalanta.

«¿Está reafirmando cuánta razón tiene al rehuir el matrimonio y todo lo relacionado con él?».

De repente, un alegre bocinazo al otro lado de las ventanas rompió el silencio y el conde levantó la vista de golpe.

—¿Quién puede ser?

Yvette se levantó de un salto, se acercó a la ventana y levantó la cortina de encaje. Pom-pom corrió tras ella y se apoyó en las patas traseras contra la pared mientras intentaba alcanzar el alféizar y mirar fuera.

—Es un coche deportivo precioso —exclamó Yvette, y salió de la habitación al trote, con el perro pisándole los talones.

—Ahora yo también tengo curiosidad —dijo Raoul, y ocupó el lugar que Yvette había dejado libre junto a la ventana. Rezongó—. Ella lo llama precioso coche deportivo, yo lo considero más bien una sosez.

La curiosidad de Atalanta creció, estaba tentada a ir y verlo por ella misma. Sin embargo, permaneció sentada por respeto a su anfitrión, que fruncía el ceño por la interrupción en la cena.

Las risas llegaban desde el pasillo y entonces entró un hombre alto con rizos rubios y un par de gafas en la mano. Una mujer vestida de turquesa se pegó a él y saludó con una elegante mano a los presentes.

—Hola. Me atrevería a decir que llegamos tarde a cenar. —Se separó del hombre y rodeó la mesa hasta la cabecera, se inclinó hacia el conde y lo besó en la mejilla—. Gilbert, es un placer volver a verte. —Luego se volvió hacia Eugénie—. Hermana, querida... —Eugénie se había puesto roja.

—¿Qué estás haciendo aquí? —graznó.

Tenía que ser una de sus hermanas. Louise, o como se llamara la otra, como había dicho Yvette. Esto llevó a Atalanta a suponer que la tercera hermana era fácil de olvidar. Desde luego, no era el caso de la recién llegada. Su pelo rubio reflejaba la luz de la lámpara de araña y sus ojos brillaban con una expresión atrevida mientras recorría con la mirada a los invitados.

El hombre de la puerta sonrió a Eugénie.

—Sorpresa. Hemos pensado venir antes y pasar unos días extra respirando aire sano del campo.

—No será muy saludable si lo estropeas con los gases de escape de tu nuevo juguete. —Gilbert sonaba rencoroso. Sin embargo, chasqueó los dedos hacia el mayordomo—. Trae platos extra para estos invitados.

—Hemos cenado por el camino —le aseguró la mujer—. Ha sido muy agradable. Una pequeña posada, una mesa estrecha, a la luz de las velas. —Volvió junto al hombre y le pasó la mano por el brazo en un gesto cariñoso—. Será mejor que subamos a refrescarnos para el baile. ¿Vamos a bailar?

—¡Genial! —exclamó Yvette. Miró al hombre con admiración.

Los dos nuevos huéspedes se retiraron de la habitación; sus voces llegaban desde el vestíbulo mientras hablaban con el mayordomo.

Gilbert miró a Eugénie.

—¿Sabías que Louise iba a venir?

«Louise, sí, era como ella había imaginado». Atalanta asintió para sus adentros mientras cogía la copa de vino y bebía un sorbo estudiando la interacción. Cada deducción correcta le producía un estremecimiento de placer, como cuando jugaba al ajedrez con su padre y hacía sus jugadas paso a paso, adormeciéndolo con una falsa sensación de seguridad mientras ella preparaba su jaque mate.

Eugénie se recostó en su silla.

—¿Por qué le habría preguntado qué hacía aquí si esperaba que viniera?

—Pensé que se lo habrías sugerido.

—En absoluto. —Eugénie cortó el venado con un gesto despiadado—. Y ciertamente no le pedí que viniera —recalcó su aversión en la palabra.

El conde pareció relajarse un poco.

—Ya veo. Bueno, haremos lo que podamos. No vamos a echarlos.

—No me importaría que lo hicieras. —Eugénie dejó los cubiertos—. Discúlpame, tengo un terrible dolor de cabeza. —Lanzó una mirada suplicante a Atalanta—. ¿Le importaría acompañarme a dar un paseo vespertino? El aire fresco me reanimará.

—No me importa en absoluto. —Atalanta se levantó.

En las facciones de Raoul Lemont percibió un atisbo de risa, como si pensara que ella fuera el perrito faldero de su pariente.

La idea de que la tomara por una pariente menos adinerada, alguien que no estaba a su altura, le dolía. Por primera vez en su vida había conocido a un hombre realmente intrigante, y qué diferente habría sido si los hubieran presentado en una fiesta en París, a la que ella habría entrado entre miradas envidiosas como la nueva heredera de la ciudad. La nieta del respetado Clarence Ashford. Pero allí estaba, interpretando el papel de alguien que no tenía el estatus de las personas con las que se relacionaba. Y aunque estaba muy familiarizada con aquel rol, ahora le resultaba irritante.

«Menos mal —se tranquilizó con argumentos razonables, como hacía a menudo—. Recuerda la advertencia del abogado de que no debes compartir las noticias de tu riqueza o la gente se aprovechará de ti. Imagina a Raoul coqueteando contigo solo porque sabe que tienes dinero. Eso sería mucho peor que cualquier desaire que pudiera hacerte ahora».

Sin embargo, aunque esos pensamientos racionales la habían ayudado en otras ocasiones, ahora no lograban convencerla, y el anhelo por encajar con aquella gente y sentir, por una vez, que pertenecía a su grupo en lugar de mirarlo desde fuera persistía.

En un momento las dos mujeres se encontraron en el exterior, alejándose de la casa.

—No puedo creer el descaro de Louise de venir aquí de esa manera. ¡Con él! —Eugénie se sacó de la manga un delicado pañuelo de encaje y se secó los ojos con él—. Me siento totalmente humillada.

—No veo por qué debería sentirse incómoda por que su hermana venga unos días antes. Estoy segura de que el conde es el anfitrión perfecto.

—Louise solo lo hace para hacerme sentir mal. —Eugénie resopló—. Me empujó a un compromiso inapropiado para que mi padre me repudiara... —Se estremeció—. Louise es malvada. Tiene una cara bonita y buenos modales cuando quiere, pero su corazón es oscuro como la noche.

«¿Habrá escrito ella la carta para asustar a su hermana?». Atalanta caminaba despacio, intentando discernir qué podía preguntar sin resultar grosera. Por otra parte, Eugénie la había contratado para que investigara la carta anónima y la posible amenaza de su futuro marido, así que era natural que tuviera preguntas.

—¿No se lleva bien con Louise? —Abrió el interrogatorio con una pregunta obvia.

—Estábamos muy unidas. Louise es solo un año mayor que yo. A menudo jugábamos juntas, teníamos las mismas niñeras y profesores. Algunos incluso pensaban que éramos gemelas. —La expresión de Eugénie se suavizó—. Compartíamos todos nuestros secretos. Nunca pensé que me traicionaría. —Se detuvo a coger un poco de lavanda y la olió—. Ojalá pudiéramos volver a ser como entonces, cuando creía que podía confiar en ella. Pero supongo que todo cambia cuando creces. Tienes otros intereses y... —Miró a lo lejos—. Louise siempre quiso casarse joven. Pero, aunque es encantadora y culta, los hombres no se interesan por ella. A menudo le he dicho que se lo pone demasiado fácil. Demuestra que quiere gustarles y eso no es del agrado de ellos. Prefieren tomarse la molestia de hacer que una mujer les interese. —Miró a Atalanta—. Así que Louise se encargó de hacer de casamentera para nuestros conocidos. Incluso se atribuye el mérito de haberle presentado a Gilbert a su primera esposa.

—¿A Mathilde? —preguntó Atalanta—. ¿Era Mathilde amiga de Louise?

—Sí. Fueron juntas al internado.

Atalanta recordó que Raoul le había dicho que Mathilde, en el fatal paseo que la había llevado a la muerte, iba con una de sus amistades. «¿Louise?».

—En aquel momento yo no tenía ningún interés en los hombres, así que me alegré por Mathilde y Gilbert. Sigo pensando que hacían muy buena pareja. —Su expresión se volvió pensativa, casi triste.

—¿Una pareja mejor que él y usted? —preguntó Atalanta en voz baja.

Eugénie se incorporó bruscamente.

—No he querido decir eso, pero... Mathilde tenía algo diferente. Ella era de buen corazón, de voz suave e infinitamente elegante. No había rastro de maldad en ella. Nunca cotillearía o se reiría de alguien menos afortunado. Creo que Gilbert la adoraba, la tenía en un pedestal, la consideraba una santa. Era bastante insano, si me pregunta. Todos somos humanos.

—Supongo que sí —confirmó Atalanta para que siguiera hablando.

La imagen que Raoul había pintado de Matilde había sido muy diferente. Rebelde, que hacía lo que quería, aunque su marido se lo hubiera prohibido.

¿O eso formaba parte de su encanto?

—Y, aun así, después de que Gilbert hubiera perdido a esa mujer tan especial, ¿Louise pensó que podría hacer que se enamorara de nuevo?

—Sí. De ella. —Eugénie lanzó una mirada fulminante a Atalanta—. Durante algún tiempo fue un secreto a voces en nuestro círculo que Louise corrió al lado de Gilbert para consolarlo justo después de la muerte de su esposa. Era... indecoroso. Pero cuando intentamos decírselo se enfadó y dijo que estábamos malinterpretando sus intenciones.

Sin embargo, ¿podría ser que, después de haber emparejado a su perfecta amiga Mathilde con el atractivo conde de Surmonne, se hubiera dado cuenta de su error cuando ella misma empezó experimentar sentimientos por él? ¿Habría planeado un accidente en el que Mathilde muriera para poder consolar al viudo y convertirse en la nueva condesa?

Si esa había sido su intención, había fracasado.

Pero ¿cómo había ocurrido? ¿Había intentado mostrarle sus sentimientos a Gilbert y él la había rechazado? ¿Por eso él se había dedicado a viajar durante meses, en teoría ocupado con sus adquisiciones artísticas, pero en realidad para evitar a Louise?

Habría sido muy doloroso, casi insoportable. ¿Era Louise Frontenac una mujer amargada movida por la venganza?

Eugénie continuó:

—Mientras Louise hacía el ridículo suspirando por Gilbert, que no estaba en absoluto interesado en ella de esa manera, también intentaba encontrar a alguien para mí. Yo creía en sus buenas intenciones y salí varias veces con un hombre al que me presentó. Me dijo que era heredero de una gran fábrica en Alemania, pero más tarde resultó que nada de aquello era cierto e incluso dañó mi reputación. Creo que lo hizo a propósito. Mis padres no estaban contentos por que se hubiera enamorado de un viudo y ella quería desviar la atención de sí misma. Por suerte descubrí a tiempo sus artimañas. —Cerró las manos apretando la lavanda—. Y ahora él está aquí.

—¿El hombre que está con su hermana es el supuesto heredero de la fábrica alemana?

—Sí, pero no es un heredero, es solo un oportunista que quería sacar tajada de nuestra fortuna familiar, a través de mí o a través de Louise, eso le daba igual. No puedo creer que ella lo haya traído aquí y se esté comportando como...

—Tienen una relación. —Atalanta asintió lentamente. La referencia a una cena a la luz de las velas lo daba a entender—. Es probable que la tengan. Puede que ella haya aceptado que el conde nunca le corresponderá y haya tomado otra decisión.

—¿Una decisión? —Eugénie echaba chispas—. ¿Qué decisión implica caer en los brazos de un hombre que solo quiere acceso a la chequera de nuestro padre? Es algo despreciable.

—¿Y él? —preguntó Atalanta.

Eugénie se lo pensó un momento.

—Supongo que Victor no puede evitar ser como es.

Una valoración muy amable después de haber juzgado tan duramente a su hermana. ¿Podía ser que Eugénie aún conservara algún sentimiento de ternura hacia el hombre con el que su hermana la había emparejado?

«Menudo enredo».

—¿Y no la invitó a venir?

—La invité a la boda, por supuesto, ¿cómo podría no hacerlo? Mamá nunca me perdonaría que ignorara a Louise. Pero supuse que vendría con los demás el día antes del enlace, no antes de tiempo y con esta... ostentación. —Eugénie abrió las manos y miró los tallos de lavanda partidos—. Ahora huelen deliciosos. —Aspiró el aroma—. Debo poner estas flores en una bolsita de lino y guardarla debajo de la almohada. Dicen que el aroma de la lavanda ayuda a conciliar el sueño; lo necesitaré. La boda me está causando mucha ansiedad. —Miró a Atalanta—. ¿Tiene idea de quién me escribió la carta?

—Lo siento, no. —Atalanta sacudió la cabeza—. ¿Cómo podría haberlo averiguado tan rápido?

—Ojalá hubiera tiempo suficiente, pero no es así. Hay... como un presentimiento en el aire.

Atalanta tragó saliva al pensar en el cazador furtivo muerto. El conde no lo había mencionado durante la cena; una decisión lógica, tal vez, ya que se trataba de una situación desagradable que prefería ocultar a sus invitados.

«¿O hay otro motivo?».

—Es una sensación que no puedo explicar, un peso que me oprime el pecho y me impide respirar por muy limpio que esté el aire aquí. —Eugénie se rodeó los hombros con los brazos.

—¿No te encuentras bien, Eugénie? —preguntó una voz masculina.

Ambas mujeres se giraron.

El hombre de los rizos rubios, Victor, estaba de pie sonriéndoles. Llevaba un cigarrillo en la mano izquierda, pero no parecía encendido. ¿Habría utilizado su intención de fumar como excusa para salir y seguir a Eugénie?

Victor se acercó y extendió una mano para tocar la mano izquierda de Eugénie.

—Tienes frío. No deberías salir por la tarde.

—Es pleno verano —observó Atalanta—. Todavía debe de hacer más de veinte grados.

La miró con sus ojos azules.

—¿Y usted es su carabina?

—¿Acaso necesita una? —replicó Atalanta.

Hubo un silencio repentino tras aquella pregunta un tanto atrevida. Eugénie podría enfadarse con ella por haber respondido así, pero si Victor había mentido acerca de ser heredero de un imperio comercial alemán, merecía que lo mantuvieran a raya.

—Ya puede volver a casa, Atalanta —dijo Eugénie en voz baja—. Estaré bien.

¿Tenía que hacerlo? Su cliente le había dicho, minutos atrás, que percibía algo siniestro.

—Creía que le dolía mucho la cabeza —dijo Atalanta—. ¿Está segura de que no es demasiado esfuerzo?

—Acaba usted de indicar que el aire de la tarde es cálido —observó Victor con una sonrisa desafiante—. Y, conmigo a su lado, Eugénie no corre peligro de que un animal salvaje o un vagabundo la ataquen.

Eso no quería decir que en su presencia Eugénie no corriera peligro, pensó Atalanta, pero no podía transmitirle sus preocupaciones a su clienta con él de pie junto a ellas. Sonrió.

—Confío en usted, *monsieur*, y en su caballerosidad.

El doble sentido de las palabras no pareció escapársele. Le dirigió una mirada escrutadora, como si se preguntara cuánto sabía ella de su relación prohibida con Eugénie.

Atalanta trató de mantener una expresión inexpresiva. Victor pareció comprender que no llegaría más lejos con ella y le dijo a Eugénie:

—Debes perdonarme por haber llegado aquí de esta manera, pero Louise puede ser muy insistente. Quería darte una sorpresa.

—Por lo menos podrías haber intentado llegar a tiempo a la cena.

«¿Y evitar el *tête-à-tête* al que Louise había hecho referencia?», se preguntó Atalanta mientras se alejaba. Cuando estuvo cerca de la casa, miró hacia atrás y vio a Victor de pie con las manos sobre los hombros de Eugénie, hablándole con urgencia, al parecer. Habría dado cualquier cosa por saber de qué se trataba.

—¿La han invitado a marcharse? —preguntó una voz cínica, y Raoul se plantó ante ella. Miró sobre su hombro hacia la pareja en la distancia—. ¿Tres son multitud?

—Acaban de pedirme que vuelva a la casa antes que ellos. Estoy segura de que vendrán enseguida. —Y añadió—: Lo que tengan que discutir no es asunto mío. Ni suyo.

Los ojos de Raoul se entrecerraron mientras seguía mirando.

—Yo no estaría tan seguro de eso.

Atalanta lo estudió.

—Debe de ser muy amigo de la familia para que esto le importe tanto.

Raoul pareció revolverse y se encaró con ella.

—Tengo ojos en la cara.

—¿Y?

—Los tengo y los uso. —Se apartó de ella y se dirigió a la casa.

Atalanta tuvo que correr unos pasos para alcanzarlo. «¿Qué piensa hacer?».

—¿Va a decirle al conde que están juntos?

—¿Por qué demonios piensa eso?

—Quizá quiere que se rompa el compromiso.

Se detuvo con resquemor. Los ojos le brillaron mientras la estudiaba.

—¿Por qué cree eso?

—No lo sé. —El corazón le martilleaba en el pecho. ¿Había escrito Raoul la carta? Sacudió la cabeza.

—Nada de respuestas evasivas ahora, *mademoiselle* Atalanta. Sabe bien por qué lo ha dicho. Usted es discreta, de las que no hablan demasiado, pero de las que observan y escuchan constantemente, a la espera de información que puedan usar en su beneficio. ¿Cree que voy a pagar por su silencio?

La sugerencia la dejó muda. «¿Cree que soy una chantajista?».

Una risa incrédula brotó de su interior, pero la expresión de él hizo que muriera en su garganta.

«Lo dice en serio. Cree que estoy aquí para crear problemas en mi propio beneficio».

«¿Solo porque sabe que no tengo dinero?». Una sensación fría le caló los huesos. ¿Sería siempre igual? ¿Los prejuicios y las mentiras? No quería despreciar su nueva riqueza, pero era muy tentador dejar que la gente pensara lo peor por el mero hecho de creer que no tenía dinero.

—Menudo insulto —dijo. Se irguió y lo miró fijo—. Apenas me conoce. No sabe absolutamente nada de mí, aparte de mi situación en la vida. Solo porque soy profesora de piano... —La rabia tintaba su voz.

—Si cree que puede manipularme —le espetó él con un gruñido—, tal vez tenga que pensarlo mejor. No soy un hombre con el que se pueda jugar. —Dio media vuelta y se alejó.

Atalanta lo observó marcharse. La indignación hizo que le temblaran las piernas al ver que había tenido el descaro de acusarla de algo tan despreciable. «En mi cara, nada menos».

Se puso las palmas de las manos en las mejillas y respiró hondo un par de veces. Pensó que allí mandaba él, pero también se había traicionado a sí mismo. ¿Por qué suponía que quería aprovecharse de la situación? No había ocurrido nada inapropiado.

A menos que Raoul supiera mucho más de lo que había admitido.

«Aquí pasa algo».

Pero ¿era algo útil para el caso que investigaba? Ahora sabía que Louise les había tendido una trampa al conde y a su primera esposa, Mathilde; que Louise seguía desempeñando un papel en lo que había ocurrido; que Eugénie podría haber amado a otro antes de aceptar casarse con el conde... Pero ¿cómo encajaba Raoul en todo aquello? ¿Por qué se había enfadado tanto al pensar que ella estaba observándolo?

Se frotó la sien. Tenía que tomar nota de todo lo que descubriera e intentar poner orden en aquel caos.

8

Atalanta estaba sentada en su tocador, tomaba notas cortas empleando el código que siempre había utilizado en el internado. Había seguido los progresos de sus alumnos; sus pequeñas manías; sus peculiaridades, que podían ser beneficiosas o perjudiciales, y al principio se había limitado a apuntarlo todo en un cuaderno. Pero después de que un alumno le quitara el cuaderno y lo utilizara para manipular a sus compañeros, Atalanta había desarrollado un código para asegurarse de que ni los compañeros curiosos, como la señorita Collins, ni los alumnos odiosos pudieran volver a introducirse en sus pensamientos y utilizar sus reflexiones para propio beneficio.

En primer lugar, utilizaba el alfabeto cirílico, ya que, según su experiencia, la gente de su entorno no solía conocerlo, y, como precaución adicional, empleaba un sencillo cifrado por transposición para asegurarse de que, aunque alguien reconociera las letras, no pudiera descifrar las palabras. Era un pequeño detalle que siempre había disfrutado, ya que hacía su trabajo más emocionante, y ahora, mientras garabateaba sus notas con la familiar letra de araña, sentía la emoción en las venas. Esta información era más importante que cualquier otra observación que hubiera hecho.

La emoción que sentía tal vez debería avergonzarla, pues había muerto una mujer. La muerte era trágica y afectaba a todos los implicados, aunque fuera accidental. Sin embargo, si había sido un asesinato, era aún peor. Debería horrorizarla, y en parte lo hacía, si pensaba en la brutalidad con que se había arrebatado una vida joven. Pero ese mismo hecho la impulsaba a mirar más de cerca y a querer saber más. ¿Qué había ocurrido? Si no había sido un accidente, ¿quién había perpetrado el delito? ¿Por qué?

Era como estar en la gruta de las conchas mirando los mosaicos y preguntándose cómo había podido crearlos el autor cuando la pared aún estaba en blanco. Cómo había sido capaz de colocar cada pequeña pieza para crear un conjunto tan magnífico.

El caso de asesinato era como un mosaico en el que se habían pegado conchas en los lugares equivocados. La información superflua o las mentiras conscientes habían cambiado el cuadro. Pero si sabía qué quitar y qué dejar en su sitio, podría encontrar el patrón, y con él, el camino hasta la verdad.

Cuando llamaron a la puerta, se puso rígida. Introdujo las notas codificadas en un cajón y respondió:

—*Entrez!*

Era Louise Frontenac, con un exquisito vestido de noche blanco con perlas alrededor del cuello. Entró en la habitación y cerró la puerta con suavidad.

—Quiero hablar contigo.

Atalanta se puso en pie de inmediato. Al hacerlo se sintió más fuerte y más capaz de enfrentarse a lo que quisiera aquella mujer de rostro apuesto y frío.

—No sé cómo te las has arreglado para ponerte en contacto con Eugénie —dijo Louise—, pero sé muy bien que tu rama de la familia nunca ha sido capaz de mantenerse económicamente. Siempre ha dependido de otros más afortunados, o debería decir más capaces y trabajadores...

Atalanta se encogió. Si había alguien en aquella casa a quien no tenían que acusar de perezosa era a ella. «Primero Raoul y ahora Louise...».

Pero salir en su propia defensa con demasiada rapidez podría frustrar su propósito de averiguar lo que los demás pensaban. Tenía que actuar como si le importara poco, provocando a la otra mujer para que continuara.

Levantó ligeramente la barbilla.

Louise pareció aceptar el reto. Entrecerró los ojos y continuó:

—Puedes creer que Eugénie es un blanco fácil, pero te aseguro que tiene familia y amigos que la protegerán. No conseguirás nada de ella.

—Te aseguro que te equivocas. —Atalanta forzó en su voz un tono casual, casi petulante—. Eugénie solo me contrató para que tocara el piano en el banquete nupcial.

—Entonces, ¿por qué has venido antes de tiempo?

—Nos conocimos en París y me invitó a acompañarla en el viaje. Es bastante aburrido viajar sola.

Louise hizo el amago de reír con desprecio.

—Puede que se lo hayas dicho y te haya creído, pero yo no. No dudaré en advertirla contra ti.

—Entonces, ¿por qué no estás con ella, advirtiéndola contra mí?

El rostro de Louise se volvió aún más frío y sus mejillas palidecieron de rabia.

—¿Cómo te atreves a hablarme así?

—No soy una sirvienta que tenga que cumplir tus órdenes, soy una mujer independiente. Vine aquí a petición de Eugénie. —«Y no tienes idea de las consecuencias potencialmente explosivas que esa petición puede tener si descubro que estás implicada en la muerte de Mathilde». Y añadió—: Quizá deberías aceptar que ella también es una mujer independiente y que está labrando su propio camino en la vida sin necesidad de que su hermana mayor le diga lo que tiene que hacer.

—Así que es eso. La estás envenenando en mi contra sugiriendo que soy autoritaria y tratando de conducirla por un camino que no desea atravesar. —Louise miró a Atalanta como si se hubiera convertido en una víbora que surgiera de la hierba—. Has destruido nuestra relación para interponerte entre nosotras y que Eugénie confíe en ti para beneficiarte de ello. Pero quédate tranquila. —Se acercó un paso más y siseó—: Te arrepentirás. Pronto.

Luego se apartó y salió de la habitación cerrando de un portazo.

Atalanta respiró hondo. «Es el segundo enemigo que te has ganado desde la cena», se dijo a sí misma. Pero esa chispa de humor se disipó enseguida y la muchacha se hundió en el banco frente al tocador con un suspiro.

Que Louise no le cayera bien no tenía mucha importancia, pues era evidente que Eugénie no se fiaba de su hermana y no escucharía sus cuentos, aunque acudiera a ella para difamar a Atalanta.

De hecho, podría resultar bastante fructífero que Louise se sintiera amenazada y obligada a actuar para asegurar su posición.

Pero Raoul Lemont era otra cosa. Le había caído bien de verdad y ahora se había vuelto en su contra sin motivo aparente. ¿Escondía su ira algún dolor? ¿Lo habría traicionado alguien antes?

Deseó poder volver a aquella conversación y cambiarla, pero eso no era posible. Raoul se reiría de ella si supiera las vueltas que le estaba dando cuando hacía tiempo que él lo había olvidado y estaba preparándose para el baile. «Yo también debería prepararme».

Terminó sus notas con un pequeño añadido sobre Louise. Luego se dirigió a su maleta a medio deshacer para buscar un vestido adecuado. Entre las pocas prendas encontró un sobre blanco dirigido a ella con una caligrafía firme. No sabía cómo había llegado allí.

«¿De Renard?».

Lo abrió y leyó.

Mi queridísima nieta:

El corazón le dio un vuelco. Volvía a ser de su difunto abuelo. Y no era querida lo que había elegido para expresar su conexión, sino queridísima.

Cuando leas esto, estarás con tu primer caso. Le pediré a Renard que te envíe esta carta para que la encuentres en cuanto llegues a tu destino. No tengo ni idea de dónde puede ser, en Francia o en el extranjero. Los casos de los que me he ocupado me han llevado muchas veces al otro lado de la frontera, a Suiza, Italia, Austria e incluso Polonia, y estoy seguro de que, con tu juventud y tu talento, puedes ir incluso más lejos, tal vez cruzando el océano hasta América.

«¡Nueva York!». Atalanta sintió un estremecimiento de emoción ante la idea.

No sé en qué situación te encuentras en este momento, así que no puedo decirte qué debes hacer. Eso es bueno, ya que no hay nada más molesto que un viejo sabueso que sigue ladrando cuando suena la señal de caza a pesar de que hace tiempo que se ha retirado, ya que ya no puede seguir el ritmo de los caballos, y mucho menos correr delante de ellos.

«No eras tan viejo, abuelo —murmuró Atalanta para sí—, y creo que la cabeza te funcionó perfectamente hasta el final».

En cambio, puedo darte algunos consejos generales. Vuelve siempre al principio. Piensa en el motivo como el motor que lo pone todo en marcha. El peligro es como un imán para algunas personas y la idea del riesgo —incluso de la muerte— solo las empuja a ser más audaces. Los desesperados no se detienen ante nada. No te fíes de nada de lo que oigas, examina la verdad que sustenta los hechos. Busca ayuda para examinar la información que recibas, cuanto más objetiva mejor.

«Lo he hecho —le dijo en voz baja—. Fui a casa de los Frontenac para hablar con la cocinera. A ti te habría parecido bien».

Las opiniones son valiosas, pero nunca olvides a qué intereses sirven. Podría seguir, pues son muchas las experiencias que me vienen a la memoria mientras escribo esto, pero debo dejar que emprendas tu propio viaje y establezcas tu propio rumbo.
Tengo fe en ti.
Atentamente...

Y luego había una firma que consistía principalmente en una C y una A firmes. Clarence Ashford. El hombre con el que nunca había hablado, pero al que, sin embargo, se sentía tan unida. Siempre apreciaría aquella carta.
Y la ocultaría, pues revelaba demasiado de su propósito y su identidad.
Utilizó la pequeña cuchilla de su costurero para abrir el forro de la maleta y deslizó el papel en el interior. La primera carta que él le había hecho llegar a través del abogado también la había guardado allí. Cosió bien el forro y luego hizo lo que había pensado: se vistió con un traje de noche rojo. El consejo de su abuelo se le quedó grabado en el cerebro. Pero, ante todo, se sintió emocionada porque él había hablado de su propio viaje.
Al bajar las escaleras, admiró el gran arreglo floral colocado en el recodo donde se separaban las escaleras: un jarrón de mármol lleno de altas rosas rosas y guisantes de olor apilados alrededor de sus tallos como una guirnalda. ¿Contaría la casa con un invernadero lleno de orquídeas? Ansiaba verlas y pensar en los centros que montaría con las que ella misma compraría. «Si supieras, mamá, lo que estoy haciendo ahora...».

Un estallido de música incómoda barrió la casa como un maremoto. Se dio la vuelta de repente, escuchando, aunque realmente no quería oír aquello. Las notas estridentes chocaban entre sí perforándole los tímpanos. «¿Quién está maltratando el piano de esa manera?».

Resistiendo el impulso de taparse los oídos con las manos, se apresuró a seguir los enervantes sonidos hasta una sala donde había varias personas reunidas. Yvette golpeaba el instrumento con ambas manos, arrancándole una tormenta de notas discordantes, mientras Eugénie le gritaba que parara.

Pom-pom se había escondido detrás de un sofá, con las orejas pegadas a la cabeza. Sin embargo, no había abandonado la habitación, pues estaba claro que quería vigilar a su dueña.

Gilbert encendía un cigarrillo junto a la ventana mientras la llama de su encendedor se dibujaba en sus facciones, Atalanta creyó ver preocupación y tristeza así que se acercó:

—No debe de ser fácil cuidar de una niña de esa edad.

La miró enarcando una ceja.

—¿Qué sabe usted de eso?

—Enseño música. Los alumnos a menudo me confían sus frustraciones en la vida: padres que no los entienden, amistades que se rompen. —«Enamorarse por primera vez de alguien inalcanzable»—. Además, aunque le resulte difícil imaginarlo, yo también tuve dieciséis años.

Él tuvo que reírse.

—Mi querida *mademoiselle*, nunca me atrevería a insultarla sugiriendo que eso fuera hace mucho tiempo.

Atalanta respondió a su sonrisa.

—Es usted muy amable. Pero cuando la veo con un berrinche como ese, siento como si hubiera pasado toda una vida. Una vez que uno ha crecido y es responsable de tantas cosas, resulta imposible volver atrás.

El conde suspiró.

—Es absolutamente cierto. —Señaló con el cigarrillo a la chica del piano, que aporreaba las teclas en su desenfrenado juego.

Eugénie había dejado de chillar y ahora golpeaba con el pie, gesticulando con las manos como si intentara atenuar el sonido.

—Me gustaría que Eugénie conectara con ella —confesó el conde—. Que ella aportara ese suave toque femenino que a mí me falta. Mathilde... —Calló.

«¿Por eso parecía tan triste antes?».

—Su primera esposa —dijo ella— ¿tenía ese tipo de relación con Yvette?

—Sí, eran muy amigas. Mathilde daba rienda suelta a sus caprichos, pero Yvette le hacía caso cuando le pedía que se tomara en serio los estudios o... —Señaló el sofá por donde se asomaba Pom-pom sin que se supiera si quería aparecer o esconderse aún más—. Ese perrito fue idea de Mathilde. Ella creía que Yvette se calmaría si tenía algo de lo que hacerse cargo. Pero me temo que, por mucho que le guste, el perro no la ayuda. Cada vez está peor.

—Estoy segura de que la muerte de su esposa fue un *shock* para ella y aún está asimilándolo. El dolor no pasa tan rápido como algunos creen.

Aún había momentos en los que era repentina y dolorosamente consciente de que su padre no volvería a entrar en la habitación gritando que por fin había encontrado la forma de acabar con su mala racha y hacerlos felices; de que nunca más la abrazaría ni la levantaría del suelo para hacerla girar por la habitación jurando que aquella vez todo sería diferente.

Incluso después de haber dejado de creerlo, su risa seguía siendo contagiosa y ella se dejaba atrapar por la forma en que él siempre veía nuevas oportunidades. Se dijera lo que se dijera de su padre, no se había rendido.

El conde bajó el cigarrillo y miró a su alrededor en busca de un cenicero. Atalanta cogió uno de plata de la repisa de la chimenea y lo colocó en el alféizar, junto a ellos.

—*Merci*. —Dejó caer la ceniza—. Dejé de fumar por Mathilde. Le disgustaba el olor y la forma en que estropeaba las cortinas. —Señaló el encaje blanco, que había adquirido un vago resplandor amarillento—. Accedí a fumar solo en mi estudio. De todos modos, ella nunca ponía un pie allí, así que no le molestaría que yo limitara el consumo de tabaco a mi propio territorio. Fue una muy buena influencia para mí.

—¿Y Eugénie? —preguntó Atalanta—. ¿No se opone a que el humo del cigarrillo manche las cortinas?

—No sé si le importa algo de esto. —Hizo un círculo con la mano para abarcar la habitación, con los óleos en las paredes, las estatuas en los pedestales y el mundo al otro lado de las ventanas, bañado por la hermosa luz del atardecer—. Cualquiera de las atracciones de Bellevue.

—Sí le importa. Se mostró entusiasmada con todo ello cuando llegamos aquí en el coche. Estaba extasiada cuando la casa se hizo visible. Incluso en París me habló de ella de una manera que despertó en mí las ganas de verla.

—A menudo es así. Apasionada con los extraños y... —Se calló y fumó.

Atalanta sintió lástima por él. Probablemente comprendía tan poco a Eugénie como a Yvette, y debía de sentir que había fracasado como prometido tanto como tutor de su desdichada sobrina.

Quería decir algo que le levantara el ánimo, pero un sonido la distrajo. Un ruido sordo y un gemido. Eugénie estaba medio inclinada sobre Yvette, que se había caído del taburete del piano.

¿O Eugénie la había empujado fuera de él?

—Esto no lo olvidaré —chilló Yvette—. Bruja fea. Deberías morir. ¡Muere!

Se puso en pie y salió corriendo de la habitación. Pom-pom la siguió con sus ladridos agudos resonando por el pasillo.

Ahora que la música había cesado, reinaba un gran silencio en la sala, como si le hubieran quitado toda la vida y solo quedara el vacío. Eugénie miró el marco vacío de la puerta con los rasgos contorsionados. Luego se volvió hacia su prometido.

—¿Has oído eso? ¡Me ha llamado bruja! Ni siquiera tengo veintitrés años y quiere que me muera...

—Es solo un arrebato de emoción. —La voz de Gilbert tenía un volumen notablemente alto—. ¿Por qué no la has dejado jugar?

—¿Jugar? ¿Llamas juego a esa locura desenfrenada? Deberían encerrarla en su habitación hasta que entre en razón. Sí. ¿No puedes encerrarla? —Los ojos de Eugénie brillaron de gozo mientras se acercaba al conde—. Ordénaselo a un sirviente, no es necesario que lo hagas tú mismo. —Esto último sonó como si se estuviera burlando de él, como si insinuara que no estuviera a la altura.

El conde se ruborizó.

—No haré tal cosa. No es un animal al que haya que encerrar en una jaula.

—Entonces debería dejar de comportarse como uno. —Eugénie se alisó el vestido de noche—. Mi dolor de cabeza ha vuelto con fuerza debido a su... excéntrico comportamiento. ¿Cómo podré bailar así?

—Entonces no bailes. —Al conde le brillaron los ojos—. Nadie te obliga a hacerlo.

Eugénie resopló de forma audible. Su expresión cambió de triunfante a derrotada. Luego siseó:

—Por supuesto. Quieres bailar con otras en lugar de conmigo. —Él levantó una mano para detenerla, pero ella continuó—: Muy bien. Si te resulto muy intensa, me voy. —Se dio la vuelta y se marchó con la cabeza bien alta.

El conde levantó ambas manos.

—¡Mujeres! Nunca podrás complacerlas.

Atalanta reprimió una sonrisa.

—Tal vez pueda convencerla de que vuelva.

—No se moleste. —Su expresión volvió a ser fría—. Si quiere comportarse como Yvette, que lo haga. No quiero ver su cara de enfado toda la noche. —Se volvió hacia la ventana y miró el jardín, donde el sol del atardecer besaba las rosas.

Atalanta intentó mediar:

—Ella es su prometida. Se casarán dentro de unos días. Debería intentar reconciliarse con ella y...

—Acepto las consecuencias. —Suspiró—. Todo es culpa mía por querer casarme de nuevo. Debería haber sabido que no saldría nada bueno de ello. —Apagó el cigarrillo en el cenicero y murmuró—: Perdóneme...

Cuando salió de la habitación, Atalanta se encontró sola en el silencio que la oprimía como un peso muerto. Todo el mundo allí era infeliz a pesar de tenerlo todo para estar perfectamente en paz con la vida. Tenían aquella hermosa casa en la que vivir, la compañía de los demás... Pero se dejaban guiar por las emociones, que los enfrentaban entre sí y rompían la paz.

«Tal vez yo haya idealizado lo que puede ser la familia porque no pude disfrutar de la mía durante mucho tiempo».

Incómoda en soledad, quería salir de la habitación cuando su mirada se posó en una fotografía que había sobre una mesita, en un rincón. Era en sepia; aun así, pudo distinguir algunos rostros familiares. El conde, Raoul Lemont y otras personas. Parecían más jóvenes, más despreocupados y brindaban con copas. Eran en su mayoría hombres, pero había una mujer entre ellos, sonriendo serenamente, con una especie de belleza tranquila que uno recordaría más tarde. «¿Era Mathilde?».

Atalanta echó un buen vistazo a las caras y luego se dio la vuelta.

9

Como sus planes para la noche anterior se habían visto frustrados por la discusión entre Eugénie e Yvette, y la posterior decisión del anfitrión de no celebrar ningún baile después de todo, Atalanta esperaba un ambiente más bien aburrido en el desayuno de la mañana siguiente.

En cambio, para su sorpresa, todos estaban perfectamente alegres y eran amables entre sí. Eugénie alabó el efecto de la lavanda que había puesto en la bolsita bajo la almohada y confesó que nunca había dormido tan bien, sin pesadillas. Yvette dijo que quería sacar sus útiles de pintura y pasar la mañana en el bosque, mientras que el conde declaró que por desgracia debía marcharse por unos asuntos, pero que volvería más tarde y los llevaría a todos de pícnic al lago cercano.

Una vez hechos los planes, se separaron y Eugénie le dijo a Atalanta que quería escribir cartas y que no la necesitaba.

«Excelente. Eso me da tiempo para leer los periódicos y ver si se menciona al cazador furtivo muerto en alguna parte».

Con el periódico local que acababa de llegar doblado en la mano, salió al jardín y se sentó en un banco junto al emparrado con las rosas trepadoras amarillas y naranjas. Algunas estaban aún medio cerradas, otras completamente abiertas, mostrando sus numerosos y sedosos pétalos.

La primera página del periódico estaba dedicada a una fiesta del pueblo que se iba a celebrar en breve y en la segunda se mencionaba la llegada de los distinguidos invitados a la boda del querido conde de Surmonne. Por desgracia, no se ofrecían detalles interesantes sobre Raoul Lemont.

Se anunciaban nacimientos y matrimonios, se buscaban objetos perdidos, entre ellos una alianza de oro macizo, y los vendedores ofrecían sus servicios. Una consejera matrimonial respondía a las preguntas de las señoras casadas sobre problemas con el personal doméstico y de jovencitas que buscaban atraer la atención de un hombre que les había llamado la atención.

Solo en la última página se mencionaba con brevedad la muerte de Marcel DuPont, recién salido de la cárcel, donde había cumplido una condena de doce meses por caza furtiva.

«Pobre hombre, libre al fin y muerto tan pronto».

Naturalmente, durante su reclusión no había podido beber alcohol, por lo que tal vez, al ser liberado, ¿había ingerido tanto que lo había matado?

Todo parecía bastante lógico y Atalanta estaba a punto de descartar cualquier otra posibilidad cuando sus ojos se posaron en la última línea del artículo.

> *Un examen médico ha revelado que M. DuPont fue apuñalado y la policía pide que se presente cualquier persona que cuente con información sobre una posible discusión que tuviera antes de morir y que conduzca a la detención del asesino.*

¿Muerte entre la lavanda?

Asesinato entre la lavanda.

«Apuñalado», decía. Ningún accidente, ningún caso de exceso de alcohol en combinación con el calor, un corazón débil tal vez o un desafortunado tropiezo en una zanja fangosa. No, aquello había sido un asesinato a sangre fría.

El asesinato a sangre fría de un cazador furtivo que había estado en prisión. Un hombre que podría haberse granjeado enemigos que hubieran estado esperando su liberación. Parecía improbable que su muerte estuviera relacionada de algún modo con la de Mathilde, condesa de Surmonne. Se habían movido en círculos completamente diferentes.

«Aun así, tengo que seguir las noticias sobre este asesinato tan pronto como estén disponibles. Debo averiguar si la policía recibe alguna pista sobre quién pudo asestar la puñalada mortal».

Atalanta dejó el periódico a un lado y observó su entorno para calmar los latidos de su corazón. El resplandor de la mañana iluminaba los pétalos de las rosas y una mariposa se posaba sobre las piedras del sendero extendiendo las alas para absorber el calor del sol. Un pájaro carpintero martilleaba en lo más profundo del bosque.

Parecía impensable que la noche anterior hubiera reinado tal tensión entre los invitados o que Eugénie hubiera afirmado que percibía algo siniestro a su alrededor. ¿Cómo podía haber peligro en aquel exuberante jardín, en el bosque sombreado, en la preciosa gruta de las conchas con las intrincadas figuras mitológicas que había explorado con Raoul el día anterior?

Raoul... ¿Adónde había ido?

Durante el desayuno no había dicho que tuviera ningún plan, pero había troceado su tostada con expresión preocupada. «¿Quizá debería haberme quedado en casa para espiarlo?».

Pero después de que la hubiera acusado de querer que pagara por su silencio, le pareció mal seguirle la pista. ¿Tendría que estar en su lista de sospechosos? Después de todo, no parecía parte del triángulo que formaban Eugénie, el conde y Louise. O el formado por Eugénie, Louise y Victor.

«Ah, el inescrutable Victor». Seguía siendo un enigma para ella. Donde otros habían enseñado descuidadamente la patita, buscando confrontación con ella, él se había mantenido alejado y se había cuidado mucho incluso de hablarle. En el desayuno no había mostrado ningún interés ni por Eugénie ni por Louise, sino que había llenado su plato de huevos revueltos, jamón y compota de albaricoque como si nunca hubiera comido una comida decente. ¿Eso lo hacía aún más sospechoso? ¿Silencioso, en segundo plano, pero vigilando y a la espera? Había llegado el mismo día en que había muerto el cazador furtivo.

Pero también Louise.

Y Raoul ya estaba allí, pero se había separado del conde en el bosque cuando este andaba buscando su rastro. El conde, por su parte, también se había alejado de Raoul.

Y ambos salían en la fotografía con aquella hermosa mujer que posiblemente fuera Mathilde.

«¡Qué lío!».

«Ojalá Renard estuviera conmigo para contarme más cosas sobre todos los presentes». Él le había contado todos los hechos sobre la familia Frontenac con tanta seguridad que sin duda sabría algo útil sobre Raoul.

O sobre Yvette. ¿Por qué el conde era su tutor? ¿Sus padres ya no vivían?

Un grito desgarrador resonó en el aire.

Atalanta se puso en pie de un salto. Los gritos parecían proceder del bosque.

¡Yvette! Una chica de dieciséis años sola con sus útiles de pintura.

Victor había mencionado a un vagabundo la noche anterior. ¿Se refería a alguien en general o había alguno concreto por ahí? ¿Un vagabundo que se acercara a una chica sola y le pidiera dinero, y que se volviera agresivo cuando ella dijera que no?

¿El mismo asesino que había apuñalado a Marcel DuPont? ¿Por qué el conde, que sabía de la muerte, no le había prohibido a Yvette que fuera sola al bosque?

Ahí estaba de nuevo, un grito frenético y helador. Atalanta echó a correr en dirección al sonido, con el corazón latiéndole con fuerza en los oídos. Estaba acostumbrada a caminar por las montañas y tenía buena resistencia, así que la carrera no la desalentó. Apretó las manos para seguir corriendo, incluso más deprisa.

Bajo los primeros árboles, vio una figura que se dirigía hacia ella. No era la esbelta Yvette huyendo del peligro ni tampoco un hombre en busca de su presa. Pero aun así parecía un vagabundo cubierto de arriba abajo de una suciedad parduzca, como si el barro hubiera caído del cielo y hubiera bañado a la pobre criatura. No dejaba de gemir mientras corría hacia Atalanta. Asustada, se detuvo. Solo cuando se encontró a medio metro se dio cuenta de quién era. Eugénie cubierta de barro. Muy parecida a la hija perezosa del cuento de *Frau Holle*, un cuento de los hermanos Grimm en el que dos niñas caen a un pozo y una se muestra obediente y recibe como recompensa una lluvia de oro, mientras que la perezosa e irrespetuosa queda cubierta de alquitrán. Eugénie se detuvo ante ella.

—Alguien ha intentado matarme —se lamentó.

—Creí que estaba en la casa escribiendo cartas —dijo Atalanta. ¿Qué hacía allí su clienta?

—Necesitaba un soplo de aire fresco. Solo quería ver la gruta de las conchas. —Eugénie tragó saliva—. Me cayó encima. Estoy segura de que alguien ha intentado matarme.

«¿La gruta de las conchas?». A Atalanta la mente le daba vueltas. Cuando estuvo en la gruta con Raoul, le pareció muy estable y sólida; no era un espacio que pudiera derrumbarse de repente encima de alguien.

Además, aunque Eugénie goteaba líquido maloliente y sucio, no parecía estar herida como cabría esperar si los escombros le hubieran caído encima.

—¿Le golpearon las piedras? —preguntó Atalanta.

—No. Sí. No lo sé. —Eugénie levantó las manos—. Mírame. Podrían haberme matado. —Extendió la última palabra en un largo aullido.

Atalanta se encogió ante su aguda intensidad.

—Deja que vaya a ver la gruta.

—Alguien me persigue y quiero saber quién es —se lamentó Eugénie—. ¿Podría haber sido Gilbert? Dijo que tenía que irse por negocios, pero...

—*Mademoiselle* Frontenac, me dijo que temía que el conde anduviera tras tu dote. ¿Cómo podría conseguirla matándola antes de la boda?

En su estado de ánimo, Eugénie no parecía abierta a esta lógica.

—Quiero irme de aquí —sollozaba—. Es una pesadilla.

Probablemente Atalanta debería haberla rodeado con un brazo y haberla guiado hasta la casa, pero la curiosidad la impulsó a ir a ver la gruta antes de que se borrara cualquier rastro de lo que allí hubiera ocurrido. Desde luego, sería lo mejor para reunir pruebas para el caso.

—Me reuniré con usted más tarde —dijo, y se volvió hacia la gruta.

Eugénie lanzó un grito de consternación y siguió caminando hacia la casa.

Atalanta encontró la gruta con facilidad y se quedó un momento estudiando su disposición. No parecía que nada hubiera cambiado. El techo no parecía derrumbado ni dañado de ningún modo.

Se acercó a la entrada y miró dentro. Un hedor nauseabundo le llegó a la nariz, el mismo olor pantanoso que emanaba de la ropa empapada de Eugénie. «¿Qué había pasado?».

Respiró hondo y entró. Asegurándose de que la pared le protegía la espalda, se quedó mirando la abertura por la que entraba la luz del sol. Vio que goteaba un líquido marrón.

La cueva no se había derrumbado, alguien había echado barro encima de Eugénie por el agujero.

Pero, en primer lugar, ¿qué hacía ella allí?

Con el ceño fruncido, Atalanta volvió a salir y observó la pared rocosa de la cueva. Seguramente era artificial, construida *ex profeso* para albergar el mosaico de conchas e impresionar a los visitantes de la finca. ¿Se atrevería a trepar por ella para ver si había rastros del culpable?

Si la construcción era inestable, sería muy imprudente. Podría romperse una pierna o algo peor.

¿Y si quien había atacado a Eugénie seguía por ahí?

«Ve con cuidado entonces. Has hecho esto muchas veces en las ruinas de la ciudad cercana a la escuela».

Subió a la roca. Una vez en la cima, se acercó a la abertura. Alguien había estado allí antes que ella. El musgo que cubría la roca estaba raspado en algunas partes y parecía que algo había descansado en el borde de la abertura. «¿Un cubo lleno de barro?».

—¡Hola! ¿Está loca? —La voz era mitad inquisitiva mitad acusadora.

Atalanta se levantó y vio a Raoul de pie en la linde del bosque, mirándola. Entrecerró los ojos para protegerse de la luz del sol.

«Por supuesto, tiene que ser él quien me pille en esta postura comprometida. ¿Qué le digo?».

—Voy a bajar.

Cuando estaba a punto de descender cómodamente, apareció él y, antes de que se diera cuenta, sintió alrededor de la cintura unas manos fuertes que la ayudaban a bajar. La levantó de la pared rocosa y la puso en el suelo. La sujetó un momento más y la miró con curiosidad.

—Es más ágil que una cabra montés.

—Mi familia vive en Suiza. —Atalanta siguió la historia que Eugénie y ella habían ideado juntas. «Será mejor que no dé detalles, no vaya a ser que se me escape»—. Estoy investigando lo que le pasó a Eugénie.

—¿Investigando? —repitió Raoul con curiosidad en sus ojos castaños.

«Mala elección de palabras».

—Quiero decir —se apresuró a decir Atalanta— que Eugénie gritó asustada que la gruta de las conchas se había derrumbado y eso me pareció tan extraño que quise ver por mí misma qué había pasado. La estructura no ha cedido; alguien echó barro sobre ella por la abertura.

Raoul enarcó una ceja.

—Es posible que caiga algo de suciedad, pero... ¿alguien lo ha hecho a propósito? ¿Quién? ¿Por qué?

—Eso no podría determinarlo. —«Desgraciadamente»—. Puedo ver que alguien estaba encima de la roca y utilizó un recipiente para verter algo por la abertura. Habrá hecho falta fuerza para arrastrar un cubo lleno de barro hasta esa altura. Vi a Eugénie de cerca y lo que le cayó no fue un poco de tierra que se colara por el agujero a causa de una ráfaga de viento.

—Los pájaros hacen nidos en los árboles. A veces se sueltan y se caen.

—Era demasiado líquido para ser un nido. ¿No la ha visto?

—Vi a un personaje desaliñado corriendo hacia el interior, balbuceando sobre la cueva. Vine a ver qué había pasado.

¿Lo había hecho Raoul? ¿Para humillar a Eugénie o para asustarla?

—Mientras estaba usted aquí, ¿vio a alguien? —le preguntó Atalanta estudiando su respuesta.

—No. ¿Y usted? —Raoul la miró a su vez—. ¿Esperaba ver a alguien? ¿Al culpable? Supongo que saldría corriendo cuando Eugénie empezó a gritar.

—¿Cómo sabe que gritó? ¿Estaba fuera cuando ocurrió?

—No puedo imaginar otra cosa. Grita cuando una mariposa le roza el brazo. —Raoul se encogió de hombros—. Pero ¿dónde estaba usted, querida *mademoiselle* Frontenac? ¿No se supone que es su obediente sombra?

—No soy su criada. —Atalanta se dio cuenta de que había sonado a la defensiva y añadió con más suavidad—: Me dijo que estaría escribiendo cartas y que no quería mi compañía.

—¿Dijo? ¿No la cree?

—Me explicó que le habían dado ganas de tomar aire fresco y salió más tarde.

—Pero quizá ese siempre había sido su plan. ¿Por qué?

—No lo sé. —Atalanta bajó los ojos.

Sospechaba que Eugénie había querido encontrarse con Victor lejos de la casa, pero, como en realidad no había visto al hombre rubio, eran meras especulaciones que no pensaba compartir.

Raoul se acercó a ella.

—¿De verdad está usted aquí para tocar el piano en el banquete?

—Sí, ya se lo he dicho.

Atalanta sintió que le subía un rubor traicionero. Se estaba acercando a ella, y a la verdad, más de lo que ella podía permitir. Se apartó de él.

—Será mejor que vaya a ver cómo está Eugénie.

—¿Y qué va a decirle? ¿Que alguien se mantuvo al acecho en lo alto de la gruta para verter un cubo lleno de barro sobre ella a propósito? Eso solo le destrozará más aún los nervios.

«¿Más aún?», preguntó Atalanta. Quería escapar de sus miradas inquisitivas, pero la elección de palabras era demasiado interesante para dejarla pasar.

—¿Ya la ha encontrado... ansiosa en otras ocasiones?

—No conozco bien a las hermanas Frontenac, pero Eugénie me pareció muy nerviosa con su dolor de cabeza de ayer y la bolsita de lavanda que cree que necesita para dormir bien. Esas chicas empiezan a imaginar cosas a la primera de cambio.

—Pero no puede negar que estaba cubierta de barro. Sería difícil que hubiera podido echárselo ella misma.

—Eso es cierto. —Raoul caminó a su lado—. Entonces, ¿cuál es su teoría?

Atalanta dudó un momento. La tentación de discutir el asunto con Raoul era real, aunque solo fuera para ver cómo respondía. No era necesario compartir demasiado, solo una hipótesis.

—Alguien está jugando con ella. Podría haber sido Yvette. Anoche juró que se vengaría de ella. —Y le contó por encima el incidente con el piano.

Raoul se rio.

—¿Por ese pequeño contratiempo? Difícilmente justifica una acción, y mucho menos algo tan serio como esto.

Atalanta ladeó la cabeza. Su respuesta desenfadada la tranquilizó un poco, pero ¿no estaba subestimando a la chica?

—Yvette tiene mal genio. Y, como aquí está casi siempre sola y no tiene chicas de su edad con las que hablar, puede que se le ocurran ideas extravagantes.

Raoul la cogió del brazo.

—No estará insinuando que es mentalmente inestable.

—¿He dicho yo esas palabras?

Sus alumnos habían actuado a veces de forma inexplicable cuando se sentían menospreciados, pero, antes de que pudiera explicar lo que quería decir, él ya le estaba apretando el brazo y diciendo:

—No lo consentiré. Deje de perseguirla.

«¿Perseguirla?», parpadeó. ¿Por qué calificaba el comportamiento de Yvette de inofensivo y al instante siguiente creía que alguien podía argumentar que era mentalmente inestable?

—No entiendo su advertencia. Solo he comentado que tiene mal genio y que, si se la deja a su aire, podría idear un estúpido plan de venganza como verter barro sobre Eugénie.

Raoul le soltó el brazo.

—Sí —dijo calmado de repente—. Entiendo a qué se refiere. Una travesura como las que hacen las colegialas. Algo inocente. —Sonaba como si intentara convencerse de ello.

Sin mucho éxito.

En algún momento volvería a sacar el tema y trataría de atraerlo para que dijera más sobre lo que pensaba de Yvette y por qué le importaba, pero no ahora. Le dolía el brazo donde se lo había agarrado. Una vez más, había pensado lo peor de ella; primero la había acusado de chantaje y ahora de perseguir a Yvette.

«¿Por qué se centra en mí? Yo soy una extraña aquí».

Llegaron a la casa. Louise y Victor estaban sentados en la terraza tomando café. Una estatua de un dios griego se alzaba sobre ellos. Atalanta dedujo por los objetos que portaba —arco y flecha, espada y escudo— que probablemente se trataba de Ares, dios de la guerra. «Qué extrañamente apropiado». En aquella casa no había más que tensión, guerra entre la gente, como si algo en el aire les afectara al cerebro y les hiciera lanzarse a degüello unos contra otros.

Mirando a Raoul a su lado, Atalanta se sintió decepcionada. Desde luego, no esperó esa hostilidad cuando lo vio por primera vez desde su balcón.

Louise los saludó desde lejos.

—Venid y uníos a nosotros. Se está perfecto aquí a la sombra. Y la cocinera ha hecho *macarons*. —Señaló un plato de porcelana lleno de delicias rosas, amarillas y verdes.

—El de pistacho no es demasiado dulce —observó Victor.

—Quiero ver cómo está Eugénie —dijo Atalanta. Y añadió, sin perder de vista las respuestas de ambos—: ¿No estaban aquí cuando ha vuelto aterrorizada?

—¿Aterrorizada? —replicó Victor. Dejó caer el *macaron* que acababa de elegir junto a su taza—. ¿Por qué? ¿Ha pasado algo?

Louise se quedó mirando el café sin decir nada.

—Ha tenido un pequeño percance en el bosque —dijo Atalanta.

—¿Accidente? —Victor se arrimó al borde de su asiento—. ¿Quiere decir que está herida? —Parecía realmente conmocionado.

—Estoy segura de que es una exageración —dijo Louise en tono cortante—. A Eugénie le gusta llamar la atención.

—Iré a ver cómo está —repitió Atalanta, y Raoul se unió a los demás y le dijo a Victor que tocara la campana para pedir café para él también.

Dentro de la casa reinaba un silencio tranquilo. Una criada limpiaba con calma el polvo de las escaleras, sacando un brillo extra al roble pulido, y Atalanta le sonrió al pasar para subir.

—¿En qué habitación se aloja *mademoiselle* Eugénie?

—La conduciré hasta allí. —La doncella se guardó el trapo en el bolsillo del delantal y la acompañó. Llamó a la puerta y, al oír la respuesta, anunció—: *Mademoiselle* Atalanta Frontenac desea verla. —Se hizo a un lado para dejar pasar a Atalanta.

La habitación era más grande que la que le habían asignado a ella, con una cama con dosel cubierta con pesadas cortinas de terciopelo sujetas por elaborados cordones bordados en oro. En la parte superior de la cama había un artilugio de madera que podía ponerse en movimiento tirando de una cuerda bordada. Hasta el momento Atalanta lo conocía por los libros; funcionaba como un ventilador y proporcionaba aire fresco durante las calurosas noches de verano.

Eugénie se había puesto el camisón y estaba sentada en el alféizar de la ventana, sollozando con el rostro entre las manos. El olor de la habitación era agradable, nada que ver con el hedor a pantano de la gruta. ¿Se había aseado en el baño?

Atalanta se acercó a ella.

—¿Cómo voy a estar bien si alguien desea hacerme daño? Toda la gruta se derrumbó encima de mí. Vi una especie de sombra cernerse sobre mí, luego empezó a caer hacia dentro y eché a correr. —Eugénie se estremeció—. Nunca debí venir aquí. Me iré otra vez, hoy mismo. Le diré a papá que no puedo casarme con este hombre horrible. Este... ¡asesino!

—¿Cree que su prometido ha tenido algo que ver en el incidente de la gruta? —preguntó Atalanta.

—Tiene que ser así. ¿Quién si no haría algo parecido? Gilbert debe de odiarme. Usted dijo que no podía ser por la dote. Pero no sabe cómo es. Anoche, cuando Yvette me atacó, ni siquiera salió en mi defensa.

Atalanta abrió la boca para señalar que más bien había sido Eugénie quien había atacado a Yvette al empujarla del taburete del piano, pero en su estado de ánimo actual Eugénie no se avendría a razones.

—Obviamente, Yvette le importa mucho. Y ella es muy

joven e impresionable. Aún tiene que acostumbrarse a los cambios..., a que usted venga a vivir aquí.

—Pero no quiero vivir aquí, así que me voy. Haga mis maletas. —Eugénie señaló el armario y la cama.

—Yo no soy su criada. Y además no creo que sea prudente irse. La gruta no se derrumbó. No corría usted peligro.

—¿Que no corría peligro? ¿Cómo se atreve a decir eso? Tuve tal susto que casi me muero. Ya está. Ahora no tiene que preocuparse. ¿Por qué iba a importarle a usted, a una extraña?

—No hable tan alto —la amonestó Atalanta—. Lo echará todo a perder.

Miró hacia la puerta. Estaba bien cerrada.

—¿Cree que habrá alguien escuchando al otro lado? —preguntó Eugénie con expresión de pánico. Resopló, pero bajó el tono de voz al continuar—. No le importa en absoluto cómo me siento. A nadie le importa.

«Si dejaras de actuar siempre de forma tan dramática, igual alguien te tomaba en serio». Atalanta se tragó esta observación, que solo serviría para que su clienta tuviera un nuevo ataque de histeria. Tenía que calmarla y convencerla de que no era el momento de tomar medidas drásticas. No sin antes haber discutido el asunto con el conde.

—Estoy segura de que su prometido se disgustará cuando se entere de lo ocurrido —dijo en tono alentador—. Y fui a la gruta para investigar, muy de cerca, el peligro al que había estado expuesta. La gruta no se derrumbó. —Eugénie parecía escuchar ahora y Atalanta subrayó—: La he mirado desde todos los ángulos. He estado dentro y encima.

—¿Encima? —Eugénie la miró con curiosidad—. ¿De verdad la ha escalado?

—Sí, me tomo muy en serio mis obligaciones para con usted. Pude ver rastros de que alguien había estado allí antes para verter barro dentro y asustarla. Pero nunca pretendió matarla; no podría haberlo hecho.

—Aun así, podría haberme dado un infarto... —balbuceó Eugénie. Pero ahora parecía pensarlo más desapasionadamente. Sus manos arrugaron un pañuelo húmedo—. ¿Cree que no quería matarme? ¿Solo darme un susto?

—Parece más bien una broma —dijo Atalanta.

Al oír la palabra *broma*, Eugénie pareció querer balbucear de nuevo, pero Atalanta levantó una mano para cortarla.

—Una broma malvada, lo admito. No la apruebo ni digo que no tenga derecho a enfadarse por ello, y quien lo haya hecho debería avergonzarse, pero no fue un atentado contra su vida. Lo creyó porque pensó en la carta que había recibido. Sin embargo, no debe relacionar cosas que podrían no tener nada que ver.

—Aun así... —Eugénie respiró lentamente—. No me siento a gusto aquí. Sobre todo ahora que han venido Louise y Victor.

—Pero está comprometida para casarse. Esta va a ser su casa. Usted es la anfitriona. —Atalanta se inclinó hacia ella y le dijo con insistencia—: Ocupe el lugar que le corresponde. Comprométase con su prometido, manténgase a su lado. Demuestre que le importa lo que él piense de usted. —Eugénie quiso protestar, pero Atalanta insistió—: Está tan enzarzada en su lucha con Yvette y su hermana que olvida lo que de verdad importa: su matrimonio con un hombre al que ojalá pueda respetar y cuidar.

Eugénie estaba ahora en silencio, sentada como una niña, con los pies descalzos.

—Claro que puede irse si quiere —añadió Atalanta—. No puedo impedírselo. Pero creo que su prometido merece una oportunidad sincera. —El conde había parecido realmente angustiado la otra noche al compartir con ella su preocupación por Yvette—. No sabe con certeza si estuvo implicado en el accidente que mató a su primera esposa. Si esa carta contenía una mentira para perjudicaros a los dos, le está haciendo el juego al remitente comportándose de esta manera.

Eugénie se incorporó. Mostró un gesto de determinación.

—Tiene razón. No les daré esa satisfacción.

—Eso está mejor. Ahora dígame una cosa. ¿Realmente salió a respirar aire fresco por impulso?

La repentina pregunta pretendía despistar a su clienta, y funcionó. Eugénie se sonrojó.

—No. Recibí una nota. Me la pasaron por debajo de la puerta. Decía que fuera a la gruta a las once. —Bajó la cabeza—. Pensé que era de Victor... Pensé que quería verme.

—¿Y quería encontrarse con él así, lejos de casa? —Atalanta ladeó la cabeza.

Allí estaba ella, persuadiendo a Eugénie para que hiciera las paces con Gilbert, mientras ella se escabullía de la casa para encontrarse con un antiguo interés amoroso.

Renard tenía mucha razón. No podía confiar en su cliente.

—Si su prometido se hubiera enterado...

—Pero estaba fuera por negocios. Y nunca tuve la oportunidad de explicárselo a Victor... Solo quería atar cabos sueltos, terminar nuestro contacto decentemente.

La forma en que Eugénie retorcía el pañuelo y se negaba a mirar a Atalanta a los ojos mientras hablaba se oponía rotundamente a su afirmación. ¿Aún había algo entre Victor y Eugénie? ¿O se trataba solo de la necesidad de atención de ella, su sensación de sentirse ignorada por sus continuas insinuaciones a pesar de estar comprometida en matrimonio con otra persona?

¿Había estado motivado por la idea de que podría herir los sentimientos de su hermana si conseguía demostrar que Victor seguía bajo su poder y no había sucumbido a los encantos de Louise?

Cómo dar sentido a todas estas emociones...

—Me vestiré para el pícnic —dijo Eugénie, que sonó rotunda y poderosa—. Demostraré a todo el mundo que no voy a dejar que me echen de aquí. Bellevue es mi nuevo hogar, el lugar al que pertenezco.

Atalanta asintió.

—Ese es el espíritu. Me parece oír un coche. Debe de ser su prometido de vuelta.

Salió de la habitación. Era bueno que Eugénie se hubiera calmado, pero había algo en sus respuestas que no encajaba. En un momento estaba desesperada por irse, luego quería quedarse de nuevo. ¿Sería todo fingido? «¿Quiere engañarme?».

Pero primero tenía que comprobar la coartada del conde.

Bajó las escaleras y lo encontró en el vestíbulo, tarareaba una melodía. Pasó junto a él con un saludo y salió donde el chófer estaba a punto de marcharse. Lo paró y le preguntó:

—¿Adónde ha llevado a *monsieur*? Quiero decir, no necesito saber exactamente adónde, pero... ¿ha estado fuera de la finca desde que usted se fue de aquí?

El chófer parecía confuso.

—Pues claro. Lo llevé a Saint Michel, donde se encontró con un conocido.

La sospecha brilló en los ojos de él y Atalanta añadió enseguida:

—*Mademoiselle* Frontenac, su prometida, está preparando una sorpresa y le preocupaba que hubiera regresado antes de lo esperado y hubiera visto algo que lo estropeara todo. Por favor, dígame algo que pueda tranquilizarla.

—Puedo hacerlo ahora mismo. —El chófer hizo un gesto—. Mientras hablaban de negocios en el Café Sur Mer, esperé en la plaza leyendo el periódico. Cuando salió, lo traje aquí. Estuvo allí todo el tiempo.

Atalanta pensó con un poco de alivio que no era posible que hubiera derramado el barro sobre su clienta en la gruta. Su consejo a Eugénie de que no se marchara parecía bastante acertado.

—Eso es muy útil, gracias.

Se quedó mirándola desconcertado, como si no supiera muy bien qué pensar de los caprichos de las mujeres. Pero

Atalanta había conseguido su información. El consejo a su clienta para que no se marchara no la había perjudicado por el momento. El incidente de la gruta no había sido obra de un prometido asesino.

Aún tenía que descubrir quién había sido el culpable. Le vino a la mente Yvette.

«Y precisamente por eso la respuesta de Eugénie fue tan extraña». Atalanta se quedó helada al darse cuenta. ¿Por qué Eugénie no había aprovechado la oportunidad para acusar a la chica a la que no soportaba? Yvette la había insultado la noche anterior e incluso le había deseado la muerte. ¿No habría sido lógico pensar que había sido ella la de la gruta?

En cambio, Eugénie ni siquiera la había mencionado como una opción. Había llegado a la conclusión de que había sido Gilbert. Ni siquiera la referencia de Atalanta a una broma había llamado la atención de Eugénie sobre Yvette como posible culpable.

Eso parecía casi imposible. ¿Por qué no iba a intentar inculpar a la chica que tanto le disgustaba?

¿Simplemente por la carta? ¿Porque la carta la predisponía a pensar que había sido él?

Pero, si ella todavía estaba unida a Victor de alguna manera, ella misma podría no ser del todo inocente. Tal vez incluso tuviera razones para hacer quedar mal a su prometido.

El abuelo de Atalanta le había aconsejado que no se fiara de nada de lo que oyera, sino que examinara la verdad que sustenta los hechos.

Debía tenerlo en cuenta. También sus siguientes palabras: «Busca ayuda para examinar la información que recibas, cuanto más objetiva mejor».

Tal vez lo que ocurriera durante el pícnic la iluminara.

10

El pequeño lago era azul claro bajo el cielo estival y el conde había extendido mantas en la orilla cubierta de hierba. Eugénie distribuyó la comida y la bebida de las cestas como una perfecta anfitriona, mientras Pom-pom exploraba la maleza cercana y volvía corriendo con un ladrido cuando un pájaro alzaba el vuelo.

—Ese animal tiene miedo de su propia sombra —se burló Raoul de Yvette.

—No es verdad. Es muy valiente para alguien de su tamaño. Imagínate siendo tan pequeño. —Se echó sobre la manta.

Louise le lanzó una mirada de advertencia, que Yvette ignoró.

Atalanta examinó las rodillas de la joven en busca de magulladuras o piel raspada que pudieran indicar que hubiera trepado por una roca por la mañana. Era cierto que las rodillas no parecían inmaculadas, pero las heridas no eran recientes.

Raoul sacó una baraja de cartas e invitó a Yvette a jugar al *chemin de fer*. Atalanta no podía determinar si la dejaba ganar o si ella era buena en el juego, pero, con cada grito de triunfo que lanzaba al derrotarlo, la sonrisa de la muchacha se ensanchaba y el humor general de los acompañantes mejoraba.

Louise contó una animada historia sobre una visita a Roma el año anterior, por su parte Victor se había puesto un cuaderno de dibujo sobre las rodillas y estaba absorto en los trazos que estaba haciendo con carboncillo.

Mientras se repartían más refrescos, Atalanta se levantó para echar un vistazo a su creación y contuvo la respiración al ver un esbozo bastante fidedigno de la fiesta. Victor había exagerado un poco todos los rasgos: estaba la aguda vivacidad del rostro hambriento de Yvette, la elegancia de la postura de la cabeza de Louise, la mirada soñadora de Eugénie.

Su prometido aparecía mirando hacia otro lado, como si esperara algo o a alguien justo fuera del círculo que plasmaba el dibujo. En esa dirección había una sombra. Alguien estaba allí, invisible, pero proyectando la sombra de su presencia en la animada escena.

Victor la miró.

—¿Qué le parece? —le preguntó.

—Tiene mucho talento. Sé dibujar un poco, pero nunca podría esbozaría un parecido tan asombroso en tan poco tiempo.

Él rechazó el cumplido.

—Cuando estudiaba en París, ganaba algo de dinero dibujando a los turistas.

—Quiere decir que vivía como uno de esos artistas vagabundos de Montmartre —dijo Gilbert bruscamente—. Me niego a creer que su padre lo aprobara.

—Mi padre nunca se preocupó de lo que yo pensaba de él, así que decidí preocuparme lo menos posible de lo que él pensara de mí. Fue un pacto bastante decente mientras duró.

—Parece que sí le importaba lo que hacía o no le habría desheredado.

—¡Gilbert! —Eugénie parecía mitad sorprendida mitad divertida—. Victor es siempre el primero en admirar la franqueza al hablar, pero no necesitamos discutir asuntos familiares tan íntimos, sobre todo en una ocasión tan alegre como esta.

Yvette se sentó y tiró las cartas al suelo.

—Hace mucho calor. Me vendría bien un baño. —Mantuvo la mirada fija en Eugénie para ver cómo se tomaba la sugerencia.

—Ninguna de las dos hemos traído bañador —dijo Louise, pero Yvette la interrumpió con un brusco:

—Yo no lo necesito. —Se levantó y caminó hasta la orilla del lago, se quitó los zapatos y se inclinó para deshacerse de las medias.

—No hagas el ridículo —advirtió Eugénie con las mejillas enrojecidas. Le lanzó una mirada a su prometido como exigiéndole que hiciera algo.

Sin embargo, el conde estaba sentado mirando a lo lejos, sin responder en absoluto a las excentricidades de su protegida.

Yvette se había quitado las medias y se había metido en el lago. El agua era poco profunda y había sumergido los tobillos desnudos.

—Es tan agradable y fresca —dijo—. ¿Nadie va a unirse a mí?

—Mejor ignoradla —dijo Louise con un tono alto que sugería que estaba mortificada.

—Enséñanos tu cuaderno, Victor —propuso Eugénie, y pronto los tres unieron las cabezas, las mujeres exclamando admiración mientras Victor pasaba los dibujos.

Raoul se recostó en la manta, cruzó las manos detrás de la cabeza y cerró los ojos.

Yvette se adentró cada vez más en el lago, con los brazos extendidos como para mantener el equilibrio. De repente, con un grito, se inclinó hacia delante y chapoteó en el agua. Todo su cuerpo desapareció. La superficie se onduló y quedó inmóvil.

«Eso no pinta bien. ¿Por qué no está Yvette en el agua dando vueltas?».

Raoul ya estaba de pie y se precipitó al lago completamente vestido. Tanteó el agua con los brazos en busca de la chica desaparecida.

«¿Dónde está?». A Atalanta el corazón le latía dolorosamente, cerró las manos en un puño.

El conde se irguió con la mano en la cara, mientras Louise y Eugénie miraban con desaprobación, como si el rescate fuera tan inapropiado como lo había sido el baño, para empezar.

Atalanta dio un paso adelante, pero se detuvo. ¿Debía echar una mano o dejar que Raoul se encargara? Era un hombre fuerte y deportista, que, obviamente, sabía lo que hacía.

Sus ágiles brazos sacaron algo del agua, se echó a la chica empapada al hombro y la llevó hacia ellos.

—Eres un verdadero héroe —dijo Louise, pestañeando, mientras Victor ponía los ojos en blanco y Eugénie reprimía la risa.

Nadie se apresuró a comprobar si Yvette se encontraba bien.

Sus piernas colgaban sin fuerza como si estuviera...

El recuerdo de la mano de Marcel DuPont pasó por la cabeza de Atalanta y se le contrajo el estómago. Intentó decirse a sí misma que las chicas jóvenes y sanas no morían así como así, pero la rabia se apoderó de ella por el hecho de que nadie se hubiera molestado en prestarle atención a aquella infeliz y hubiera permitido que se produjera aquel accidente.

«¿Accidente?».

El conde se quedó esperando mientras Raoul se detenía y jadeaba al tiempo que dejaba su mojada carga en el suelo. Estaba muy pálido y le temblaba la voz al pronunciar el nombre de Yvette mientras se inclinaba sobre ella.

Con una carcajada, la chica se incorporó y se sacudió el agua.

—Os he pillado a todos, ¿a que sí?

El conde retrocedió un paso y abrió los ojos de par en par. Contrajo la boca.

—¿Cómo puedes ser tan tonta? Podrías haberte hecho daño. —Parecía querer decir algo más, pero se dio la vuelta y se alejó bruscamente.

—¡Gilbert! —Eugénie se levantó y lo siguió, lo cogió del brazo y le habló, pero él se la quitó de encima y la dejó sola.

Visiblemente escarmentada, volvió al grupo. Sus ojos buscaron a Yvette con una mirada venenosa que sorprendió a Atalanta. Solo sabía de las miradas que matan por las novelas, pero acababa de captar una lo bastante feroz como para incinerar a la chica.

Yvette se sentó en la hierba, se echó hacia atrás el pelo mojado y comenzó a reír.

—No me estaba ahogando. Ni siquiera di un paso en falso. Estaba tan aburrida... Lo único que quería era animar esto. Divertirme un poco.

—¿Crees que es divertido provocarles un ataque al corazón a otras personas? —dijo Louise. Miró a Victor—. Creo que Gilbert debería encontrar un internado con reglas estrictas para meterla en vereda.

Yvette levantó la vista de golpe. Sus ojos parecieron vacíos por un momento en sus pálidas facciones.

—Nunca me echaría.

—¿Por qué no? —Louise la desafió—. En realidad no te mantendrá aquí para siempre. Pronto se casará.

Yvette se levantó de un salto y se sacudió como un caniche mojado. Luego salió corriendo descalza.

Raoul la persiguió.

—No empeores las cosas, niña. Vuelve. —Dejó escapar un suspiro de frustración. El agua le goteaba del pelo y de su caro traje.

Atalanta aún tenía las rodillas gomosas por el *shock* de pensar que Yvette se estaba muriendo ante sus propios ojos. ¿Y solo había sido una broma? ¿Una provocación a las mujeres a las que tanto odiaba?

«Esta joven necesita encarrilarse».

—Deja que intente hablar con ella.

Sacando toda su energía contenida, corrió tras la chica, que se abría paso por una senda que pasaba junto a altos girasoles.

—¡Yvette! Es inútil que huyas. Tienes que volver con nosotros a Bellevue.

—¿Para qué, si nadie me quiere allí? —Sonaba enfadada, pero, sobre todo, triste.

Atalanta se mordió el labio. La rabia chocó con una oleada

de compasión por aquella chica solitaria que no sabía cómo comunicarse sin ponerse a todo el mundo en contra.

Momentos antes, ella misma le habría dado un buen pescozón por haber sido tan estúpida; ahora apenas podía resistir el impulso de abrazar sus estrechos hombros. Pero no era una buena idea. A pesar de su evidente dolor, Yvette deseaba desesperadamente ser adulta, que la tomaran en serio. Tratarla como a una niña solo conseguiría alejarla aún más. Atalanta tenía que razonar con ella a un nivel adulto.

—El conde te quiere allí. Tu caída al lago le ha supuesto un buen susto. Vi su expresión. Temía por tu vida.

La expresión de enfado de Yvette se suavizó un poco, pero resopló:

—No es que no le importe, lo sé. Pero todas esas mujeres tontas… Le importa más su opinión que yo. Intentan que a su orden me siente como un perrito.

—¿De verdad es tan malo? —Atalanta se inclinó—. Podrías intentar ser agradable. Solo cuando estén cerca.

—Tú necesitas ser agradable con la gente porque no tienes posición, no eres más que una profesora de piano que debe sonreír a los demás para conseguir dinero.

Las palabras eran hirientes, aunque la chica solo estaba arremetiendo contra la primera víctima que tenía a mano. Por un momento, Atalanta estuvo tentada de revelar que tenía mucho dinero, que podía comprar lo que quisiera y viajar mucho más allá de donde Yvette hubiera estado nunca.

Pero la satisfacción de esa respuesta sería efímera y el daño duradero. Como tantas otras veces en su vida, tuvo que apelar a la sensatez, aceptar los insultos que le lanzaban y no revelar sus sentimientos.

Yvette le ladró:

—Tengo dinero. Yo también debería tener un título. Soy la mayor. Estúpida regla que dice que los chicos son más importantes aunque nazcan más tarde…

—Así que tienes un hermano.

«¿Por qué nunca había oído hablar de él? ¿Dónde está?».
Yvette asintió.

—Hace años que no lo veo. No es que me importe.

Atalanta esperó unos instantes. Tenía que andarse con cuidado.

—Entiendo que hayas tenido que arreglártelas por tu cuenta. Yo también tuve que hacerlo.

¿Quizá el pobre estilo de vida que Yvette le había presupuesto podría ayudar a acercarlas? ¿Crear la simpatía que necesitaba para llegar a la chica?

Pero Yvette hizo una mueca como si la hubieran golpeado.

—No actúes como si lo entendieras porque no es así. Los demás ya lo han intentado. Eugénie, Louise. «Cuéntame tus secretos, niña, quiero ser tu mejor amiga». Pero no los creo. Se ríen de mí a mis espaldas. Piensan que soy tonta y que no sé lo que pienso. Pero sí lo sé. Lo verán. Muy pronto.

Yvette se detuvo y miró a Atalanta. La obstinación murió en sus ojos.

—Volveré contigo, por supuesto —dijo—. No tengo otro sitio a donde ir.

Hizo un giro brusco y comenzó a caminar de regreso.

Atalanta parpadeó. El cambio en ella había sido repentino.

De la ira total a la aceptación. Como si hubiera accionado un interruptor y todo su ser hubiera cambiado en un abrir y cerrar de ojos.

Como si otra persona se hubiera hecho cargo.

Tembló un momento y se frotó los brazos desnudos. Las palabras de Raoul resonaban en su mente. «Mentalmente inestable». Le había preocupado que ella dijera eso. ¿Tenía ahora motivos para hacerlo?

¿O era todo teatro? Una llamada para la simpatía, los cambios de humor...

Yvette acababa de admitir que no se había ahogado. Era una joven muy lista a la que le encantaba enfrentar a la gente entre sí. En un momento el grupo había estado contento, como una unidad, y al siguiente se habían dividido, atacándose unos a otros y echándose la culpa. Yvette parecía disfrutar con ello.

Raoul se reunió con ellas un poco alejado de los demás. Se había secado la cara y el pelo, aunque húmedo, ya no le goteaba.

—¿Cómo estás? —preguntó a Yvette con una mirada penetrante en sus ojos oscuros.

—No te necesitaba —dijo inclinando la barbilla—. Y solo querías hacerte el héroe por Eugénie. Sé que suspiras por ella porque no puedes tenerla. Pero, si querías caerle en gracia, deberías haber dejado que me ahogara. Eso es lo que ella quiere. Verme muerta.

Con este disparo de despedida cruzó los últimos escalones hasta la manta de pícnic y se tiró sobre ella. Pom-pom corrió hacia ella y empezó a lamer la mano que había empujado contra la tela. La mano formó un puño.

—Drama, drama. —Raoul puso los ojos en blanco, pero no miró a Atalanta, que se preguntaba si Yvette tenía razón y en realidad Raoul estaba un poco enamorado de Eugénie.

Su clienta podía ser encantadora cuando quería. Atalanta esperaba que un hombre sensato como Raoul se diera cuenta, pero ¿lo conocía bien? ¿Qué podía saber de su vida, de sus elecciones, de las mujeres que le gustaban?

No entendía en absoluto su comportamiento. Durante toda su vida adulta había estado rodeada de mujeres, y los hombres eran para ella como criaturas de la luna. ¿Qué querían? ¿Cómo razonaban? ¿Se rebajarían a escribir una carta como la que había recibido Eugénie?

Atalanta suspiró. En un momento el ambiente en Bellevue era agradable y tranquilo, y estaba segura de que no había nada oscuro y siniestro que la acechara, y al siguiente era testigo de los altercados entre los habitantes y los invitados, y había una resaca de tensión tan fuerte que podía sentir cómo esperaba para arrastrarlos.

Y ella misma tampoco era imparcial. Quería serlo, se lo exigía a sí misma. Pero no podía evitar sentir lástima por Yvette, huérfana de madre, y por su tío Gilbert, que luchaba por criarla. No parecía que Eugénie fuera la persona adecuada para compartir con él aquella tarea. «Independientemente de cualquier verdad que contuviera esa carta, ¿debían casarse?».

Pero no estaba allí para eso. Tenía que mantenerse objetiva ante los asuntos personales para poder descubrir la verdad sobre la muerte de Mathilde y de Marcel DuPont, el cazador furtivo. Su parecer sobre el conde, Yvette o su cliente no importaba.

Se sentía como en medio de unas arenas movedizas, sin llegar a ninguna parte y siendo absorbida lenta pero inexorablemente. Tal vez su abuelo había sido demasiado optimista al evaluar sus instintos femeninos. Los había calificado de insuperables. Pero ella siempre había confiado más en su sentido común que en algo tan vago como el instinto. Algo poco fiable como... los sentimientos.

Atalanta se mordió el labio. Comprender las emociones de la gente sin aportar las suyas propias parecía casi imposible.

Y desvelar sus secretos podría resultar peligroso.

11

Llegaron a la casa con aire sombrío. Había un coche desconocido aparcado delante. Cuando subieron los escalones de la casa, se abrió la puerta y apareció el mayordomo con aspecto desaliñado.

—Es *madame* Lanier —explicó—. Dice que se quedará para la boda.

Gilbert se puso pálido.

—¿Para la boda? —repitió como si las palabras fueran en otro idioma.

—¿La has invitado? —preguntó Eugénie en tono chillón—. Qué... raro.

—Yo no la he invitado. —Gilbert le lanzó una mirada asesina—. Aunque no sería asunto tuyo si lo hubiera hecho. —Se volvió hacia el mayordomo—. ¿Dónde está?

—En el salón.

—Iré a verla. A persuadirla... —Entró.

—¿Para que se vaya? —Raoul susurró a Atalanta.

Ella le preguntó en voz baja:

—¿Quién es *madame* Lanier?

—La madre de Mathilde.

Atalanta abrió los ojos.

—¿Su hija murió y ahora quiere asistir a la boda de su antiguo yerno con otra mujer que ocupa el lugar de su hija?

Raoul se encogió de hombros.

—Si lo dice así, me parece insólito. Pero hay que entender las circunstancias. *Madame* Lanier siempre quiso a Gilbert. Eran uña y carne. Después del accidente se quedó aquí unas semanas. No creo que ella lo... —Buscó las palabras.

—¿Lo culpara? —respondió Atalanta curiosa por saber cómo se tomaría esta elección de palabras.

Pero Raoul ni siquiera pestañeó. Asintió con alivio.

—Exacto. Podría haberlo hecho, ya que el caballo era suyo y era una bestia bastante salvaje. Pero sabía que Mathilde siempre conseguía lo que quería, que no aceptaba un no por respuesta.

Atalanta solo escuchaba a medias. Había estado abatida de regreso a la casa, un sentimiento de fracaso se había apoderado de su mente hasta el punto de que le impedía pensar. Pero ahora brillaba la luz en aquella oscuridad. La llegada de la madre de Mathilde podía suponer un gran avance en el caso. Tenía muchas ganas de hablar con aquella mujer y saber más sobre la difunta y la forma en que había fallecido.

¿Podría *madame* Lanier descartar la idea de que Gilbert había tenido algo que ver con la muerte de su primera esposa? De ser así, nada se interponía en el camino de un matrimonio entre Gilbert y Eugénie. Quedaba por ver si sería feliz, ya que parecían ser muy diferentes y estaba Yvette para interponerse entre ellos. Pero eso quedaba fuera del ámbito de sus investigaciones.

«¿Y qué hay de Marcel DuPont, el cazador furtivo muerto? —susurró una vocecita en su interior—. Otra muerte en Bellevue, y en realidad no fue un accidente».

«Lo primero es lo primero —replicó—. *Madame* Lanier es mi objetivo».

Todos entraron en la casa y se dispersaron. Atalanta subió las escaleras con los demás, fingiendo que se dirigía a su dormitorio, pero cuando todos se hubieron ido a sus respectivas habitaciones, volvió a bajar y se acercó a la puerta que daba al salón. El corazón le latía deprisa ante la posibilidad de hacer algo tan despreciable como escuchar una conversación, pero aquella oportunidad era demasiado buena para dejarla pasar.

Sin embargo, la puerta estaba bien cerrada y no pudo oír nada de nada.

Se quedó de pie un momento, entre molesta y aliviada por no tener que caer tan bajo. Pero los investigadores privados tenían que ser ingeniosos. ¿Habría otra forma de hacerlo?

Salió de la casa y se dirigió enseguida a las puertas francesas del salón. Como esperaba, con el calor del verano se hallaban abiertas y se oían voces en el interior.

—Por supuesto, eres bienvenida para quedarte aquí y asistir a los actos —decía Gilbert—. Mi casa siempre será también la tuya para honrar la memoria de Mathilde. Pero yo... no quiero que te hagas daño. Puedo casarme de nuevo, pero nunca tendrás a tu hija de vuelta.

—Lo sé —dijo una voz de mujer ahogada por las lágrimas—. Aun así, debo dar la cara aquí. No puedo dejar que la gente chismorree que no te deseo lo mejor, que de alguna manera te culpo por lo que pasó. Sé que es una tontería, porque nadie podría haber contenido ese caballo y se suponía que ella no debía montarlo, pero ya sabes cómo es la gente. Siempre se pone en lo peor. Todo para alimentar sus cotilleos y tener algo de lo que parlotear.

Gilbert parecía pasearse por la habitación mientras Atalanta oía con claridad sus pisadas.

—Eres demasiado amable al pensar en mi reputación, pero no puedo exigirte que vivas una boda que te recuerde a aquel feliz día en que tomé la mano de Mathilde entre las mías y... —Calló como si fuera incapaz de continuar.

Un crujido de tela.

—Mi querido muchacho...

Atalanta se atrevió a asomarse a la habitación y vio a una mujer menuda vestida de negro con los brazos alrededor de la robusta figura del conde de Surmonne. Apoyó la cabeza en su hombro y emitió un sonido sospechosamente parecido a un sollozo apagado.

Atalanta se retiró al instante. Le ardían las mejillas. Era ruin escuchar a la gente, y aquella conversación íntima no estaba destinada a los oídos de un extraño.

Aun así, reforzó su sentimiento de que Gilbert era inocente de la muerte de Mathilde.

Eso, sin embargo, no excluía la posibilidad de que otro se las hubiera ingeniado para matarla. Eugénie aún podía no estar a salvo. ¿Quién le había echado barro encima en la gruta de las conchas y por qué?

Atalanta fue a su habitación y volvió a tomar notas codificadas. Tenía que investigar algunos asuntos específicos para tratar de aclarar la identidad de la persona que había echado el barro sobre Eugénie y del escritor de la carta. También sería muy útil saber si la policía ya había avanzado en el caso del cazador furtivo apuñalado. Si habían establecido que lo había asesinado un cazador furtivo rival, por ejemplo, ella podría concluir que no había vínculo entre las dos muertes.

De repente, un grito agudo rasgó el silencio. «¿Qué ha sido eso?». Dejando caer la pluma, Atalanta se levantó de un salto y salió corriendo de su habitación. En el pasillo trató de determinar de dónde procedía el sonido. Parecía que de la otra ala.

Se acercó corriendo. Louise apareció delante de ella, con una bata de seda amarillo pálido cubriéndola, y llamó a la puerta de la habitación de Eugénie.

—¿Eugénie? ¿Qué te pasa? ¿Por qué gritas?

Al no recibir respuesta, abrió la puerta y entró. Atalanta la siguió. Se preparó para contemplar una escena horrible.

Eugénie estaba sentada en el borde de la cama. Tenía una bolsita de lino en la mano y sobre el cubrecama azul había algo marrón oscuro que desprendía un olor acre.

—¿Qué demonios es eso? —exclamó Louise. Arrugó la nariz y retrocedió.

Eugénie sollozó.

—Es estiércol. Alguien ha cambiado la dulce lavanda de mi bolsita por estiércol. Es horrible. Quise hacer unas cuantas inhalaciones relajantes y entonces... olí que no era lavanda. No eran las flores que yo misma había arrancado. ¿Quién ha hecho esto y por qué? —Se puso en pie de un salto, retrocediendo para alejarse de la horrible sustancia—. Debe de haber sido Yvette. Esa pequeña bruja está intentando destruirlo todo, pero la atraparé.

Empujó a Louise y Atalanta hacia el pasillo y se dirigió a la habitación de Yvette. Abrió la puerta de golpe y entró.

Las otras dos mujeres las siguieron apresuradamente, Louise le pidió a su hermana que no fuera tonta ahora.

Yvette estaba sentada en el alféizar de la ventana, con un álbum pegado al pecho. Eugénie corrió hacia ella y se lo arrancó de las manos. Yvette gritó:

—¡No, no me lo quites!

Pom-pom ladró ansiosamente, pero se apartó del camino de Eugénie, que salió corriendo de la habitación y entró en el cuarto de baño cercano. Abrió el grifo y colocó el álbum bajo la corriente de agua.

Yvette había salido tras ella y chillaba mientras luchaba por recuperar el libro antes de que se mojara. Abofeteó a Eugénie, que lo soltó, pero cogió una jarra cercana, la llenó de agua y la vació sobre Yvette, que tenía el álbum en la mano.

La muchacha gritó y cogió un cepillo de madera para golpear la cabeza de Eugénie. Cuando esta retrocedió instintivamente, el objeto le rozó la sien y la fuerza del golpe le hizo sangrar. Eugénie levantó la mano y se palpó el pómulo. La palma se le manchó de un líquido rojo. Se puso pálida y jadeó.

—Ha intentado matarme. —Se tambaleó hacia atrás buscando un asidero con la mano ensangrentada.

Louise la cogió antes de que cayera al suelo de baldosas.

—Ayúdame a llevarla a su habitación —le pidió a Atalanta.

La sangre corría por la mandíbula de Eugénie. Atalanta cogió una toallita limpia y se la puso en la herida. Ayudó a Louise a sostener a su hermana. Eugénie no respondió a sus preguntas sobre cómo se sentía. «¿Está inconsciente?».

Les costó un gran esfuerzo llevarla a su habitación y colocarla en la cama. Cuando Atalanta levantó el paño, el rasguño de la sien de Eugénie seguía sangrando y Louise la apremió:

—Tráeme un paño nuevo y agua para limpiar esta herida.
—Enseguida.

Atalanta se apresuró a volver al baño, con la esperanza de poder decirle a Yvette que la esperara allí para poder hablar de lo sucedido. Golpear a alguien era un asunto serio, pero Atalanta no podía negar que habían provocado a Yvette. Había luchado como una fiera por aquel álbum. «¿Qué contendrá?».

Pero el baño estaba vacío; la chica ya se había ido. ¿Adónde? Enfadada, Yvette era capaz de cualquier cosa.

«Y esto con *madame* Lanier en la casa». Atalanta negó con la cabeza mientras llenaba un cuenco de agua y se lo llevaba con una toallita a las hermanas. Eugénie se quejaba de que había que encerrar al monstruito y ya le había dicho antes a Gilbert que tenía que verla un psiquiatra.

—Está loca, loca de remate —declaró.

Después de entregarle el cuenco a Louise, Atalanta se excusó y salió de la habitación corriendo hacia la de Yvette para dar con ella. No debería permitirse que volviera a hacer algo peligroso.

«Si no tiene cuidado, la declararán mentalmente inestable».

Raoul se horrorizaría. No era el momento de que Atalanta analizara por qué aquello le importaba tanto, solo quería actuar y apagar aquel fuego.

Yvette no estaba allí. Tampoco Pom-pom.

Atalanta revisó la habitación para cerciorarse de que allí no había escondrijos; comprobó el balcón, que también estaba vacío, y bajó corriendo para ver si había ido de nuevo a maltratar el piano con el enfado.

«No hay nadie en la sala de música». Se concentró para oír sollozos, reproches airados o los ladridos del perrito; sin embargo, había mucho silencio, un silencio amenazador, como si todo contuviera la respiración esperando el gran estallido.

«¿El silencio de la muerte?».

En el pasillo, Atalanta casi chocó con una criada y le preguntó si había visto a *mademoiselle* Yvette, pero no.

—Tal vez haya salido.

Atalanta atravesó corriendo la puerta principal y vio a un jardinero recortando los setos. Cuando le preguntó si había visto a la joven, asintió con la cabeza e hizo un gesto con las tijeras. Atalanta le dio las gracias y siguió el camino, atenta a cualquier cosa que pudiera indicarle adónde había ido Yvette.

Los jardines eran grandes y ofrecían varios rincones apartados con asientos, escondites perfectos para una niña alterada.

Por fin, oyó sollozos y encontró a Yvette acurrucada a los pies de una estatua de piedra de la diosa Minerva, apretando contra su pecho el álbum que había intentado salvar. Pompom estaba a sus pies con la cabeza apoyada en su tobillo.

La compasión se atascó en la garganta de Atalanta, que se arrodilló junto a la niña y le puso una mano en el brazo. Sentirse tan sola en el mundo...

—Vete —dijo Yvette.

—No me iré. —La cabeza de Atalanta estaba llena de cosas que quería decirle a esa joven tan triste, pero Yvette no estaba dispuesta a ello. ¿Cómo podía manejar aquella situación?

Esperar. En la escuela había aprendido que la forma más fácil de ganarse la confianza de sus alumnos era preguntándoles su versión de los hechos en lugar de dar por sentado que un profesor o un padre tenían razón. ¿Y si adoptara el mismo enfoque?

—¿Pusiste el estiércol en la bolsa de lavanda?

—¿Y si lo hubiera hecho? No paraba de hablar de ello, de lo bien que la hacía dormir. —Yvette hizo una mueca—. Solo quería gastarle una broma. La idea de que se llevara la bolsa a la nariz..., de que inhalara fuerte para calmarse, ¡y que estuviera respirando caca de caballo! Era brillante.

Atalanta contuvo una carcajada. Debía admitir que había en ello una ironía que podía ser divertida, pero trató de parecer severa.

—Eres una invitada en la finca del conde. No puedes portarte mal y acosar a otros huéspedes.

—Ella no se considera una huésped aquí. Cree que ya es todo suyo. Puedo verlo en su cara mientras camina. Lo cambiará todo, venderá muebles y comprará cosas nuevas. Cambiará las habitaciones. Pidió que pintaran de rojo una habitación de arriba. Lo están haciendo ahora.

—¿Rojo? —le preguntó.

—Es horrible. Pero él es un monigote en sus manos.

—¿El conde?

Yvette resopló. Se relajó un poco y se apoyó el álbum en las rodillas. Atalanta lo miró.

—¿Es un álbum de fotos? ¿De tu familia?

Yvette asintió.

—Eugénie no puede soportar que mi madre fuera hermosa. Quiere destruir todo lo que tengo de ella.

—Más bien parece que quiso estropear tu álbum como respuesta a la bolsita llena de estiércol —señaló Atalanta con delicadeza—. Y podrías haberle hecho mucho daño en la gruta.

—¿Qué gruta? —preguntó Yvette.

—La gruta de las conchas.

Tenía los ojos muy abiertos e interrogantes.

—Hace días que no voy por allí.

—Alguien la atacó en la gruta.

—No fui yo.

Yvette miró el álbum y acarició con un dedo la cubierta adornada. Ahora parecía más joven y perdida en sus pensamientos. ¿Recuerdos felices de cuando su madre aún vivía?

¿O simplemente dolor porque esos días no volverían? Qué agridulce podía ser recordar el pasado...

El dolor cambia a la gente durante un tiempo o para siempre. ¿La pena y la ira habían calado tan hondo en el corazón de Yvette que se había convertido en un peligro para sí misma y para los demás? Atalanta preguntó con urgencia:

—¿Puedes prometerme, de verdad, que no fuiste tú quien tiró barro sobre Eugénie en la gruta de las conchas?

Yvette la miró a los ojos.

—¿Qué más da?

Atalanta suspiró. Si le decía a Yvette que la gente murmuraba sobre su estado mental, solo conseguiría asustarla. Tenía que proteger a aquella joven de las consecuencias de su comportamiento imprudente.

—Eugénie te culpa de todo lo que pasa, pero creo que está exagerando. Tiene los nervios a flor de piel.

Yvette se encogió de hombros.

—¿Por qué debería importarme? —Rascó a Pom-pom detrás de las orejas. El perrito cerró los ojos contento.

—Si las cosas siguen así, puede que no haya boda —dijo Atalanta, y luego, despacio, como si acabara de hacerse a la idea—: ¿O es eso lo que quieres? ¿Estás haciendo todo esto para alejarla?

—No se trata de ella. —Yvette volvió a acurrucarse dándole la espalda a Atalanta.

—¿Entonces? ¿Es por el afecto del conde? ¿Una competición para ver quién puede ganárselo?

—Soy de la familia. —Yvette sonaba indignada—. Es una extraña. —Se volvió de nuevo hacia Atalanta y dijo con los ojos muy abiertos—: ¿Por qué tienen que venir extraños a estropearlo todo? Era perfecto después de la muerte de Mathilde.

—¿Porque tenías al conde solo para ti?

—Me enseñó a jugar al ajedrez y me llevó a un castillo cercano. Por fin tenía tiempo para mí. —Yvette frunció los labios—. Pero debería haber sabido que no duraría. Las cosas buenas nunca duran.

Atalanta la estudió.

—Que Eugénie haya entrado en su vida no significa que no pueda jugar al ajedrez contigo o llevarte a sitios.

—Por supuesto que significa eso. Ella estará allí todo el tiempo. Es el tipo de mujer que está constantemente encima de él. Si jugáramos al ajedrez, ella estaría en la habitación merodeando como un tigre, distrayéndolo, bostezando, diciendo que es muy aburrido, hasta que él renunciara para irse con ella, y entonces me miraría para mostrarme que había ganado.

—No es una competición. La gente ama a muchas personas de diferentes maneras. El conde puede amaros tanto a Eugénie como a ti. —Yvette se sumió en un silencio obstinado—. Ha llegado la madre de Mathilde. ¿Te gusta?

Yvette no respondió. Sus ojos siguieron a una mariposa que bailaba de flor en flor en un bancal de flores cercano. Entonces, de repente, dijo:

—Intentó ser amable conmigo, no sé por qué. Nunca sé por qué la gente es amable conmigo.

Qué difícil tenía que ser desconfiar de las buenas intenciones de todo el mundo, estar siempre en guardia y defendiéndose.

—Tal vez esté realmente interesada en ti —sugirió Atalanta con suavidad.

—¿Por qué iba a estarlo? Solo soy una niña a la que nadie quiere. Después de la muerte de mi madre, iba de mano en mano como un paquete.

—Eso no es del todo cierto. El conde te ha pedido que vivas aquí. Ya vivías aquí cuando vino Mathilde.

—Eso fue hace un año, quiero decir antes. —Yvette se puso en pie—. Pero tú no lo sabrías ni lo entenderías. Y ni siquiera quiero que lo entiendas. No te necesito ni a ti ni a nadie.

—¿Atacaste o no a Eugénie en la gruta? —preguntó Atalanta.

Yvette levantó la barbilla.

—Si dijera que lo hice, ¿qué harías? ¿Llamar a la policía para decirles que intento matarla? No vendrían. Están demasiado ocupados con el cazador furtivo muerto.

Había un brillo triunfal en sus ojos.

—¿Cómo lo sabes? —preguntó Atalanta—. ¿Has visto algo?

—La policía estuvo aquí para informar sobre ello. Tienen miedo de Gilbert porque es el conde. Nunca tocarán a su familia. —Yvette sonrió satisfecha—. Adiós. —Luego recogió a su perro y se marchó.

Atalanta se puso en pie y recorrió con la mirada las suaves facciones marmóreas de Minerva. Sus rasgos no delataban nada. Pero aunque el rostro de Yvette estaba hecho de carne y hueso, y mostraba enseguida la ira y el dolor, era igual de difícil determinar qué pensaba en realidad y por qué actuaba de aquella forma.

Yvette había admitido enseguida que había colocado el estiércol en la bolsita de lino, pero negó haber atacado a Eugénie en la gruta. ¿Por qué iba a mentir? Estaba muy orgullosa del trato que le había dedicado a la prometida de su tío.

Así que, si Atalanta aceptaba que Yvette no había tenido nada que ver con el incidente de la gruta, ¿quién podía haberlo hecho? ¿Y por qué? Verter barro sobre alguien no era un atentado contra su vida, sino más bien una humillación.

¿Había sido una broma?

¿Louise?

¿Victor, a quien Eugénie había despreciado? Había una nota que atraía a Eugénie a la gruta. Ese detalle era relevante, pensó. Quienquiera que la hubiera invitado a salir sabía que acudiría si creía que era Victor quien la esperaba.

¿Era una prueba?

Un ruido cercano la hizo volverse. Raoul estaba allí, con los pies separados y las manos en los bolsillos, mirándola con expresión indescifrable. El sol se reflejaba en el reloj de oro que llevaba en la muñeca.

—No conseguirá ganarse la confianza de Yvette así como así, *mademoiselle* Atalanta.

La inquietud se apoderó de ella. ¿Cuánto había escuchado? ¿Qué quería saber?

—¿Y por qué querría eso? —Inclinó la cabeza—. ¿Acaso cuenta usted con el típico don de los profesores de interesarse de verdad por los asuntos de sus alumnos?

Sonaba tan cínico que hizo que se sonrojara.

—Yvette no es mi alumna.

—No. De hecho, ella no es nada suyo. Usted es una huésped, invitada a tocar el piano en una boda. ¿Por qué le interesa tanto lo que ocurre aquí?

—¿Por qué le interesa la razón por la que me interesa a mí? —replicó Atalanta.

Seguía acercándose a ella, queriendo estar con ella, hablar con ella. ¿Sospechaba de ella? ¿O quería pasar tiempo con ella?

El corazón le dio un vuelco en cuanto lo tuvo cerca. En otras circunstancias podría haber...

Pero las circunstancias eran las que eran. Ella estaba allí por trabajo; no debía caerle bien, no podía confiar en él.

«Entonces, ¿por qué quiero estar con él?».

Pasó junto a él y volvió a la casa.

Raoul la siguió.

—Me pregunto qué buscas aquí.

—¿Yo?

—Sí. Es usted pariente de los Frontenac. No es tan rica como ellos ni tan privilegiada. ¿Espera ganarte el cariño de Eugénie al defenderla?

—¿Por qué cree que estoy defendiendo a Eugénie?

Eso era todo. Debería estar apoyando a su cliente, pero, cuanto más tiempo pasaba allí, más dudaba de si la boda que se suponía que tenía que salvar debía celebrarse.

Raoul se detuvo tan de repente que ella también paró.

—¿Debo creer —preguntó con exagerada confusión— que quiere defender a Yvette? Sería muy imprudente. Eugénie odia a Yvette. Si elige el bando de la chica, se distanciará de ella.

Era aún peor. Al sentir tanta simpatía por Yvette estaba remando en contra de los intereses de su cliente. No era profesional y aun así no podía evitarlo. Yvette era huérfana como ella, ansiaba sentirse como en casa en Bellevue y se enfrentaba constantemente a la amenaza de que la echaran. No había nada peor que tener que volver a recoger tus cosas y marcharte a un lugar desconocido. Y el deterioro del álbum con las fotografías de su madre... Si alguien se atreviera a tocar la única foto que Atalanta tenía de su madre, ella también estaría fuera de sí.

—Alienar —repitió Raoul— a la persona que necesita para avanzar.

«Por supuesto que lo ve así. Solo piensa en el beneficio económico».

—¿Ha llegado a la conclusión de que la necesito para salir adelante? —dijo Atalanta con dignidad—. Soy independiente y puedo elegir el bando que quiera. —Y añadió enseguida—: Y aún no he elegido bando, estoy en ello.

Raoul la miró fijamente y luego se echó a reír.

—Mi querida Atalanta, está preciosa cuando se indigna. Cuando cree que es, de algún modo, racional; cuando considera que es objetiva. ¿No es así como la gente toma las decisiones? Ve a alguien, lo encuentra atractivo... —Le sostuvo la mirada un momento dejando las palabras en el aire.

Atalanta tragó saliva. Tenía la garganta muy seca.

Raoul continuó:

—Se escucha una opinión y se está de acuerdo con ella o no. No es como en un juicio, en el que se presta atención a todas las versiones y se dicta una sentencia imparcial.

—Me gusta pensar que soy tan imparcial como puedo.

«Debo serlo para tener éxito como detective».

—¿Imparcial y sin emociones? —preguntó Raoul. Se acercó a ella y sus ojos castaños la cautivaron con el brillo de su interior—. ¿Puede mirar, escuchar y juzgar sin participar en nada? ¿Sin sentir ni padecer?

Atalanta no pudo apartar la mirada ni responder con ninguna réplica ingeniosa. Su mente estaba vacía y le temblaban las rodillas.

—En la vida no hay espectadores —dijo Raoul en voz baja—. Todos formamos parte del juego. Tomamos decisiones, buenas o malas, pero decisiones al fin y al cabo. Estamos implicados, asumimos responsabilidades o culpa.

—¿O culpa, incluso? —susurró Atalanta.

Quería ver algún tipo de respuesta en sus ojos, pero, por mucho que mirara, no estaba segura de que fuera a producirse. Mantuvieron una batalla silenciosa, ninguno de los dos dispuesto a apartar la vista primero.

Entonces, una voz llamó a Atalanta y se separaron; Raoul se alejó adentrándose en el jardín, como si hubiera olvidado que quería volver a Bellevue.

Atalanta se apresuró a ir al encuentro de la criada que había ido a buscarla.

Su respiración era superficial, como si alguien la persiguiera. La pregunta de Raoul resonaba en su mente. Ella estaba lejos de no sentir emociones. Se culpaba por ello y, aun así, no podía dejar de sentir todas esas cosas; impotencia, sobre todo, para cambiar algo a mejor.

La criada se acercó hasta ella.

—Ha llegado su modista.

—¿Mi modista?

—Sí, con su vestido para la boda. Necesita unos ajustes de última hora, ha dicho. La está esperando en su habitación, me he tomado la libertad de llevarla allí.

«No tengo ni idea de quién es. Desde luego no la he mandado llamar».

Intentando parecer tranquila, Atalanta siguió a la criada al interior y subió las escaleras. En su habitación, la esperaba una esbelta muchacha rubia con un elegante vestido de día de crepé. Había abierto una gran bolsa y había extraído una prenda que había depositado sobre la cama.

Atalanta contempló asombrada la silueta finamente entallada en color lila con elegantes mangas sueltas.

—¿Es ese mi vestido? —exclamó.

La doncella ya se había marchado. La recién llegada comprobó que la puerta estuviera cerrada y dijo en voz baja:

—Me envía *monsieur* Renard. Quería que tuviera este vestido para la boda y la información que ha recopilado para usted.

—¿Información? —preguntó Atalanta. Un soplo de esperanza le llenó el corazón al pensar que había descubierto algo útil que podría volver a ponerla en el buen camino.

—Por favor, póngase el vestido para que pueda ver cómo le queda y hacer algunos ajustes. Tenemos que interpretar el papel. —La chica le guiñó un ojo.

Atalanta preguntó:

—¿Conoció usted a mi abuelo? ¿Trabajó antes para él?

—Vía *monsieur* Renard, *oui*. —Atalanta cogió el vestido y desapareció detrás del biombo para cambiarse.

—¿Ha venido desde París? —preguntó.

—*Monsieur* Renard consiguió un coche y un chófer.

—Es muy considerado.

«Y al parecer piensa que necesito que me echen una mano. No puedo negar que sí, ya que todo esto es muy confuso. Por fortuna, no sabe lo mal que estoy llevando todo esto».

Se puso la prenda y disfrutó de la suave sensación del tejido sobre la piel. El largo era perfecto, pero la cintura le quedaba un poco ancha. Salió de detrás del biombo y la chica le lanzó una mirada rápida.

—Me ocuparé de ello.

Dio vueltas a su alrededor, reacomodando, colocando alfileres y murmurando para sí misma.

Atalanta se sentía muy especial, casi como la futura novia. ¿Cómo sería enamorarse tan irremediablemente como para querer comprometerse con otra persona para siempre?

«No debo olvidarme del caso».

—¿Qué le ha encargado Renard que me dijera?

—Me entregó una carta para usted. Me dijo que debe mantenerla a salvo para que nadie pueda leerla. Incluso que la destruya después de leerla. —Hizo una mueca—. A veces es muy reservado.

Atalanta sonrió.

—Estoy segura de que es una sabia precaución, aquí hay ojos y oídos por todas partes.

La muchacha volvió a pedirle que se quitara el vestido e hizo los ajustes mientras Atalanta, enfundada en una bata, se sentó en el alféizar de la ventana a leer la carta de Renard.

> *Espero que no piense que es atrevido por mi parte contactar con usted de esa manera, pero creo que no está de más recordarle que tiene amigos lejos de ese lugar y que no está sola.*

Sonrió. No tenía ni idea de lo bien que le habían sentado esas palabras.

> *He averiguado, a través de los criados de ambas casas y clubes, cuál es la impresión general sobre el accidente de equitación de la difunta condesa de Surmonne, y parece que nadie le dio importancia. Desde niña, Mathilde Lanier fue de lo más lanzada y tuvo varios accidentes, se cayó de un árbol y también de su poni. Tuvo que pasar seis semanas en cama con una conmoción cerebral después de haberse golpeado explorando una cueva en las Ardenas con unos amigos. La gente mueve la cabeza al hablar de ella y piensa que todo es bastante triste, pero no se considera sospechoso en absoluto. Además, he tenido la suerte de saber que, justo antes de la boda, se acordó que la dote de Mathilde fuera directamente a sus hijos y, si moría sin descendencia, revirtiera en su familia. Esto significa que el conde de Surmonne no obtuvo beneficio económico alguno con su fallecimiento.*

Atalanta murmuró para sus adentros:
—Así que parece que el accidente fue de verdad un acci-

dente y que él no tenía motivos para asesinarla. Al menos no un motivo económico. No ganó dinero ni bienes con ello.

La carta terminaba con:

Confío en que se encuentre bien y tenga cuidado. Si necesita información, envíe su solicitud a París con mademoiselle *Griselle.*

Atalanta miró a la chica.

—¿Sigue ocupada? ¿Puedo escribirle una carta para que se la lleve?

—Sí, naturalmente. *Monsieur* Renard me dijo que me asegurara de darle tiempo para escribir una respuesta si lo deseaba. Incluso puedo deshacer este dobladillo y coserlo de nuevo...

—No, no, por favor, no cambie nada de ese precioso vestido. Escribiré rápido.

Atalanta se sentó en su tocador y escribió con mano fuerte.

Querido Renard:

Gracias por su información. De hecho, muy útil. Me gustaría saber más sobre Yvette, una joven de unos dieciséis años que vive con el conde. Es de la familia, tengo entendido, una sobrina, aunque el parentesco exacto no me queda claro. También parece tener un hermano menor. Averigüe todo lo que pueda sobre ella, sobre todo si tiene antecedentes de enfermedad u otros detalles de especial interés.

Dudó, con la mente puesta en el extraño enfrentamiento del jardín, que aún le hacía dar vueltas a la cabeza.

Luego escribió con determinación:

También me gustaría saber todo lo que pueda encontrar sobre Raoul Lemont. Es un amigo de la familia y lo vi en una foto con el conde y otros, supongo que tomada hace tiempo, desconozco cuánto. Confío en que maneje todo esto con la mayor discreción.
Atentamente,
AA

Metió la carta en un sobre y lo cerró.

Griselle había terminado con el vestido y lo puso de nuevo sobre la cama.

—Pruébeselo ahora, *mademoiselle*. —Aceptó la carta y la metió en su bolso—. Viajaré a París esta noche. Renard dijo que era muy urgente.

Tras ponerse de nuevo el vestido, Atalanta se miró en el espejo. El corte de la prenda acentuaba su estrecha cintura y la hacía parecer aún más alta. Su color lavanda era tan favorecedor como apropiado. Si se dejaba ver así por París, la gente se preguntaría quién era la nueva y elegante heredera.

Sin embargo, París estaba lejos y ella no podía ir a fiestas y disfrutar de una existencia despreocupada. Incluso vestida de aquella manera representaría un papel: el que había aceptado para hacer su trabajo como investigadora privada. El vestido le aportaba glamur y al mismo tiempo era como un uniforme de trabajo. «Las dos caras de mi herencia».

—Dele las gracias a Renard por este gran regalo —dijo acariciando la tela.

—No es un regalo —corrigió Griselle con una sonrisa—. Sin duda se pagó con el dinero de su abuelo, que ahora es... todo suyo. —La estudió con franco interés—. Se parece un poco a él. También era alto y se comportaba como si el mundo le perteneciera.

Atalanta no sabía si sentirse halagada o juzgada por actuar con demasiada seguridad en sí misma. ¿Era eso lo que irritaba a Raoul?

—¿Era mi abuelo un hombre feliz? —preguntó a Griselle.

La costurera la miró desconcertada.

—Creo que sí. Tenía dinero, viajaba y ayudaba a la gente. Eso significaba mucho para él. Antes de empezar a investigar los casos, estaba solo en su finca, pero los casos lo sacaban de allí y lo invitaban a ejercitar la mente.

La mente sí, pero no las emociones. Le daba la sensación de que había sido una persona fría, que había mantenido la distancia de la gente implicada en los casos.

«Pero yo no puedo».

Por un momento quiso decirle a Griselle que se volvían juntas a París porque no podía hacer el trabajo que se esperaba de ella. Simplemente quería disfrutar de su nueva casa, comer *macarons* en las teterías de moda y comprar sombreros a los mejores modistos, en lugar de tener que bregar con toda la tensión que había allí y soportar aquella responsabilidad.

«Eso ya me ha tocado vivirlo. Es hora de algo distinto. Es hora de... pensar en mí misma, para variar».

Griselle recogió sus cosas.

—Le deseo buena suerte, *mademoiselle*. Debe de ser emocionante quedarse aquí y ver cómo se desarrolla todo.

—¿Emocionante? —Se hizo eco Atalanta—. No lo crea. Parece como si hubiera una constante expectación en el aire, como si algo estuviera a punto de suceder, algo bueno o malo.

—Pero puede influir en el resultado. Puede convertirlo en algo mejor para todos los implicados. Renard me dijo una vez que esa era la mayor satisfacción que su maestro obtenía de sus casos: mejorar la vida de las personas.

Yvette... ¿Podría cambiar su vida a mejor? Tras percibir lo infeliz que era la muchacha, Atalanta deseaba, sin duda, volver a verla sonreír, crear para ella un entorno en el que se sintiera segura y apreciada. Pero ¿podría un matrimonio entre el conde y Eugénie proporcionarle ese tipo de hogar?

¿Por qué pensaba sobre todo en Yvette cuando su clienta era Eugénie? Su lealtad debería estar con ella, ¿no?

¿Qué le había escrito su abuelo en las cartas? Tendría que volver a sacarlas esa noche y releerlas para entender lo que había intentado decirle.

Se puso la ropa de diario y acompañó a Griselle escaleras abajo para despedirla. Cuando el coche se alejó por el camino, se arrepintió de no haber subido a bordo, pero le quedaban demasiadas preguntas en la cabeza. No sobre el caso, sino sobre sí misma. Qué quería realmente de la vida, ahora que su padre ya no estaba allí para cuidarla y no quedaban más asuntos por resolver. Le dolía el vacío.

Louise llegó desde el salón y preguntó:

—Oh, ¿tienes visita?

—Solo algunos preparativos para la boda.

Louise pisó con fuerza con los tacones contra la alfombra.

—¿Crees que habrá boda? —Sus ojos mostraban duda.

—No veo por qué no.

—Mi hermana tiene un moratón y un corte en la cara, dudo que quiera casarse con ese aspecto.

—Tiene la herida en la sien. Puede peinarse de forma que la cubra. También llevará un velo, supongo.

—Se hizo esta herida porque una chica enajenada le golpeó la cabeza con un cepillo de baño de madera maciza. —Louise parecía horrorizada—. Me pregunto si es seguro para ella estar aquí mientras Yvette se encuentre cerca. Gilbert debería estar al corriente del suceso y echarla.

—¿Mandarla a un internado? —preguntó Atalanta. Louise ya lo había sugerido e incluso podría haber hecho avances en esa dirección.

Louise emitió un sonido suave, como si se hubiera tragado una risa ridícula.

—Dudo que alguno la admita. Estuvo en tres diferentes antes de que Gilbert la aceptara, y la expulsaron de todos. No es... como las demás jóvenes.

—Supongo que la muerte de su madre le afectó mucho —dijo Atalanta esperando que Louise revelara algo al respecto.

Pero parecía aburrida y dijo:

—He oído esa excusa tantas veces que ya no me la trago. Gilbert deja que se salga con la suya porque siente lástima por ella. Pero debería saberlo. Mathilde podría haberla complacido, pero Eugénie no lo hará. Si las mantiene a las dos aquí, habrá guerra.

«Ya la hay».

Pero ella no lo dijo.

—¿Mathilde consiguió acercarse a Yvette? —preguntó.

Louise se encogió de hombros.

—Mathilde era un poco como Yvette, supongo. Rebelde e imprevisible. Se llevaban bien porque no se atenían a ninguna regla. Mathilde solía decir que buscaban tesoros juntas; creo que se lo inventaban para hacerse las interesantes.

Atalanta se animó.

—¿Cazar tesoros? ¿A qué se referían?

—En realidad no lo sé, nunca he preguntado. No me interesa la gente que se pasa el día fantaseando con lo que nunca podrá ser.

—Parece increíble que fuera usted amiga de Mathilde —aventuró Atalanta—. Después de todo, parece que erais totalmente diferentes.

Louise se sonrojó.

—No éramos amigas íntimas, pero nos llevábamos bastante bien. No es que necesite darte explicaciones. Estoy segura de que cuando llegue *maman* tendrá una o dos preguntas para ti. —Se inclinó y siseó—: Para saber exactamente qué Frontenac eres.

Atalanta sintió un escalofrío ante la idea de que la matriarca la interrogara y no superara aquella prueba. Tal vez debería haber aprovechado la oportunidad para marcharse.

Pero el coche de vuelta a París ya se encontraba a kilómetros de Bellevue y ella seguía allí, decidida a averiguar a qué atenerse, quién era y si la fe de su abuelo en ella estaba justificada o fuera de lugar.

Siguió sonriendo.

—Estoy deseando conocer a su madre.

12

Al bajar a cenar, Atalanta encontró a *madame* Lanier sola en el comedor. Se quedó mirando y se volvió en el último instante.

—Me has asustado. —Sus claros ojos azules observaron a la muchacha—. Creo que no nos conocemos.

—Atalanta Frontenac. Permítame que le exprese cuánto lamento el accidente de su hija. Fue hace un año, entiendo, pero me enteré hace poco y... parece casi increíble que un lugar tan hermoso como este pueda haber sido el escenario de tan horrible acontecimiento.

Madame Lanier suspiró.

—Cuando recibí la noticia no podía creerlo. Estaba segura de que se trataba de algún error. Mi vivaz niña no podía estar muerta. No en el momento de su vida en que era tan feliz, cuando por fin había encontrado la paz.

—¿Paz? ¿Aquí en Bellevue?

—Sí. Adoraba esta casa y los jardines, el bosque con la gruta de las conchas. Podía pasear durante horas. Sentía que le ofrecía la tranquilidad que siempre había buscado. Un mundo propio en el que esconderse. Me contaba en sus cartas lo feliz que se sentía cuando estaba en el arroyo del bosque viendo correr el agua. —*Madame* Lanier sacudió la cabeza—. Me asombraba que fuera realmente feliz. Tuve mis dudas cuando aceptó la propuesta de casarse con Gilbert; sabía que no era un hombre de sociedad. Está contento en su finca y en sus viajes a Italia para encontrar los cuadros que vende. No iba a bailes con ella ni a la ópera, y Mathilde adoraba esas cosas. Era una ávida bailarina y una enamorada de la música. Tocaba muy bien el piano. Y la flauta. No podía imaginarla aquí, en una casa de campo remota, sin fiestas a las que asistir. Esperaba que se hubiera zambullido en ello con entusiasmo para cansarse pronto.

¿Se había cansado? ¿Le había pedido a Gilbert que volviera a París? ¿Se habían peleado por eso? Parecía increíble que nunca hubieran discutido, que siempre hubieran estado de acuerdo en todo. «El matrimonio perfecto. ¿Existe algo así?».

—Estaba nerviosa por saber si funcionaría, y así fue —dijo *madame* Lanier—. Sus cartas eran alegres. Hizo muchos planes para transformar los jardines e incluso dar un concierto en la gruta de las conchas. —Los ojos se le llenaron de lágrimas—. Estaba tan viva, y entonces... una caída del caballo. Mi único consuelo es que murió rápido, que no sufrió.

—Lo siento mucho. —Atalanta puso una mano en el brazo de la anciana—. Debe de sentirse muy mal al volver aquí y ver sus habitaciones.

—Pero no es una sensación mala. Ella era feliz aquí y cuando camino por los pasillos puedo oír su voz; es casi como si de un momento a otro fuera a entrar y hablarnos. —*Madame* Lanier se enjugó las lágrimas—. No voy a negarla, no fingiré que nunca vivió o murió. Es triste, pero debemos recordarla. —Se retorció las manos y repitió con insistencia—: Sí, debemos recordarla.

¿Temía *madame* Lanier que la memoria de su hija cayera en el olvido? Ahora, con la nueva novia a punto de ocupar su lugar...

Los demás entraron en la sala, se saludaron y ocuparon sus respectivos puestos. Fue Gilbert el que habló:

—Debo disculpar a mi prometida, Eugénie. Le duele la cabeza y no puede asistir.

—No hace falta que mientas por mí —dijo Yvette. Se irguió y sus ojos brillaron con furia—. Yo he provocado el dolor de cabeza de Eugénie. La he golpeado con un cepillo de baño.

Los ojos de *madame* Lanier se abrieron de par en par.

—¿Para qué?

—Ella quería destruir las fotografías de Mathilde.

Se hizo un profundo silencio. Atalanta permaneció inmóvil. Había supuesto que el álbum que guardaba Yvette solo contenía fotografías de su propia familia, de su difunta madre. Pero ¿también de Mathilde?

Esto tenía que haber sido un duro golpe para la desconsolada madre.

Madame Lanier miró a Gilbert. Su voz era aguda cuando preguntó:

—¿Te parece bien? ¿Le diste permiso a tu prometida para hacerlo?

—Por supuesto que no. No entiendo por qué Eugénie querría hacer algo así. Ella nunca sintió que... —Se quedó callado.

Madame Lanier se levantó de la mesa.

—Discúlpenme, pero no me siento bien. Voy a tumbarme. —Se dirigió a la puerta dando tumbos.

Gilbert se puso en pie.

—¿Puedo ayudarte?

—No. No te molestes. —Su tono era cortante, frío.

La puerta se cerró de golpe.

Gilbert se volvió hacia Yvette con los ojos encendidos.

—¿Por qué has dicho eso?

—Es verdad. Eugénie trató de destruir las fotografías que tengo de Mathilde y yo. Está celosa. Es un monstruo feo y celoso.

En los ojos de Louise hubo un rápido destello de triunfo. Victor parecía incómodo y Raoul estaba absorto alisándose la servilleta en la rodilla.

Atalanta se aclaró la garganta.

—En realidad no fue así. Eugénie estaba enfadada porque alguien había cambiado la lavanda de su bolsita de lino por estiércol de caballo.

Victor emitió un sonido ahogado, como si estuviera conteniendo la risa.

Atalanta continuó:

—Eugénie creyó que había sido Yvette y fue a su habitación a preguntarle. Al entrar, la encontró con un álbum. En un impulso, se lo arrebató y amenazó con meterlo bajo el agua para dañarlo; creo que fue solo un acto de ira, dudo que supiera que contenía fotos de Mathilde.

—Ella lo sabía. —Yvette se irguió—. Yo se las había enseñado. Vino a mi habitación a propósito para destruirlas. Incluso me dijo que aquí no podía quedar ni rastro de Mathilde.

—No la he oído decir eso —protestó Atalanta.

«¿Qué está haciendo Yvette?».

El corazón empezó a latirle más rápido.

«¿Está mintiendo para ganar simpatía y evitar que la castiguen por lo que hizo? ¿O es deliberado? Manipulador. Incluso... ¿enrevesado?».

Miró a Raoul. Él mantenía los ojos fijos en su plato, sin mostrar especial interés por el tema.

Louise acudió en ayuda de Atalanta.

—Yo tampoco la oí decir eso. —Miró fríamente a Yvette—. Te lo estás inventando para hacerte la interesante. Eres una mentirosa patética.

Yvette cogió su vaso y salpicó de vino la cara de Louise. Manchó el mantel de damasco como si la sangre se esparciera. Louise chilló.

—¡Yvette! —Gilbert estaba pálido—. Discúlpate de inmediato.

—No lo haré. Es un monstruo, como su hermana. No ves cómo son en realidad. —Yvette se levantó—. No cenaré con ellas.

—Entonces no cenarás. Les diré a los sirvientes que no te den nada. ¿Me oyes?

El conde ya tuvo que gritar estas últimas palabras, pues la muchacha salía corriendo por la puerta.

Louise se secó la cara y balbuceó:

—Menuda escena. No puede controlar sus impulsos. Tienes que hacer que la vea un psiquiatra, Gilbert. Esto no es normal.

—Estoy —de acuerdo —dijo Victor—. Si realmente agredió a Eugénie con ese cepillo de baño, es peligrosa. Ya no puedes protegerla.

Gilbert señaló al lacayo que había permanecido con expresión inexpresiva en la puerta durante toda la escena.

—Por favor, sirva la sopa. —Lanzó una rápida mirada a Louise—. Ese álbum significa mucho para Yvette. Es todo lo que tiene de su madre.

Atalanta volvió a ver las manos de los acreedores llevándose las joyas de su madre de la caja que había junto a su cama, y el corazón se le partió de nuevo. A menudo había soñado que arremetía contra ellos con cualquier cosa que tuviera a mano para detenerlos.

—Eugénie no debería haber tocado ese álbum —dijo el conde. Louise parecía querer protestar, pero Gilbert continuó—: Os estáis comportando como niños pequeños. Mostrad algo de dignidad.

Mientras lo decía, sonó el timbre. Dejó caer la cuchara, que repiqueteó en el plato.

Louise jadeó y se llevó una mano a la garganta.

—La tensión me está destrozando los nervios.

La puerta se abrió y el mayordomo anunció:

—*Monsieur* Joubert desea verlo.

Un policía uniformado pasó a su lado y le dijo con severidad:

—Siento molestarlo durante la cena, pero necesito su permiso inmediato para registrar sus tierras y la gruta de las conchas. He traído a algunos aldeanos para que me ayuden. Creemos que el cazador furtivo DuPont murió allí.

Atalanta se quedó helada. «Lo sabía». Había una conexión entre la muerte de DuPont y Bellevue.

Gilbert se puso en pie.

—¿En mis tierras? —tronó como si fuera un crimen en sí mismo.

—Sí. Llevaba una concha en el bolsillo. Creemos que vino de la gruta. Debió de ir allí para encontrarse con alguien. Incluso mientras estaba en prisión, su guardabosques, Guillaume Sargant, lo amenazó.

El conde se relajó un poco.

—Oh, sí —dijo—. La disputa entre DuPont y Sargant. ¿Cree que al final la resolvieron?

—No me sorprendería que lo hubieran hecho —dijo el oficial aprovechando el tono más complaciente del conde—. Si podemos encontrar algún rastro de la presencia de Sargant en la escena, podemos arrestarlo y acusarlo.

—Habría sido normal que hubiera estado allí, ya que recorre libremente la propiedad. Pero haga lo que sea necesario y no nos moleste con eso. Me caso pasado mañana.

—Lo sé, señor. —El oficial inclinó la cabeza—. Seremos muy discretos.

Salió de la habitación a toda prisa.

—Discreto —retumbó el conde—. Ni siquiera conoce el significado de la palabra. Pero es mejor acabar de una vez. Sargant y DuPont han estado enfrentados durante años. Sargant se toma muy en serio sus obligaciones como guardabosques y no tolera que se cace furtivamente ni una sola liebre o faisán en mis tierras. Pero DuPont a menudo conseguía burlarlo y reírse de ello con los aldeanos. Sargant amenazó con vengarse. Uno de los dos tenía que matar al otro tarde o temprano. —Sacudió la cabeza—. Inevitable.

—¿No arrestaron a DuPont por caza furtiva en tu propiedad el mismo día en que murió Mathilde? —dijo Raoul.

«¿Cómo?». Atalanta miró sorprendida a Raoul. ¿Él lo sabía y nunca lo había mencionado? ¿Al leer el periódico no se había preguntado por qué apuñalarían a un cazador furtivo?

—Sí —afirmó el conde—. Nunca lo habrían atrapado si no hubiera sido por el accidente de ella y por la gente que estaba en el bosque buscando el caballo desbocado. —Cogió la cuchara—. Tuvo mala suerte.

—El caballo corrió hasta la cercana Saint-Ponière. La pobre bestia debió de asustarse por algo.

Atalanta tomó su sopa mientras se le arremolinaban los pensamientos al tratar de reconstruir la escena lo más vívidamente posible. A causa del accidente de Mathilde, el bosque se había llenado de gente que buscaba a su caballo desbocado y el cazador furtivo se había visto atrapado en medio. Por lo general DuPont era lo bastante listo como para eludir la captura, pero al final la situación lo había superado. Eso tenía sentido.

Pero nadie parecía darse cuenta de algo muy importante. Si el viejo hubiera estado por allí cuando ocurrió el accidente de Mathilde, podría haber visto algo. Podría haber sido un testigo real.

Y ahora estaba muerto. ¿Apuñalado por este viejo enemigo, el guardabosques Guillaume Sargant? ¿O era posible que lo hubieran matado para asegurarse de que nunca contara lo que había visto aquel día? Hasta su puesta en libertad había estado en prisión, encerrado, a salvo, sin peligro. Pero, una vez libre, podría haber...

Apenas saboreó lo que comía, estaba enfrascada en su teoría y en una forma de verificarla. En cuanto pudo levantarse de la mesa, fue a las cocinas y preguntó dónde estaba el mayordomo. Volvía de la despensa con más vino.

—¿*Mademoiselle*?

—¿Podría hablar con usted un momento en privado?

Dejó el vino sobre la mesa y la siguió sin que su expresión revelara lo que pensaba de su insólita petición.

—El día en que *mademoiselle* Eugénie y yo llegamos aquí, a Bellevue, ¿había un visitante con el conde? Un anciano un poco andrajoso.

El mayordomo enarcó ligeramente una ceja.

—El conde no tiene la costumbre de recibir a ancianos andrajosos.

—Es muy importante. ¿Lo recuerda? ¿El hombre llamó a la puerta? ¿O se acercó a la entrada de servicio? ¿Lo vieron merodear por los jardines?

—Realmente no podría decirle, *mademoiselle*.

—¿Podría preguntar al resto del personal y hacérmelo saber?

—Podría, posiblemente, pero...

—Le aseguro que mis intenciones para con el conde son de lo mejor. Verá... —Dudó un momento—. Hay una investigación policial sobre la muerte de un cazador furtivo. Parece que vino aquí antes de morir. Solo quiero asegurarme de que no ha pasado por la casa para que el conde no se vea implicado y la boda pueda celebrarse sin problemas. Les deseo al conde y a *mademoiselle* Eugénie la mayor de las felicidades.

—Le aseguro que, si la policía nos pregunta algo, diremos lo que sabemos.

Su tono sugería que lo más probable era que la policía no preguntara nada, y que ella haría bien en seguir ese ejemplo.

Atalanta asintió al darse cuenta de que no estaba consiguiendo nada con aquel hombre. Debería haber llevado a alguien que pudiera hacerse amigo de los criados, como había sugerido Renard. «Error mío».

«Parece que estoy intentando abarcar más de lo que puedo asumir».

Tenía las manos frías y húmedas. ¿Cómo podía animar a Eugénie a continuar con la boda cuando había tantas cosas sin aclarar?

Volvió al pasillo y subió las escaleras para ver cómo estaba Eugénie. El cepillo de baño le había rozado la sien más que golpearla; aun así, los golpes en la cabeza podían ser traicioneros. ¿Quizá ahora estaba convencida de que quería marcharse de Bellevue?

Cuando se acercó a la puerta de su clienta, oyó voces que provenían del interior. La puerta estaba entreabierta y, acercándose, Atalanta sorprendió a Eugénie diciendo:

—Le aseguro que esa pequeña mentirosa ha tergiversado toda la historia. Nunca quise dañar ninguna fotografía de su hija, solo quería demostrarle que no puede hacerme daño y salirse con la suya.

—Lamento ver —dijo la moderada voz de *madame* Lanier— que el lugar de mi hija será ocupado por alguien tan diferente a ella. Mathilde era amable y compasiva. Quería a esa joven como a una hermana. Tú, sin embargo, la menosprecias y tratas de poner a Gilbert en su contra. Eso es un acto malvado hacia una niña indefensa.

—¿Niña indefensa? —echó humo Eugénie—. Sepa que Yvette está lejos de ser indefensa o una niña. Se está lanzando sobre Raoul Lemont. Le aconsejaré a Gilbert que la envíe lejos de aquí antes de que nos veamos envueltos en un escándalo que nosotros no podamos controlar.

—¿Nosotros? —dijo *madame* Lanier—. Estoy segura de que Gilbert nunca aceptará separarse de Yvette. Y, si tiene algún pensamiento en ese sentido, lo convenceré para que se deshaga de él de inmediato.

—No tiene que escucharla, usted no es nada para él. Él ya le ha devuelto su dinero, ¿qué hace usted aquí?

Se hizo un profundo silencio.

—¿Que me ha devuelto mi dinero? —preguntó *madame* Lanier con una calma traicionera.

—El acuerdo matrimonial determinaba que la dote de Mathilde iría a sus hijos o, si moría sin descendencia, a su familia. Gilbert no recibió ni un franco de ella. Él no le debe nada.

Madame Lanier inspiró bruscamente, como sorprendida.

Atalanta se sobresaltó. Aquella no era forma de dirigirse a la madre de una mujer que había muerto trágicamente allí y que, obviamente, seguía sintiendo apego por la casa y por su antiguo yerno.

Y si Eugénie conocía los arreglos de la dote de Mathilde, ¿por qué le había dicho a Atalanta, cuando acudió a pedirle ayuda, que temía que Gilbert hubiera matado a Mathilde por dinero?

Madame Lanier dijo:

—Me debe respeto y me lo demuestra siempre que nos vemos. No puedo decir lo mismo de ti. —Su tono de voz parecía señalar el fin de la conversación.

Atalanta retrocedió rápido, ya que era probable que la dama maltratada se marchara y no quería que la viera allí. Miró a su alrededor en busca de un escondite, pero no lo encontró.

La puerta se abrió y *madame* Lanier salió. Cuando vio a Atalanta, se detuvo y la miró interrogante. La muchacha forzó una sonrisa.

—He venido a ver cómo está Eugénie. ¿Se encuentra mejor de la herida en la cabeza?

—No estoy segura. A juzgar por su comportamiento, podría estar delirando.

Madame Lanier se alejó con la cabeza alta.

Atalanta llamó a la puerta.

—¡No, no quiero oír nada más! —gritó Eugénie furiosa.

Atalanta entró y cerró la puerta.

—Soy yo. Quería ver cómo estaba.

Le resultaba difícil ocultar su indignación, pero la compasión le daría más respuestas que los reproches.

El enfado de Eugénie se desvaneció al instante y levantó una mano inerte para tocarse la sien.

—Me escuece mucho. Ojalá hubiera tirado su álbum a la chimenea, aunque en verano no está encendida... —Eugénie volvió la cara y emitió una especie de sollozo.

Atalanta respiró hondo y dijo:

—No puedo creer cómo Yvette lo ha tergiversado todo a su favor. —Era traicionero presentar las cosas así, pero tenía que ganarse la confianza de Eugénie para saber más—. ¿Sabe lo que dijo durante la cena? El descaro que tuvo para...

—Desafortunadamente, ya estoy familiarizada con sus malvadas mentiras. *Madame* Lanier ha venido a decirme que no soy digna de ocupar el lugar de su hija. Por lo visto, Mathilde era una santa.

Eugénie resopló.

«¿Es eso? ¿La constante necesidad de luchar contra una sombra?». Incluso Victor había captado en su pintura una presencia indefinida al lado del grupo en el pícnic.

Atalanta se sentó en el borde de la cama.

—No puede culparla por echar de menos a su hija. La gente suele idolatrar a los que ya no están con nosotros.

—Lo comprendo. No soy tan tonta. Y nunca habría sido tan insensible con una madre afligida si no fuera por Yvette. Hace que me hierva la sangre. Nunca nos deja estar en paz. Creo que quiere arruinar la boda.

Atalanta no podía negar que el comportamiento de Yvette ponía a todo el mundo de uñas. Eugénie podía ser manipuladora, pero Yvette también lo era. Su mentira de que Eugénie había afirmado que quería borrar todo rastro de Mathilde había jugado a favor de los peores temores de *madame* Lanier. En ese sentido, Eugénie e Yvette eran iguales.

—Puede disculparse con *madame* Lanier —sugirió suavemente—. Si le explica que...

—No, no lo haré. —Los ojos de Eugénie brillaron desafiantes—. Es Yvette quien debería disculparse. Debería explicar que mintió sobre el álbum. No quería destruir las fotos de Mathilde. ¿Por qué iba a quererlo? Gilbert la adora. Sé que la ama y que siempre la amará. Pero tiene que casarse y...

Atalanta dijo:

—Si está convencida de que aún la ama, habrá dejado de creer que hizo algo para perjudicarla.

Quería mencionar la dote, pero ¿cómo iba a explicar que lo sabía sin confesar que había escuchado detrás de la puerta?

—Sí. —Eugénie asintió con firmeza—. La carta era para advertirme de que alguien asesinó a Mathilde, pero no fue Gilbert. Creo que fue Yvette.

—¿Qué? —Atalanta miró fijamente a Eugénie—. ¿Que Yvette mató a Mathilde? Pero si he oído que eran muy amigas.

—*Madame* Lanier lo dice porque no puede aceptar que Mathilde no fuera perfecta. Yo, sin embargo, creo que Yvette no quería compartir a Gilbert con Mathilde más de lo que quiere compartirlo conmigo.

A Atalanta se le formó un nudo en la garganta. ¿No había dicho algo al respecto la propia Yvette? ¿Que todo había sido mejor después de la muerte de Mathilde porque entonces su tío había tenido tiempo para ella?

—Puede que Yvette no lo hiciera a propósito, pudo tratarse de una de sus travesuras inoportunas. Que saliera de detrás de un arbusto y asustara al caballo. No piensa en las consecuencias de sus actos. —Eugénie volvió a tocarse la sien dolorida e hizo una mueca de dolor—. Pero Mathilde murió por su culpa. Lo sabe y se siente culpable, por eso está tan desequilibrada.

No era tan descabellado como Atalanta hubiera querido. En realidad, era posible que Yvette hubiera hecho algo que hubiera asustado al caballo. Y la culpa ¿no podía corroer a la gente, dejando solo una carcasa de lo que una vez habían sido?

—Raoul me mencionó que Mathilde estaba con una de sus amistades el día que murió en ese paseo a caballo. ¿Sabe de quién se trata?

—¿Raoul? ¿Cuándo han hablado acerca de Mathilde?

Atalanta la ignoró.

—Eso no importa. ¿Lo sabe?

—Sí, era Angélique Broneur. Pero no estaba con ella cuando ocurrió el accidente. Se habían separado porque Angélique pensaba que el camino era demasiado accidentado y arriesgado. Mathilde siguió adelante sola. Angélique ya estaba en casa cuando le llegó la noticia del accidente.

—Ya veo. ¿Quién descubrió que se había producido un accidente? —preguntó Atalanta.

—Creo que fue un granjero o un vendedor el que vio correr al caballo sin su jinete. Dio el aviso. Entonces, la gente fue al bosque a buscarla. La encontraron más tarde aquel mismo día.

—Ya veo. ¿Y entonces fue cuando arrestaron al cazador furtivo?

—¿Qué cazador furtivo? —Eugénie frunció el ceño y se encogió de dolor en la sien.

—La policía está en la finca buscando rastros de una pelea entre dos personas que provocó la muerte de un cazador furtivo. ¿Recuerda que el Rolls tuvieron que esquivar un carro cuando llegamos aquí? Habían recogido a un hombre de una zanja; no estaba borracho. Estaba muerto.

—Oh, qué terrible. —Eugénie se incorporó y la miró fijamente—. ¿Y la policía está buscando al asesino en la finca?

—Creen que pudieron asesinarlo en la finca porque se había enzarzado en una disputa con el guardabosques del conde. Parece que no se soportaban y el guardabosques llegó a amenazarlo mientras estaba en la cárcel.

—Entiendo. Suena como algo que hacen los campesinos. —Eugénie se estremeció—. Nada de lo que debamos preocuparnos.

Atalanta se estudió las uñas. ¿Debía explicar que DuPont había estado merodeando el día que murió Mathilde? ¿O mejor esperaba unas horas más? La policía estaba llevando a cabo su investigación en la gruta en ese momento y pronto podría tener pruebas de la culpabilidad de Sargant. ¿Tal vez a través del arma homicida? Parecía lógico que un guardabosques llevara un cuchillo.

—Creo que será mejor que nos centremos en la boda —dijo Atalanta enérgica—. La fecha ya está muy cerca. ¿Quiere que se celebre?

Una parte de ella deseaba que Eugénie se negara. Si decidía abandonar Bellevue, la tarea de Atalanta habría terminado.

—Si no quiere hacerlo —añadió—, debe decírselo al conde lo antes posible. No puede decidirlo el mismo día de la boda.

—Lo sé. —Eugénie parecía molesta—. Había decidido que lo haría hasta que Yvette me golpeó con el cepillo. No quiero vivir bajo el mismo techo que esa maniaca violenta.

Llamaron a la puerta. Louise asomó la cabeza.

—*Maman* está aquí.

La expresión de Eugénie cambió.
—¿*Maman*? Hazla pasar enseguida.

Atalanta quiso marcharse antes de que llegara la madre, pero al parecer seguía muy de cerca a su otra hija, pues Louise apenas había echado la cabeza hacia atrás cuando la puerta se abrió de par en par y entró una dama vestida de rojo. Abrió los brazos y gritó:

—*Ma fille!* ¿Cómo te encuentras? ¿Qué ha pasado? —Se acercó, se inclinó y estudió el hematoma—. *Ma pauvre fille!* Debes descansar. Tómatelo con calma. Oh, querida. —Cacareó y rodeó la cama—. Debes estar muy guapa el día de tu boda. Lo he estado esperando tanto tiempo...

Atalanta se retiró hacia la puerta.

—Traeré té. —Salió al pasillo y cerró la puerta tras de sí.

Louise la esperaba de pie.

—Pareces muy unida a Eugénie —dijo con una mirada fría—. Y nunca había oído hablar de ti.

—Hubo poco contacto después de que mi padre se marchara a Suiza. —Atalanta forzó una sonrisa—. Prometí que traería té.

Acudió en persona a las cocinas para asegurarse de que se preparaba lo mejor para la recién llegada. Té, pasteles, *fondants*, *macarons*. Mientras señalaba los bombones que quería añadir a la bandeja, una doncella le tocó el brazo.

—Disculpe, *mademoiselle*, ¿puedo hablar con usted un momento? —Miró a su alrededor y apartó a Atalanta—. ¿Preguntó usted por Marcel?

—¿Marcel? —Atalanta tardó un momento en recordar a quién se refería—. Oh, se refiere a DuPont, el cazador furtivo.

—Sí. Preguntó si vino a la casa antes de morir. No sé si lo hizo, pero sé algo más.

—¿Sí? —la animó Atalanta. Tal vez pudiera obtener algo valioso de los criados, incluso sin tener contacto con ellos.

—Cuando lo atraparon el día que murió la señora, armó un alboroto. Dijo que quería hablar con el conde. Pensaron que quería decir que tenía permiso para cazar liebres en sus tierras, pero el viejo Marcel dijo que quería ver al conde porque sabía algo muy importante. —Sus ojos azules se abrieron de par en par—. Siempre me he preguntado qué podría ser.

«Yo también».

—¿Fue el conde a verlo?

—Oh, no. Tenía la mente en otras cosas, estaba preparando el funeral de la señora. Estaba tan triste que todos temimos que muriera con el corazón roto, que se uniera a ella en la tumba poco después. No salió durante semanas y luego se fue a Italia de nuevo. Creo que nunca habló con Marcel. A este lo condenaron y lo encerraron... hasta que quedó libre esta semana.

—Ya veo.

Y enseguida Marcel había vuelto a Bellevue con sus noticias para el conde.

Ya había cumplido su condena, por lo que parecía poco probable que quisiera alegar que había tenido razón al cazar furtivamente en la tierra. ¿Qué podía saber entonces? ¿Algo que lo había llevado a la muerte?

—Después de su liberación, ¿lo vio cerca de la casa? Si no es así, ¿sabe de alguien que lo hubiera visto?

—El jardinero dice que podría haberlo visto, al menos vio a alguien merodeando. Pero el jardinero es dado a contar cuentos; en cuanto ocurre algo, siempre dice que lo sabía todo. —La criada hizo un gesto con las palmas de las manos hacia arriba—. No puedo contarle más. Espero que esto no estropee la boda, todos la esperamos con impaciencia. La casa ha estado tan triste todos esos meses en que el conde viajó a Italia y luego pasó una temporada en París en primavera... Temíamos que la muerte de la condesa aquí lo hubiera predispuesto contra la casa para siempre y no quisiera vivir aquí nunca más. Pero ahora ha vuelto para quedarse. La capilla está llena de flores y la casa repleta de invitados. Por fin volverá la vida a Bellevue.

Sí, la vida volvería. Pero la muerte también había vuelto.

Atalanta se preguntó con una sensación de frío interior si la mano que había clavado el cuchillo en el cuerpo de Marcel DuPont pertenecía a alguien conocido.

13

Cuando Atalanta entró en el dormitorio seguida de una criada con los refrescos, se oyeron risas. Eugénie estaba sentada, con las mejillas coloradas, sosteniendo un collar de piedras brillantes. La criada se quedó boquiabierta mientras llevaba la bandeja y Atalanta se hizo cargo de todo antes de que la muchacha pudiera tropezar y dejarlo caer.

—*Merci* —la despidió.

La muchacha lanzó una última mirada anhelante al reluciente collar y desapareció.

—¿Sirvo yo? —sugirió Atalanta.

Madame Frontenac sacudió la cabeza.

—Acércate a la ventana, niña —le ordenó.

Cuando vaciló, la mujer le hizo un gesto con la mano.

—Ven, deja que te mire.

Atalanta se unió a ella de mala gana. «¿Qué espera ver?».

Madame Frontenac la cogió por los hombros y la giró a un lado y a otro, estudiaba su perfil. Frunció el ceño con fuerza.

A Atalanta se le aceleró el corazón. Si *madame* Frontenac buscaba un parecido familiar, buscaría en vano. No había ni una gota de sangre Frontenac en sus venas.

¿Y si estaba expuesta?

¿Podría Eugénie convencer a su madre de que ocultara la verdad en interés de la investigación? Su nueva averiguación sobre DuPont confirmaba que él sabía algo vital. Que había muerto porque quería revelárselo a Gilbert.

—Sí —habló por fin *madame* Frontenac—, tienes algo de los rasgos de Frontenac, la nariz, los lóbulos de las orejas.

El alivio invadió a Atalanta, pero trató de ocultarlo tras una sonrisa cortés.

Madame Frontenac añadió con el ceño fruncido:

—Aunque en realidad no eres más que un pariente lejano. Nunca había oído hablar de ti..., y conozco a todo el mundo.

«Ahí lo tienes. Ahora me interrogará y no podré responder a su gusto». Su mente se apresuró a retener la información que Eugénie le había proporcionado. «El primer nombre de mi padre es Guillaume. Mi madre..., no lo recuerdo. ¿Y cuántos hermanos tengo? ¿Tres o cuatro? ¡Esto es un desastre!».

Madame Frontenac la soltó y volvió a la cama.

—Sirve el té, ¿quieres? ¿Y eso qué es? Pequeñas delicias.

«Por los pelos».

—Sí, supuse que querría refrescos después de su largo viaje. Espero que haya sido agradable.

Atalanta se apresuró a ofrecerle té y pasteles, y Eugénie mostró su nuevo collar una vez más.

—Diamantes de verdad. Papá lo envía con todo su amor —explicó—. No puede estar en la boda. Compromisos previos y todo eso.

«Pero en la casa de Frontenac en París el cocinero me dijo que un sastre había ido a confeccionar un traje para *monsieur* Frontenac para la boda. Así que, en un principio, tenía intención de venir».

—Está muy ocupado con sus asuntos. —Eugénie hizo un mohín, pero sus ojos delataban que el collar compensaba muchas cosas—. Estoy segura de que vendrá más tarde a verme. —Apoyó el collar contra su pecho y apretó la barbilla para ver cómo le quedaba—. ¿Qué te parece, *maman*? ¿No es demasiado ostentoso?

—Debe ser ostentoso —declaró su madre con pompa—. El conde tiene un título, *bien sûr*, pero tenemos más dinero del que él tendrá jamás, y pienso hacérselo saber. Estos condes están tan pagados de sí mismos y de su historia familiar... Y puedes estar emparentado con todos los aristócratas que quieras, pero cuando no tienes dinero para comprar pan... —Chasqueó la lengua.

—Me atrevería a decir que el conde de Surmonne puede comprar pan —dijo Atalanta señalando las delicias dulces que le ofrecía a su invitada.

Madame Frontenac soltó una carcajada.

—Por supuesto que puede, no se me ocurriría casar a mi hija con un hombre endeudado. Pero quiero decir que, aunque él tiene algo que ofrecer, no somos unos don nadie que dependan de su gracia. Podemos permitirnos lujos y lo demostraremos. Mañana tienes que probarte el vestido, querida, y parecerás un sueño, un espejismo. —Le besó la punta de los dedos—. Te verás más hermosa que cualquier cosa que hayan visto por estos lares.

Atalanta se retiró hacia la puerta.

—Las dejo para que se pongan al día. Me alegro de verla mejor, Eugénie.

Su clienta apenas parecía oírla. Acarició las piedras preciosas y dejó que su madre le metiera en la boca un bombón de coñac.

Atalanta salió al pasillo y suspiró. Aunque era bueno que aquella visita aliviara un poco la tensión, no disminuía la carga que pesaba sobre ella por descubrir lo que había sucedido el día en que Mathilde había muerto. Y el día en que Marcel DuPont había salido de la cárcel solo para que lo sacaran muerto de una zanja unas horas más tarde. Si él había presenciado el accidente... «¿Podría hablar discretamente con un agente de policía para saber qué esperan encontrar aquí? Probablemente no. Dirá que no es asunto mío, sobre todo porque soy mujer. —Suspiró frustrada—. Apuesto a que si mi abuelo hubiera estado aquí, habría salido a pasear por el jardín y habría entablado conversación, habría conseguido algo».

Aun así, DuPont era muy importante y tenía que actuar para saber más. El tiempo apremiaba.

Fue a su habitación, cogió los prismáticos de la maleta y se asomó al balcón para contemplar el bosque y la gruta de las conchas. ¿Podía distinguir alguna actividad policial? ¿Podía deducir por sus movimientos lo que estaban buscando?

Y si los veía marcharse, ¿podría determinar si habían tenido éxito o no?

Permaneció allí largo rato, apoyada en el borde de piedra del balcón, recorriendo con la mirada toda la extensión del bosque. Sin embargo, no vio más que algunos pájaros y un ciervo en busca de comida. Al final, la luz se hizo tan débil que fue inútil continuar y se dio la vuelta para entrar.

«Nada nuevo».

Tenía las piernas entumecidas, las rodillas rígidas, y se las masajeó antes de intentar llegar cojeando a la puerta de su balcón. La había cerrado para evitar que entraran moscas, pero al girar el picaporte no se abrían.

«¿Qué pasa?». Empujó repetidamente el picaporte y apoyó su peso en la puerta, pero no ocurrió nada. Alguien la había cerrado desde dentro y la había dejado fuera.

La oscuridad se cerraba a su alrededor y el inquietante chillido de un búho resonaba en la lejanía. La piel de los brazos se le puso de gallina. ¿Quién lo había hecho y por qué? ¿Se había dado cuenta alguien de su interés por el caso?

Raoul Lemont se había enfrentado a ella varias veces, pero, si sospechaba algo de ella, no se lo habría hecho saber.

«De todos modos —se animó— no voy a pedir ayuda y a quedar como una idiota. Sin duda encontraré cómo salir de este aprieto».

A la izquierda del balcón solo había aire; sin embargo, a la derecha había otro balcón adosado a la habitación de al lado. No estaba segura de quién se alojaba allí, pero la luz se filtraba a través de las cortinas medio cerradas, así que al menos podía intentar trepar desde su propio balcón hasta el siguiente y llamar a la puerta para que la dejaran entrar.

Los largos paseos por los Alpes suizos le habían enseñado

a sortear salientes estrechos y a no temer a las alturas; incluso Raoul había dicho que parecía una cabra montés.

Haciendo una mueca, apoyó las manos en la balaustrada de piedra y se impulsó hacia arriba. «No mires hacia abajo. Concéntrate en tu destino».

Conteniendo la respiración, cruzó el estrecho espacio abierto entre los balcones para alcanzar el siguiente. El equilibrio le falló y soltó un resoplido, pero los reflejos le devolvieron el peso al pie derecho y encontró un asidero con la mano. «Cuidado».

Bajó al suelo de piedra maciza y exhaló aliviada. Se tomó un momento para alisarse el vestido y recuperar el aliento, pues de lo contrario sonaría desesperadamente chirriante al hablar.

Luego se asomó a la habitación. Raoul estaba en la puerta de entrada. Apenas pudo verle la cara, pues había una mujer delante de él, dentro de la habitación, tapándole la vista. Llevaba un elegante vestido blanco y acababa de quitarse un sombrerito del oscuro cabello. De repente, dejó el sombrero sobre la cama y se acercó a Raoul para abrazarlo.

Atalanta contuvo la respiración, preguntándose cómo respondería él. Esquivó sus brazos y dio un paso atrás diciendo algo con un movimiento de cabeza. Luego cerró la puerta.

La mujer permaneció inmóvil, con un brazo en alto. Golpeó la puerta con la mano. El sonido se oyó incluso en el balcón. Con la mano en alto, se dio la vuelta; el bello rostro convertido en una máscara de ira frustrada. Recorrió la habitación con la mirada como si buscara algo que coger y lanzar.

Atalanta tardó demasiado en apartarse. La mujer la vio.

Se encogió esperando un grito desgarrador que haría que la gente corriera a ver a quién estaban atacando ahora. La situación se había torcido enormemente.

En cambio, la mujer no gritó. Se acercó a la puerta, la abrió y preguntó:

—¿Qué demonios hace espiando en mi balcón? ¿Es usted la prometida del pobre Raoul? No puedo imaginar por qué, si no, no habría querido besarme. —Y añadió en un tono más bajo—: Solía disfrutar mucho con eso.

Atalanta se sonrojó ante tan franca confesión. Estaba bastante segura de que Raoul podía atraer a las mujeres tanto como quisiera, pero estar cara a cara con una que había estado cerca de él era algo diferente. Una experiencia nueva y bastante dolorosa.

La mujer se rio.

—Entre. Se ha puesto el sol y hace frío. —Subrayó su invitación con un amplio gesto del brazo. La habitación olía a su perfume de rosas.

Atalanta vio unas elegantes maletas con asas de marfil cerca de la puerta.

—Angélique Broneur —se presentó la mujer, retirando el sombrero de la cama y colocándolo sobre el tocador.

«La amiga con la que estaba Mathilde antes de morir. Exactamente la persona que necesito».

—Atalanta Frontenac. Soy su pianista.

—¿En serio? ¿Por eso llama a mi ventana por la noche? ¿Para ensayar? —Angélique se rio, un sonido suave en lo profundo de su garganta—. Aquí no tengo piano y mi voz es tan fuerte que podría hacer añicos las ventanas si quisiera. Despertaría a los demás huéspedes.

—Me quedé encerrada fuera de mi habitación —confesó Atalanta. No pudo evitar que le gustara la audacia de la mujer. Unas confidencias inocentes podrían ayudar a crear la atmósfera que le permitiera hacer algunas preguntas—. Mientras estaba en el balcón, disfrutando de la tarde de verano, alguien me cerró la puerta.

—Puedo adivinar quién. —Angélique puso los ojos en blanco—. No debe entrar en el juego de Yvette, *mademoiselle* Frontenac. Solo te persigue si respondes. Si la ignora y finge que no se ha dado cuenta de que hay una escoba mojada en su cama, la dejará en paz. —Frunció el ceño un momento—. Esperaba que con la edad se tranquilizara. ¿O debería decir que se interesara por otras cosas? —Guiñó un ojo—. Por desgracia, es posible que llegue un poco tarde. No es extraño, teniendo en cuenta que está atrapada aquí. No hay una distracción decente en kilómetros a la redonda. —Angélique se sentó y cruzó las piernas—. ¿Desea ver si puede entrar en su habitación por la puerta? ¿O charlamos un poco más? Incluso puedo prepararle un cóctel. —Señaló las maletas—. Siempre llevo mi propio bar.

—Me encantaría un cóctel.

Atalanta estaba decidida a aprovechar aquella extraña situación para averiguar todo lo que pudiera sobre aquella mujer. Renard había parecido sospechar mucho de ella cuando le contó a Atalanta la estrecha relación de Angélique con el conde.

«Necesito pasar tiempo con ella, solo por el caso, por supuesto, y de ningún modo porque intentara besar a Raoul».

El hecho de que hubiera esquivado sus atenciones le proporcionó a Atalanta una secreta satisfacción que prefería no examinar. No era asunto suyo lo que él hiciera o dejara de hacer.

—Aquí está. —Angélique abrió un pequeño estuche, extrajo de él unas botellas de licor y una coctelera, y se puso manos a la obra—. Es mi propio cóctel de seducción. —Sonrió a Atalanta—. ¿Se atreve a probarlo?

—Pues llega en el momento justo —dijo Atalanta en tono confidencial—. Me estaba cansando de toda esta farsa.

—¿Qué farsa? —preguntó Angélique.

—Todos se comportan como si les hubieran asignado un papel en una obra de teatro. El viudo que se vuelve a casar, la chica obstinada que intenta hacerle la vida imposible a la nueva novia, la propia novia que no para de llorar de lo feliz que está...

—¿Es Eugénie realmente feliz? —Angélique levantó una ceja perfectamente esculpida—. Creía que solo era codiciosa.

—Le entregó a Atalanta una copa con un contenido de color naranja brillante—. Salud.

Atalanta bebió a sorbos. «Afrutado con una buena cantidad de alcohol. Será mejor que tenga cuidado o se me subirá a la cabeza».

—Delicioso. ¿Cómo que codiciosa? Su madre me aseguró que los Frontenac tienen más dinero del que jamás tendrá el conde. Ellos no ganan con esta alianza.

—Claro que ganan. —Angélique le apuntó con el dedo como si estuviera corrigiendo a un alumno lento—. Pueden tener dinero, pero no tienen acceso a los círculos más altos. Al entregarle la mano de Eugénie al conde, se ponen a su nivel. Me imagino que *madame* Frontenac ya se ve tomando el té en todas las casas. Es una mujer muy vanidosa, pero también educada y capaz de pasar inadvertida. Creo que le irá muy bien.

—¿Y a Eugénie? ¿Le irá bien?

—Dudo que disfrute de la vida en el campo. No como Mathilde. —Angélique se sentó con su propio cóctel y miró fijamente el líquido verde—. Se lanzaba a cualquier cosa con ímpetu. Había planeado cambiar los jardines, quería criar caballos. No añoraba París. Creo que Eugénie durará aquí unos..., oh, tres meses. Luego querrá volver o se volverá completamente loca.

—¿Lo sabe el conde? —Atalanta apretó la copa.

¿Por qué todos se empeñaban en permitir que se celebrara un matrimonio que parecía destinado a hacer completamente desgraciados a ambos cónyuges?

—Dudo que le importe. Viaja mucho y supongo que ella puede visitar a sus amigos en la capital cuando él esté fuera. En invierno no hay mucho que hacer aquí. —Señaló la ventana con cortinas—. Ahora parece tan perfecto, con los campos de lavanda en flor, los girasoles y los campesinos llevando sus cestas al mercado, como esos cuadros de las galerías de arte que todo el mundo quiere tener en el salón hoy en día. El campo idílico. No tienen ni idea de cómo es el invierno en este lugar.

Todo es gris y apagado, y la lluvia golpea contra las ventanas. —Se estremeció—. No me gustaría estar en la piel de Eugénie.

«Adiós a la teoría de que Angélique Broneur esperaba que el conde estuviera interesado en casarse con ella. A menos que esté mintiendo, por supuesto. Pero ¿por qué iba a hacerlo? No sabe quién soy».

Angélique añadió con un guiño:

—No es que yo corra el riesgo de encontrarme en esa situación. Gilbert me conoce demasiado bien como para querer casarse conmigo.

Atalanta la miró y exclamó:

—¡Es usted la de la fotografía! El conde, Raoul Lemont y usted, con otros jóvenes. Apuesto a que se tomó hace algún tiempo. —No era Mathilde, sino Angélique, a la vista de todos...

—¿Tiene esa fotografía por ahí? Entonces éramos mucho más jóvenes. Fue durante un curso de arte en Italia. En Florencia. —La expresión de Angélique se volvió soñadora—. Lo pasamos de maravilla. Todos estábamos llenos de sueños. Gilbert descubrió su amor por los pintores del Renacimiento y... Raoul y yo descubrimos el amor como tal.

—Suena maravilloso. —Atalanta ignoró la puñalada que sentía en su interior y bebió un sorbo del cóctel.

—Por supuesto que de ninguna manera iba a casarse conmigo, los dos somos demasiado independientes para eso. Si estuviera casada, la gente no vería con buenos ojos que viajara para cantar. Ahora no lo ven con buenos ojos, pero al menos soy independiente. Y él... No puedo decir que disfrutaría viendo cómo se juega la vida en su Maserati.

—¿Tiene uno? —exclamó Atalanta.

—Conduce uno en las carreras. No debe de haber hablado mucho con él si no conoce su mayor pasión.

Atalanta parpadeó. Conocía el creciente interés por las carreras en las que los hombres se subían a coches rápidos y arriesgaban la vida para cruzar la línea de meta en primer lugar. Lo llamaban «el deporte del futuro». Si los pilotos sobrevivían hasta entonces.

—Parece bastante nerviosa —observó Angélique—. Supongo que está acostumbrada a una existencia tranquila como profesora de música o algo así. ¿O toca? Discúlpeme, nunca la he oído tocar, así que no puedo determinar lo buena que es. Pero estoy segura de que haremos una actuación memorable. Para la feliz pareja.

Con dificultad, Atalanta apartó de su mente la imagen de Raoul arriesgando su vida en carreras de coches deportivos y trató de reconducir la conversación hacia donde ella quería. La muerte de Mathilde.

—¿Así que después del tiempo que pasaron en Italia asistiendo al curso de arte, siguió en contacto con el conde?

—Ah, sí. Me invitó a su boda. —Angélique vació su copa y se levantó para prepararse otro cóctel—. Debería haber evitado que se subiera a ese miserable caballo. Cyrano era su nombre, creo. Era una bestia negra con el temperamento de un tigre en libertad. No obedecía ninguna orden. Y Mathilde nunca escuchaba los buenos consejos. Incluso me reía de ella. Le decía que Gilbert la estrangularía por haberlo desobedecido. —Sacudió la cabeza—. Nunca tuvo la oportunidad. Se rompió el cuello.

Bebió del nuevo cóctel, esta vez rosa, y continuó:

—Yo tampoco estaba con ella, me había vuelto. El camino estaba embarrado después de la lluvia e incluso había árboles caídos en medio del paso. Me dijo sin ninguna preocupación que podíamos saltarlos, pero yo no soy ni la mitad de buena amazona que ella. Me negué. La dejé sola.

Las tres palabras estaban cargadas de reproche. ¿Incluso culpa?

—Estoy segura de que tomó una sabia decisión. Era peligroso.

—Sí, pero entonces tuve que enfrentarme a las preguntas de Gilbert de por qué la había dejado, de dónde me encontraba. —Angélique dejó la copa con un ruido sordo—. Él tampoco estaba, pero... me echó la culpa a mí.

—Estoy segura de que no la culpa. ¿Por qué si no le habría pedido que cantara en su boda? Es natural que la gente se altere y diga cosas después de un suceso tan impactante.

Angélique pareció tranquilizarse.

—Sí, claro. Ya lo sé. Solo estoy... cansada de mi viaje hasta aquí.

—Entonces no la entretengo más. Será mejor que me vaya a mi habitación.

Angélique la acompañó hasta la puerta y vio cómo intentaba entrar en la suya.

—Abre —susurró.

Angélique asintió y dijo:

—Buenas noches.

Atalanta se sintió como si fueran dos alumnas de un internado separándose tras una fiesta clandestina en una de sus habitaciones. Tuvo que sonreír para sus adentros. Angélique era la personalidad vivaz de la que podría haberse hecho amiga si hubiera debutado en París.

Abrió más la puerta y entró. Una extraña sensación la asaltó, casi de no estar sola. Alguien había estado allí. ¿Simplemente para encerrarla en el balcón o también para hacer algo más?

Esperó un momento aspirando el aroma. ¿Quizá Yvette había usado más estiércol de caballo para dejar un mensaje? Pero no había ningún olor extraño en el aire.

La piel de gallina se deslizó por sus brazos mientras intentaba concretar qué había de malo en la habitación. Con los dedos temblorosos encendió la luz y miró hacia la cama. No había nada. En la mesilla de noche estaban los objetos de siempre: un vaso de agua, un libro y un tarrito con la crema que se untaba en las manos antes de acostarse.

Miró debajo de la cama e inspeccionó los armarios. Nada fuera de lo común. Su nerviosismo disminuyó y se rio por haberse inquietado ante la mera idea de que alguien hubiera estado allí.

Por fin se acercó al tocador y abrió uno a uno todos los cajones. ¿Alguien había rebuscado en los álbumes con recortes de periódico y postales de destinos exóticos? Le había parecido inofensivo llevarlos, ya que una pianista como ella podía soñar con visitar esos lugares para tocar.

Cuando se dio cuenta, casi se le paró el corazón.

Alguien había tocado su *Mitología griega* y la había dejado en el lugar equivocado. Levantó el libro para dejar a la vista las notas que había tomado sobre el caso. Estaban revueltas, como si alguien las hubiera revisado. Habían intentado volver a formar una pila ordenada, pero el borde de una de las hojas se había arrugado.

A Atalanta se le aceleró la respiración. Sabía que con las precauciones que había tomado de usar letras cirílicas y un cifrado de transposición difícilmente sus notas podrían tener sentido para quienquiera que hubiera estado allí dentro, pero era inquietante saber que alguien había estado buscando algo. ¿Para saber qué hacía ella allí? ¿Le seguía ahora la pista el asesino?

«Tonterías. Ni siquiera sabes si hay un asesino —pensó tratando de calmarse—. Podría haber sido una criada curiosa que cerrara las puertas sin darse cuenta de que yo estaba allí fuera».

Pero desde dentro de la habitación cualquiera podría haberla visto en el balcón. Habían cerrado las puertas a propósito. Además, en su fuero interno sabía que, aunque la muerte de Mathilde hubiera sido un accidente, la de Marcel DuPont había sido un asesinato.

Y el hombre había afirmado que sabía algo importante sobre el día en que Mathilde había muerto.

14

A la mañana siguiente, Atalanta se despertó nerviosa. Era el día anterior a la boda y el reloj avanzaba hacia el punto de no retorno. Su clienta le había pedido que demostrara que su prometido no estaba implicado en la muerte de su primera esposa y, aunque Atalanta no había encontrado pruebas concluyentes de que lo estuviera, tampoco había encontrado pruebas de que no lo estuviera otra persona o de que hubiera sido un accidente.

Mientras se vestía, se preguntó cómo se podía establecer algo así sin ningún atisbo de duda. Entonces dejó de mover las manos y se quedó mirando a lo lejos. ¡Pues claro! ¿Por qué no se le había ocurrido antes? ¡Tenía que hablar con el médico que había examinado el cuerpo de Mathilde tras la caída del caballo! Seguramente él sabría cómo eran las heridas y si estas indicaban que Mathilde había fallecido porque su caballo la había tirado.

Atalanta se apresuró a bajar a desayunar; no encontró a nadie allí todavía, bebió rápido una taza de café y cogió un trozo de *brioche*, y luego se dispuso a ir a pie al pueblo cercano, donde encontraría al médico. Acostumbrada a caminar mucho, no le resultaba difícil e incluso le producía una sensación de alegría que había echado de menos. El ejercicio era sencillamente maravilloso. Liberaba la cabeza de los pensamientos preocupantes y reafirmaba su creencia en sus propias capacidades. Solo tenía que ir paso a paso y no pensar demasiado en el futuro.

A las afueras del pueblo, un hombre daba de comer a sus cerdos y, en la plaza, el dueño de la posada local aceptaba una cesta con huevos frescos de una esbelta mujer mayor. Atalanta saludó a todos los que encontró con un alegre *Bonjour!* y preguntó al posadero por la casa del médico. Resultó estar en la misma plaza, con un pequeño dispensario donde se vendían medicinas. Las letras del cristal de la ventana brillaban doradas a la luz de la mañana.

El dispensario ya estaba abierto y Atalanta se adentró en una acogedora fragancia de hierbas y especias. Una anciana de manos grandes colocaba pastillas en botes de cristal y apenas levantó la vista al entrar ella.

—Es un lugar maravilloso —se entusiasmó Atalanta—. Siempre he admirado las propiedades medicinales de la naturaleza. ¿Hace usted misma sus fórmulas?

La mujer le dirigió una mirada de evaluación.

—Algunas —confirmó—. Otras nos las envían desde la ciudad.

—Oh, ¿y está el doctor?

—No, ya ha salido a hacer la ronda. Algunos casos de gripe y un niño pequeño que podría tener sarampión. ¿Para qué necesita un médico?

—¿Tendría algo con lavanda que me ayudara a conciliar el sueño? Estoy algo nerviosa. Mi prima y mejor amiga se va a casar. Con el conde de Surmonne.

Las manos de la mujer dejaron de juguetear con las pastillas; centró su atención en ella.

—¿El conde de Surmonne? ¿Está usted entre los invitados?

—Sí. Voy a tocar el piano en el banquete de bodas. Estoy muy emocionada. También nerviosa, supongo. Asistirá mucha gente importante.

—Lo leí en el periódico. —La mujer chasqueó la lengua—. Pobre conde. Estaba tan devastado cuando murió su primera esposa... ¿Sabe que murió?

—Por supuesto. —Atalanta reprimió la emoción que le producía que la mujer mordiera tan fácilmente el anzuelo y forzó una expresión solemne—. También debe de haber sido un duro golpe para el pueblo. He oído que era muy querida aquí.

—Rara vez la veíamos —dijo la mujer sin demasiada emoción—. Estaba ocupada en la finca, entreteniendo a sus amigos y haciendo muchos cambios. No a todo el mundo le gustaba.

—Ya veo. ¿Cuál era la objeción a los cambios entonces?

La mujer se encogió de hombros.

—La casa y los jardines son los mismos desde hace generaciones. Así son las cosas. Tradición. Ella quería hacer cambios y... A la gente no le gustan mucho los cambios por aquí.

Atalanta asintió.

—La casa y los jardines son preciosos, sobre todo la gruta de las conchas.

La mujer no dio ninguna respuesta visible, parecía que la gruta no tenía ningún significado especial para ella. «Entonces, ¿por qué Marcel DuPont fue allí?».

Atalanta continuó sin vacilar:

—Y una caída de caballo... Tan violenta. Romperse el cuello. —Se estremeció.

—La cabeza, para ser más precisos. —La mujer se apoyó en el mostrador con sus grandes manos—. Se rompió la cabeza.

—¿La cabeza? No entiendo. Creía que se había roto el cuello con el impacto de la caída.

Eugénie se lo había dicho desde el principio, y tanto Raoul como Angélique se lo habían confirmado. ¿Cómo podía no ser cierto?

—Se golpeó la cabeza con algo. ¿Quizá un árbol? El médico dijo que tenía el cráneo reventado. Lo recuerdo claramente. No tenemos accidentes así a menudo.

—Me lo imagino. Cráneo reventado. Es terrible. ¿Podría el caballo haberla pateado después de que se cayera?

—Creo que sí. El médico dijo que tenía que haber ocurrido por el impacto con un objeto sólido.

¿Alguien había golpeado a Mathilde mientras estaba en el suelo? Atalanta no podía hacer preguntas más específicas en ese sentido, pues iría más allá de la curiosidad normal. Tenía que aprovechar al máximo la conversación.

—Y ahora este cazador furtivo también ha muerto. ¿Cómo se llamaba? ¿Marcel DuPont? ¿No le rompieron la cabeza también?

—No, lo apuñalaron. No me extraña si vives así, siempre bebiendo y buscando problemas. No está bien decir que un hombre merece morir, pero DuPont se lo buscó. Recién salido de la cárcel y metido en otra reyerta. —La mujer negó con la cabeza—. Ayer encerraron a Guillaume Sargant, el guardabosques del conde. Pero él dice que no lo hizo.

—¿No estaban peleados? —Atalanta frunció el ceño—. Por supuesto, como huéspedes no conocemos las relaciones locales, pero vimos a la policía en la finca buscando pruebas y el conde mencionó que su guardabosques había estado peleado con este cazador furtivo en particular durante un tiempo. Supongo que... no esperaba encontrar la muerte aquí, en este lugar tan tranquilo.

—Todos tenemos que morir en algún momento —dijo la mujer en un alarde filosófico—. ¿Quiere unas gotas de lavanda para dormir?

Atalanta asintió y compró un frasquito, junto con la especialidad local: caramelos con sabor a café. Con uno derritiéndose en la lengua, siguió desde el dispensario hasta la pequeña iglesia y el cementerio. Paseó un rato mirando las lápidas y preguntándose si a Mathilde también la habrían enterrado allí. La mayoría de las tumbas estaban cuidadas con esmero y adornadas con pequeños ramos de flores. Hacía muchos años que no veía las tumbas de sus padres; había preferido gastar su dinero en pagar las deudas de su padre en lugar de en viajar a Inglaterra. Pero ahora que podía permitírselo pronto iría a Londres y visitaría el tranquilo cementerio donde descansaban, unidos de nuevo en la muerte.

¿Dónde habrían enterrado a Mathilde?

¿Podría la tumba darle algún tipo de información? ¿Las palabras de la lápida? ¿Las cariñosas muestras de recuerdo que hubiera en el lugar? Pero la mayoría de las tumbas parecían ser de gente común, no de miembros de la alta burguesía. «¿Tal vez su tumba esté dentro de la iglesia?».

Justo cuando Atalanta estaba a punto de marcharse, vio entrar al vigilante, muy mayor, todo de negro, con un rastrillo en la mano para empezar a limpiar el camino. Se acercó y le preguntó por la tumba de Mathilde, condesa de Surmonne.

—No está enterrada aquí —dijo el conserje—. La familia del conde tiene una tumba en la finca. —La miró de arriba abajo—. ¿Es usted pariente de ella?

—No, estoy en la finca para la boda de mañana.

—Todos suponíamos que volvería a casarse. Tiene que hacerlo. Necesita un heredero para la finca.

—¿Se casaría solo por un heredero? ¿No cree que ame a su nueva esposa?

El hombre soltó una carcajada y luego se contuvo, echando una mirada casi culpable a las tumbas de alrededor.

—Dudo que un hombre como él quiera a nadie más que a sí mismo. Tiene poder y dinero; no necesita ganarse el favor de la gente. Nosotros aquí, simples aldeanos, tenemos que mantenernos en su gracia, pero él...

—No parece que le guste. —Atalanta intentó que sonara objetiva y no sentenciosa.

El hombre resopló.

—Antes el conde era el dueño del pueblo y todos teníamos que bailar a su son. Ahora se siente por encima de nosotros y apenas se deja ver por aquí. Dicen que siempre está de viaje en Italia para comprar esos cuadros que luego vende a las galerías de arte de París.

Aquel «dicen» llamó la atención de Atalanta.

—¿No cree que sea así como se gana la vida?

—No sabría decirle, *mademoiselle*, pero nunca hemos visto ninguno de estos cuadros.

—El conde tiene una colección de arte muy bonita en su casa.

El conserje se enderezó como si estuviera escarmentado.

—No sabría decirle, *mademoiselle*. Es poco probable que me inviten. Si me disculpa, tengo trabajo que hacer.

Y se marchó arrastrando el rastrillo tras de sí.

Atalanta se quedó pensativa. Había planteado una cuestión interesante. De todo el arte que había visto en la casa, nada era renacentista. El conde podría venderlo enseguida, pero...

Salió del cementerio, compró dos manzanas en la tienda de ultramarinos y regresó a Bellevue. Las manzanas estaban jugosas y dulces, el sol le calentaba la cara y la tensión de tener que resolver el caso se aliviaba un poco. Por primera vez desde su llegada se permitió disfrutar de su nueva situación. La libertad, la alegría de haber viajado por fin a alguna parte y de verlo todo. Sin duda, el hecho de tener un caso no le impedía pasar el tiempo de forma agradable. De hecho, tal vez se hubiera excedido al no haberse permitido ningún momento de relajación. Por supuesto, su cliente dependía de ella, pero no le serviría de nada si no se mantenía fuerte.

Un ruido de cascos le llegó por detrás y, al mirar por encima del hombro, vio a Raoul acercándose a ella montado en un precioso alazán. Los músculos del caballo brillaban bajo su piel lustrosa y sus largas crines se agitaban con la brisa.

Pensando en la última vez que había visto a Raoul, casi en brazos de Angélique Broneur, se sonrojó y buscó la manera de evitarlo. ¿Por qué su aparición tenía que estropear el placer de aquel paseo solitario?

Pero como estaba en una carretera recta, con campos de lavanda a ambos lados, no podía girar.

—Buenos días —saludó Raoul—. ¿No monta?

—Nunca he tenido la oportunidad de aprender —admitió Atalanta.

Tenía vagos recuerdos de haber estado sentada en un poni con su madre al lado, pero nada más. Su padre nunca había podido permitirse caballos ni había mostrado interés en enseñar a su hija a montar.

—Debe de ser molesto hacerlo todo a pie. Se tarda una eternidad. —Raoul dejó que el caballo caminara a su lado.

El animal resopló y tiró de las riendas queriendo ir más rápido.

—Creo que es la mejor manera de conocer tu entorno. Tienes tiempo para observarlo todo con detalle y disfrutar de lo que ves. Seguro que a caballo vas con prisas y no te das cuenta de lo que tienes delante de las narices.

—¿Como qué? —preguntó Raoul con un brillo divertido en sus ojos oscuros.

—Como esta piedra. —La muchacha señaló una piedra erosionada en la hierba. Era gris, de unos dos palmos de altura y tenía números grabados—. ¿Qué puede significar?

—Probablemente forme parte de un antiguo sistema de mojones —dijo Raoul—. Debe de comunicar algo sobre las distancias entre lugares o sobre los propietarios de las tierras. —Añadió irónicamente—: A Gilbert no le debe de gustar no ser el dueño de todo lo que hay por aquí.

El caballo relinchó y estiró el cuello, dispuesto a emprender de nuevo el galope, pero Raoul lo acarició y lo calmó. Luego desmontó y fue a caminar junto a Atalanta, llevando al caballo por la brida.

Se le revolvieron los nervios en el estómago. Acababa de decir que odiaba caminar porque era muy lento; debía tener algún motivo oculto para acompañarla.

—¿Por qué ha ido al pueblo? ¿Le está afectando la tensión de la casa?

—¿Por qué monta a caballo? —replicó ella.

—Quería escapar de las preguntas de *madame* Frontenac.

Al recordar cómo la matrona la había girado de un lado a otro para evaluar si era una verdadera Frontenac, Atalanta se sonrojó.

—Supongo que aún no se ha levantado.

—Le gusta madrugar cuando le viene bien. No me apetecía desayunar en su compañía. O en compañía de la decididamente hosca Françoise.

—¿Está aquí también la otra hermana de Eugénie? —preguntó Atalanta—. No tuve ocasión de conocerla anoche.

—Probablemente estaba cansada por el viaje. Siempre está cansada. —Raoul puso los ojos en blanco—. No puedo imaginar cómo una mujer joven puede tener tan poca energía. En cambio su madre tiene energía por dos.

—La vi solo un momento. Trajo un collar precioso para Eugénie.

—Sobornos —dijo Raoul en tono dramático.

—¿Cómo dice?

—Sobornos. Para que se case con Gilbert. Ella no lo ama.

La serena convicción de su afirmación hizo reflexionar a Atalanta.

—¿Ama a Victor?

Raoul rio suavemente.

—A Victor le gustaría. Se relaciona con las mujeres como si fueran juguetes. Son desechables. Pero no, no creo que Eugénie haya amado nunca a Victor. Dudo que sepa lo que es el amor.

—¿Qué cree usted que es el amor? —Lo planteó como una pregunta filosófica, sin esperar que él respondiera. Y si lo hiciera, la respuesta probablemente no sería nada que ella quisiera oír.

Raoul caminaba despacio, pateando un guijarro aquí y allá.

—Creo que es generoso y discreto. Hace que el otro sea más importante.

Atalanta aflojó la mandíbula. ¿De verdad se sentía así?

Pero Raoul continuó:

—No todo el mundo es capaz de tener sentimientos tan nobles. —Se rio brevemente—. No crea que culpo a Eugénie por no ser capaz de ello. Yo soy igual.

Se le hundió el corazón. Se negaba a sí mismo lo más hermoso del mundo: el amor, la conexión. Ser parte de algo. Tener familia.

Pero, entonces, ¿quizá pensaba que con su estilo de vida, arriesgando la vida cada vez que se subía a su Maserati, no era posible?

—No sabía —dijo Atalanta— que era piloto de carreras hasta que lo oí anoche.

—¿De quién? —saltó.

—Angélique Broneur. —Lo miró con atención mientras pronunciaba el nombre. ¿Traicionaría su expresión el arrepentimiento de que todo hubiera terminado entre ellos?

Miraba al frente. Su rostro parecía tallado en mármol, tenso y frío, impenetrable.

—¿Habló con ella anoche? Angélique siempre fue una abejita ocupada. —Sonaba apenado.

—Me sorprendió que pusiera su vida en riesgo de esa manera.

—¿Perdón?

—No puedo imaginar cómo se puede estar sentado en un coche así, conduciendo a gran velocidad, y esperar no morir. —Mientras lo decía, se le contrajo el estómago al pensar en los riesgos que corría—. ¿Por qué? ¿Para qué?

Raoul exhaló con incredulidad.

—Cuando corro en ese coche, lo último en lo que pienso es en la muerte. Pienso en la vida. Me siento vivo. —Su expresión era cálida y los ojos le brillaban con fervor—. Nunca me he sentido como en el fragor de una carrera, cuando el coche obedece todos mis deseos y es casi como si fuera un ente vivo.

Sus palabras eran tan apasionadas que tocaron una fibra sensible en su interior.

—Pero ¿y el peligro? —preguntó Atalanta.

Raoul se encogió de hombros.

—Eso lo hace aún mejor. ¿Qué es la vida cuando nunca te arriesgas? —Su expresión se volvió seria—. Piense en Mathilde. Eligió la seguridad. Llevaba una vida sencilla en el campo. Aun así, murió a causa de un estúpido accidente. Un caballo desbocado. —Sacudió la cabeza—. No. No voy a quedarme sentado, temiendo que algo pueda salir mal. No me forzarán a creer que puedo alargar mi vida de algún modo si soy precavido. Creo en el destino. Si es tu hora de irte, te vas estés donde estés.

—¿Así de simple? Pero ¿es siempre el destino? ¿No puede ser obra de otro? —reflexionó Atalanta.

Raoul giró la cabeza hacia ella de golpe.

—¿Qué insinúa? ¿Que Mathilde no murió en un accidente?

—Entiende perfectamente lo que quiero decir. —Le sostuvo la mirada—. Usted también se lo habrá preguntado.

Raoul guardó silencio. Tensó la mandíbula como si estuviera enfadándose. Por un momento, Atalanta creyó que iba a subirse a la silla y a marcharse dejándola en medio de una nube de polvo.

—Hace un año, cuando murió, ni se me pasó por la cabeza. Ni siquiera cuando llegué aquí hace unos días para la boda, jamás pensé que no hubiera sido un accidente. Pero cuando apuñalaron a ese cazador furtivo...

—¿Sí? —Atalanta apretó los labios mientras esperaba oír si él diría lo mismo que ella pensaba.

—Sé que la policía local cree que fue una pelea entre DuPont y el guardabosques, con el que había tenido roces antes, o entre dos cazadores furtivos rivales. Que el que tenía la zona para él solo mientras DuPont estaba en la cárcel quería asegurarse de que seguía así. Pero ¿por qué ser tan estúpido como para matar a alguien cuando eres el primero en llamar la atención? Ahora Sargant está encerrado y puede que nunca vuelva a salir. No tiene sentido.

—La gente actúa por emoción. Eso no tiene por qué tener sentido.

—Quizá no. Pero he oído que DuPont afirmó que sabía algo del día en que murió Mathilde. —Raoul pensó un momento y añadió—: Permítame que lo diga de otro modo: cuando lo detuvieron, pidió ver al conde. La gente supuso que quería declararse inocente o alegar que le habían permitido cazar en sus tierras. Pero ¿y si quería revelarle a Gilbert lo que sabía del accidente de Mathilde, a cambio de su libertad?

—Lo he pensado también —admitió Atalanta—. ¿Qué cree que significa?

—¿Qué significa? —repitió Raoul.

—Sí. ¿Significa que no estaba sola cuando murió? Usted dijo que estaba con una de sus amistades. Ahora sé que era Angélique Broneur. ¿Angélique, de alguna manera, causó el accidente?

No le quitó los ojos de encima para ver cómo respondía a esta sugerencia. ¿La sugerencia de asesinato le molestaba tanto porque temía que su antigua amante estuviera implicada?

—Angélique se justificó entonces diciendo que había regresado a casa porque cabalgar se había vuelto demasiado duro para ella.

Antes había hablado con pasión, en cambio ahora sus palabras parecían cuidadosamente elegidas. «¿Porque trataba de ocultar algo?».

—Sí, eso es lo que dijo. —Atalanta esperó su reacción.

Raoul respondió pensativo:

—Me sorprendió en su momento. Angélique no es de las que se echan atrás a la primera de cambio. Y es muy buena amazona.

—Ella me dijo que no.

Raoul enarcó una ceja.

—¿En serio? Bueno, entonces se lo diré con más cuidado. Hace años era muy buena amazona.

—¿Cuando estuvieron juntos en Italia?

—¿También le contó eso? Ha estado muy habladora. —Sonaba irónico—. Sí, en Italia a menudo cabalgábamos juntos por los viñedos. Normalmente iba delante de mí y se reía cuando saltaba los muros bajos. No veo por qué un paseo por el bosque podría haberla amedrentado.

—¿Así que cree que mintió sobre lo que pasó aquel día? —Atalanta se encogió ante la palabra *mintió*, pero tenía que indagar más y descubrir qué había detrás de todo aquello.

—No lo sé. —Raoul parecía dolido—. Nunca me lo había planteado.

—Pero ahora que han asesinado a DuPont debemos considerarlo.

—¿Debemos? —preguntó él escrutando sus rasgos con la mirada—. ¿Por qué habríamos de hacerlo, *mademoiselle*? ¿Qué más le da?

Por un momento deseó poder decirle simplemente que estaba allí por un caso y pedirle que la ayudara. Parecía saber muchas cosas que podrían serle útiles, pero la honestidad era demasiado arriesgada. No debía olvidar que Raoul podía ser sospechoso. Que podría estar poniéndola a prueba para ver cuánto sabía.

—Soy pariente de Eugénie. Le deseo lo mejor. Espero que su matrimonio la haga feliz, pero no parece fácil encontrar la felicidad aquí. Mathilde no la encontró.

—Ella la encontró, pero por poco tiempo. Pensé que habría sido el destino. Más tarde...

—¿Se preguntó si había sido algo más humano?

Raoul se rio suavemente.

—Está poniendo palabras en mi boca. No he sacado ninguna conclusión. No es asunto mío. Eugénie se casará con él de todos modos, lo tiene decidido desde el principio. E incluso si tiene dudas, tal vez por Yvette, su madre la presionará para continuar con la boda. Quiere una hija que sea condesa, nada menos.

«Sí, *madame* Frontenac era una influencia a tener en cuenta».

Atalanta caminaba en silencio. No podía revelarle que Eugénie había recibido una carta amenazadora y que se había asustado. Su clienta confiaba en ella y no estaba dispuesta a romper ese vínculo. Pero, por otra parte, necesitaba sacar algo más de Raoul. Era amigo de la familia y podía saber cosas importantes. Simplemente tenía que intentarlo y esperar a que él considerara su supuesto lazo familiar con Eugénie como una justificación suficiente de su preocupación.

—¿Ha visto alguna vez los cuadros que vende Gilbert, los cuadros renacentistas que compra en Italia? —preguntó Atalanta.

Raoul pareció descolocado por el repentino cambio de tema.

—¿Por qué lo pregunta? ¿Le interesa alguno?

—Conozco a gente a la que podría interesarle —mintió enseguida.

—Nunca he visto uno en persona, pero Gilbert está muy ocupado con ellos. Viaja a Italia cada pocas semanas y pasa días enteros en ciudades como Roma o Verona buscando nuevas joyas para pasarlas a las galerías parisinas. Es un auténtico cazador de tesoros.

La caza del tesoro... Mathilde se lo había comentado a Yvette. Atalanta preguntó:

—¿Dónde guarda el conde sus cuadros antes de venderlos? ¿Están en la casa?

—Imagino que no. Los envía directamente a París. Tiene una caja fuerte en el banco. No sería seguro guardarlos aquí, podrían robarlos. Después de todo, está fuera durante semanas. El personal está aquí, por supuesto, pero... no es lo mismo.

—Ya veo.

Raoul la miró.

—Si conoce a alguien interesado, dígaselo a Gilbert. Siempre agradece los nuevos contactos. —Paró el caballo y montó—. Voy a darle a mi montura la actividad que necesita. Que tenga un buen día. —Y golpeó ligeramente con los talones en los costados del caballo y lo espoleó para que se moviera.

El hombre y el jinete desaparecieron pronto de su vista.

Atalanta se mordió el labio. Raoul Lemont la sorprendía cada vez que estaban juntos; era mucho más de lo que parecía. Que él también hubiera pensado en la muerte de Marcel DuPont era emocionante, pues sugería que podrían trabajar juntos para resolverla. Pero no podía olvidar que él mismo estaba implicado en el caso. No podía asumir que nada de lo que dijera fuera verdad. Su abuelo le había advertido que tenía que verificar las cosas siempre.

Por ejemplo: ¿le había dicho Raoul que Angélique era mucho mejor jinete de lo que había admitido para incriminarla?

Si no tenía interés en reavivar su relación amorosa, podría ser lo bastante rencoroso como para querer hacerle daño.

Con el corazón encogido, Atalanta continuó hacia la casa.

15

En la biblioteca, Atalanta se entretuvo un rato paseando y mirando todos los títulos de los libros. Había volúmenes encuadernados en piel de arriba abajo y creaban un conjunto acogedor pero totalmente abrumador. ¿Realmente esperaba encontrar algo importante en un libro de historia local?

Sin embargo, en el bolsillo del fallecido habían encontrado una concha. En la gruta de las conchas podría encontrarse la clave de su asesinato. ¿También de la muerte de Mathilde?

Se acercó al rincón y abrió el buró que estaba allí. La tapa formaba ahora una superficie sobre la que podía escribir, mientras que en el interior se veían muchos cajones pequeños y huecos para cartas. Pasó las yemas de los dedos por las incrustaciones de marfil. Era una obra maestra delicada. Muy femenina. ¿Habría sido de Mathilde?

Abrió los cajones. Había material de escritura: plumas, botes de tinta, papel secante y una navaja. También trozos de papel que habían servido para escribir, para probar diferentes estilos de letra, al parecer.

Luego, en el fondo de un cajón, debajo de un papel en blanco, encontró una vista general de los jardines con pequeñas notas en varios puntos. En un estanque ponía: «Trasladar a otro sitio». Algunos lugares estaban marcados con cruces y nombres: «Perséfone», «Hera», «Minerva».

Atalanta recordó que había encontrado a Yvette acurrucada a los pies de una estatua de Minerva. «¿Todas estas cruces indican estatuas? Solo hay una forma de averiguarlo».

Llevó el papel al jardín y dio una vuelta. Encontró las estatuas donde estaban las cruces y también llegó a la conclusión de que Mathilde no había tenido tiempo de poner en marcha sus planes de cambio. El estanque seguía en el mismo lugar donde ella lo había marcado para retirarlo. Y los parterres de rosas tampoco se habían transformado en un arboreto.

Solo había una cosa en el papel que Atalanta no podía ubicar. Un nombre. «Creso».

Creso había sido una figura mitológica, un rey rico. Incluso se podría utilizar el nombre de Creso para referirse a las riquezas.

«¿También tesoros?» ¿Por qué si no el nombre iba seguido de un signo de interrogación? Ninguno de los otros nombres lo llevaba.

El detalle más interesante era que «Creso» estaba garabateado en aquella zona del jardín donde se ubicaba la gruta de las conchas.

Atalanta miró en esa dirección. La policía había echado un vistazo y la había cerrado por el momento, no se podía entrar. No podía hacer nada ilegal. Dobló el papel, se lo guardó en el bolsillo y regresó a la casa. Tenía que hablar con su clienta para ver cómo se encontraba la víspera de su boda con el conde.

Atalanta caminaba con pesadez, se había dado cuenta de que no tenía nada concluyente que transmitir. ¿Cómo podía asegurarle a su clienta que todo iba bien? ¿O preocuparla aún más diciéndole que no estaba claro que Mathilde hubiera muerto en un accidente? La mujer del dispensario había dicho que tenía una herida en la cabeza, el cráneo dañado. ¿Un golpe en la cabeza cuando estaba en el suelo tras haberse caído del caballo? ¿Un golpe dado por una mano humana?

Era una especulación, no un hecho.

¿Tenía ella derecho a enturbiar la boda cuando el conde podría no haber tenido nada que ver con la muerte, con independencia de lo que hubiera ocurrido aquel fatídico día? Lo único que el conde deseaba era volver a introducir algo de felicidad en su casa y en su corazón. También por el bien de su sobrina.

Pero a Yvette no le gustaba Eugénie y nunca sería feliz en su compañía. Lo que Atalanta le dijera a Eugénie podría influir en su vida y en la de muchos otros. ¿Cómo podría Atalanta manejar sabiamente semejante poder?

«Abuelo, si estuvieras aquí para decirme qué hacer...».

Cuando llegó a la habitación de Eugénie, notó que había elegido el peor momento posible. Esta se estaba poniendo el vestido de novia y su madre y sus dos hermanas daban vueltas a su alrededor arreglándole las mangas y el tocado.

Atalanta se excusó enseguida y dijo que volvería más tarde, pero Eugénie la llamó y le preguntó ansiosa:

—¿Qué le parece?

—Acabamos de decirte que es *merveilleuse* —dijo Françoise con un trino exagerado en la voz, pero Eugénie le hizo un gesto para que se callara—. Quiero una opinión imparcial. Dirías que es precioso aunque llevara un saco de yute.

Françoise cambió de expresión y miró a su madre.

—*Maman*, ¿has oído eso? ¿Por qué Eugénie tiene que insultarme siempre?

Madame Frontenac no pareció darse cuenta de la presencia de su hija mayor. Estaba encantada estudiando a la más joven, con las manos entrelazadas delante del pecho.

—Mi bebé —susurró.

Eugénie le hizo señas a Atalanta para que se acercara.

—¿Qué te parece? —Dio una vuelta completa y la falda del vestido se agitó—. ¿Es lo suficientemente hermoso para una condesa?

—Es impresionante —dijo Atalanta admirando el bordado del corpiño, que formaba pájaros y flores—. Debe de llevar muchas horas de costura a mano.

—Sí, y por eso no vamos a discutir el aplazamiento de la boda. —*Madame* Frontenac movió un dedo hacia Eugénie—. Tu sien no está tan mal como para que no puedas ir al altar.

—Pero *maman* —dijo Louise—, si no se encuentra bien...
—Sus ojos estaban ansiosos—. Podríamos esperar otra semana.

—Llegan los invitados y la celebraremos mañana.

Ante las palabras rotundas de su madre, la mirada feliz de Eugénie se apagó y se hundió en la cama.

—Me pregunto... —Miró a Atalanta suplicante.

Atalanta tenía un nudo en la garganta. Había fracasado en su misión. No podía decir nada con certeza.

Entonces intervino *madame* Frontenac:

—No seas tonta, muchacha. Estás a punto de casarte con un hombre muy codiciado. —Se acercó a su hija y tocó el collar de diamantes que llevaba, el que le había llevado el otro día—. Tu padre y yo estamos muy contentos.

Louise dijo:

—Papá no va a venir. —Sonaba triunfante.

Una vez más, Atalanta se acordó del traje. Martin Frontenac había planeado asistir, pero no iba a venir.

¿Qué significaba eso? ¿Y qué había de la afirmación del ayudante del sastre de que el anillo de compromiso que llevaba Eugénie tenía una piedra falsa?

—Tiene asuntos que atender.

Su madre fulminó a Louise con la mirada.

—Si no tienes nada útil que aportar, puedes irte.

—Pero *maman*...

—Ahora.

Louise se mantuvo firme.

—Soy una de las damas de honor. Tengo que estar aquí cuando la novia se pruebe el vestido.

—Estás celosa —espetó Eugénie—. Querías casarte con Gilbert.

Las mejillas de Louise enrojecieron.

—No es cierto —balbuceó con voz débil—. Lo emparejé con Mathilde.

—Sí, pero después te diste cuenta de tu error. Te alegraste de su muerte; pensaste que tu oportunidad había llegado al fin.

Louise tenía el rostro en ebullición.

—¡No es cierto! —Sonó poco convincente.

Eugénie se incorporó.

—¿Me enviaste esa carta? ¿La pusiste en la cesta entre los puerros?

La boca de Louise se abrió y volvió a cerrarse.

Madame Frontenac preguntó:

—¿Qué carta? ¿Qué puerros?

Atalanta dijo:

—Podrían haber colocado la carta en la cesta después de que la cocinera llegara a casa. Las criadas estaban ocupadas arriba. El mayordomo tenía la tarde libre.

—¿Cómo lo sabes? —objetó Louise, y luego se calló.

Eugénie corrió hacia ella y la abofeteó.

—Tú lo hiciste. Miserable celosa...

Louise retrocedió para evitar los golpes de su hermana.

—¡*Maman*! ¡Di algo!

Madame Frontenac agitó los brazos en el aire.

—Tened cuidado con el vestido, niñas. Nos ha costado una fortuna. ¿A qué carta se refiere? —Se volvió hacia Atalanta—. ¿De qué carta habla?

Eugénie tomó la iniciativa.

—Estaba nerviosa cuando venía hacia aquí, *maman*, y le conté a Atalanta que había recibido una carta en la que se afirmaba que la muerte de Mathilde no había sido un accidente y que yo podría ser la siguiente.

Madame Frontenac la miró fijamente.

Atalanta esperaba un grito ahogado, un tambaleo, tal vez incluso un medio desmayo. Pero la mujer dijo:

—¿Estás loca, muchacha? Esas cartas siempre se envían por despecho y... no significan nada. ¿Tan cobarde eres?

Luego se giró hacia Louise.

—¿La escribiste tú? Será mejor que no me mientas y luego descubra que fuiste tú.

A Louise le habría gustado que se la hubiera tragado la tierra.

—Yo...

—Quiero saber la verdad ahora mismo —le espetó su madre subrayando las palabras con golpecitos impacientes del pie.

—Sí, fui yo. —Louise agachó la cabeza—. Estaba muy enfadada con ella por la forma en que presumía de que se iba a casar y yo no. Fue muy doloroso.

—¿Escribiste la carta? —preguntó *madame* Frontenac.

—Sí. Ya lo he dicho, ¿no?

—¿Qué decía? —preguntó Atalanta.

Louise la miró.

—¿Por qué tengo que decírselo?

—Es muy importante que sepamos con certeza si fue usted, así no habrá nada que amenace la felicidad de Eugénie y podrá casarse tranquilamente mañana.

La expresión de *madame* Frontenac se aclaró.

—Por supuesto. Eres sabia, muchacha.

Le dijo a Louise:

—Dile lo que quiere saber.

Louise seguía mostrándose reacia, pero, cuando su madre se acercó y le dio un codazo en las costillas, dijo:

—Estaba escrito con tinta roja brillante. Decía: «Su primera esposa no murió en un accidente. Tenga cuidado. Debería tener miedo».

La redacción exacta. ¿Quién podría saberlo además del propio autor?

Madame Frontenac miró fijamente a su hija, luego resopló.

—¿Cómo puedes darle credibilidad a una tontería así? Lees demasiadas novelas baratas, niña. Tendré que pensar en una forma adecuada de castigarte por esto. Darle un susto a tu hermana... —Se volvió hacia Eugénie y le dijo—: Pero todo está bien ahora, cariño. La carta era solo una artimaña. No significaba nada. Puedes casarte mañana y ser feliz. —Le pellizcó la mejilla—. Sonríe, niña, sonríe.

Eugénie sonrió vacilante y buscó con los ojos a Atalanta.

Obviamente, su clienta quería confirmar que todo estaba resuelto. Pero, en el fondo, Atalanta no estaba tan segura. El hecho de que Louise conociera la carta sin que Eugénie la hubiera compartido con ella demostraba que la había escrito ella. Pero la gran pregunta seguía siendo por qué haría algo así si no creía que hubiera algún peligro.

Atalanta preguntó a Louise en voz baja:

—¿Podemos hablar en el pasillo?

Louise la miró con incredulidad.

—¿Por qué iba a hacer eso?

—Por favor, venga y escúcheme.

Louise miró a su madre, que volvía a estar entretenida con el vestido, suspiró y siguió a Atalanta fuera de la habitación. Atalanta dijo:

—¿Cree que Gilbert, conde de Surmonne, mató a su primera esposa, Mathilde?

Louise parecía horrorizada.

—Por supuesto que no. Respeto a Gilbert, es uno de mis amigos más queridos.

—Entonces, ¿por qué se arriesga usted a escribir una carta que lo incrimina? ¿Para herir a su hermana? Eso no tiene sentido. No vale la pena.

—No pensé que Eugénie fuera a compartirlo con nadie. Si solo ella lo sabía, ¿cómo podía eso perjudicar a Gilbert?

—Le habría dolido que Eugénie hubiera roto el compromiso por la carta.

—Ella no habría hecho eso, es demasiado vanidosa. Quiere ser condesa.

—Entonces, ¿cuál era el propósito de la carta? ¿Simplemente asustarla?

—No lo pensé tanto. —Louise cruzó los brazos sobre el pecho—. Solo quería divertirme un poco a su costa. El mayordomo tenía la tarde libre, la ocasión era perfecta para ello.

—Por supuesto... —Atalanta habló casi con indiferencia—. La carta no acusaba directamente a Gilbert, podría haber estado advirtiendo a Eugénie sobre otra persona. ¿A quién tenía en mente?

Louise parpadeó. Atalanta no estaba segura de si ahora estaba pensando de verdad en alguien o estaba ideando una forma rápida de echarle la culpa a otro.

—Para ser sincera, estaba pensando en Yvette. Siempre ha sido una niña inestable. —Respiró hondo y añadió—: Hubo un tiempo en que creí estar enamorada de Gilbert. Creí que él también podría enamorarse de mí, pero intenté que eso no ocurriera por Yvette. Sabía que él se había responsabilizado de su educación y... Bueno, sinceramente, no me veía viviendo en la misma casa que ella. Ya ha visto de lo que es capaz. Siempre está enredando. Con ella cerca, nadie puede estar en paz. Así que le presenté a Gilbert a Mathilde. A ella no le importaba el caos; de hecho, era muy parecida a Yvette. Sentí que encajaban la una con la otra.

—Sí, he oído que Yvette se encariñó con ella y pasaron mucho tiempo juntas. ¿Por qué le habría hecho daño a Mathilde?

—Porque nunca se sabe lo que pasa por su cabeza. Está definitivamente desequilibrada, sobre todo cuando siente que alguien ha herido sus sentimientos.

Atalanta se quedó mirando la pared. Cada vez que creía haberlo resuelto, alguien retiraba piezas del rompecabezas y añadía otras nuevas. El cuadro nunca estaba completo. Volvió los ojos hacia Louise.

—¿Vertió usted el barro sobre Eugénie en la gruta de las conchas?

—Estoy por encima de esos trucos infantiles. Seguro que ha sido Yvette. O Victor.

—¿Victor? —preguntó Atalanta.

—Sí. Se enfadó mucho cuando Eugénie decidió aceptar la propuesta de matrimonio de Gilbert, esperaba conseguirla para él. Por dinero, por supuesto, ya que su padre lo ha desheredado.

—¿Y ahora la corteja a usted?

—Solo somos amigos. —Louise dio un paso atrás—. Eres muy curiosa. Quizá demasiado. —Señaló la habitación—. ¿Puedo volver a entrar? —Sonaba desafiante.

—Por supuesto. —Atalanta sonrió—. Ha hecho lo correcto al confesar lo de la carta. Ahora Eugénie se sentirá mucho mejor.

—Aun así, se arrepentirá de casarse con él. —Louise sonaba satisfecha—. Gilbert es un buen hombre y esa bondad lo induce a aguantar a Yvette cuando debería haberla echado de aquí hace tiempo. Ella será su perdición algún día.

Entró en la habitación y cerró la puerta en las narices de Atalanta.

«Menos mal». Ella no tenía ninguna razón para estar presente en la prueba del vestido. El asunto de la carta de advertencia se había aclarado, pero quedaban otras cuestiones pendientes. ¿Quién había atacado a Eugénie en la gruta de las conchas?

¿Victor? No había tenido ocasión de hablar con él.

Una criada bajó apresurada por el pasillo y su expresión se iluminó al ver a Atalanta.

—Una llamada para usted, *mademoiselle*. El teléfono está en el pasillo.

Atalanta bajó y descolgó el auricular.

—¿Hola?

—Soy Renard. Tengo información para usted. No diga nada que pueda delatarla. Podría haber oídos escuchando.

—Muy bien, gracias. —Atalanta miró a su alrededor, pero reconoció que, aunque no viera a nadie cerca, era posible escuchar, oír claramente cada palabra que decía. Por ejemplo, si el fisgón estuviera situado arriba.

—Preguntó por Yvette, la pupila del conde. Es la hija de su difunto hermano. A la muerte de sus padres se reservó una cantidad de dinero, en bonos al portador, que se le entregará cuando cumpla dieciocho años, para compensar el hecho de que toda la riqueza de su familia va a parar a su hermano. A él lo han expulsado recientemente del internado por apuntar con una pistola a un compañero que no le caía bien.

Atalanta suspiró.

Renard continuó:

—Hubo un incidente anterior en el que disparó una flecha a su profesor de música. El hombre resultó herido en el hombro y ya no puede tocar el violín.

Imagina. No poder tocar el instrumento que amas y del que depende tu sustento.

—La familia lo sobornó. Parece que este joven tiene propensión a la violencia.

«Y puede que no sea el único». ¿Era Yvette igual, quería castigar a las personas que la habían despreciado, o incluso de apartarlas completamente de su vida? Mientras que su hermano parecía más expeditivo en sus métodos y sus acciones conducían de inmediato hasta él, Yvette había sido más inteligente..., si es que de verdad había estado implicada en la muerte de Mathilde. Nadie había dudado de que se tratara de un accidente.

Le dolía cerrar el cerco sobre Yvette, pero tenía que indicarle a su cliente lo peligrosa que era la joven.

Renard continuó:

—También preguntó por Raoul Lemont. Hijo de padre francés y madre española, estudió en varias universidades y luego empezó a correr. Actualmente es uno de los pilotos más alabados en las carreras que se celebran en Italia y Alemania. No parece tener mucho aprecio por su vida. —Renard hizo una pausa y añadió—: Se le ha relacionado con varias mujeres, incluso con una baronesa casada, pero no he podido establecer que tuviera una aventura con Mathilde Lanier.

Atalanta quería preguntar por Angélique Broneur, pero mencionar nombres podría llamar la atención.

—Muy bien —volvió a decir.

Renard dijo:

—También he oído algo muy interesante sobre la familia de Mathilde. Su padre murió cuando ella tenía solo diez años y siempre estuvo muy unida a su madre. Tras la muerte de su hija, *madame* Lanier quedó destrozada y su salud se resintió. Pasó mucho tiempo en el extranjero, visitando balnearios y otros lugares que prometían curación, pero ha regresado hace poco, tras enterarse de que solo le quedan unos meses de vida.

Una mujer sin nada que perder. Atalanta aferró el auricular. ¿Por qué había aparecido para asistir a la boda del viudo de su hija? «¿Tiene algún plan que ejecutar aquí?». ¿O simplemente pretende pasar página antes de morir? ¿Hacer las paces con la muerte de su hija antes de que llegue su hora?

Renard dijo:

—Tenga mucho cuidado al navegar por estas aguas profundas.

—Lo haré, *merci*. Vuelva a llamar si sabe algo más.

Colgó el auricular. Al levantar la vista, vio a Gilbert de pie en las escaleras. Había estado hablando de los asuntos del conde, investigando si era culpable de asesinato, así que se le sonrojaron las mejillas.

—Estoy intentando organizar un concierto —mintió—. Un amigo intenta encontrar un local y reunir a otros músicos. —La voz le temblaba y temía que se diera cuenta de su engaño enseguida.

—Ya veo. —Bajó corriendo ágilmente—. Avísenos cuando sepa los detalles. A Eugénie y a mí nos encantaría asistir.

Atalanta sintió que estaba totalmente colorada de la vergüenza, pero siguió sonriendo.

—Lo haré. Es usted muy amable.

—Al contrario, he estado enfrascado en demasiados asuntos, sin prestar la debida atención a mis invitados, pero tengo la intención de remediarlo. Permítame que le enseñe la capilla donde mañana se celebrará la boda. Mis sirvientes la están decorando.

—Me encantaría verla.

Aliviada por la distracción, Atalanta lo siguió por un pasillo y una pequeña puerta de madera que daba a una parte trasera de la casa. Otra puerta franqueaba el paso a una capilla con bancos de madera a ambos lados del pasillo y una tarima delantera en la que se colocaría el sacerdote.

Las paredes se hallaban decoradas con tapices y los santos representados en el retablo estaban vestidos de azul y rojo con adornos de pan de oro. Los sirvientes se afanaban en decorar las cabeceras de los bancos con rosas blancas como la nieve.

—¿No se marchitarán antes de que empiece la boda mañana? —preguntó Atalanta.

—Se colocan en jarrones con agua, que luego se sujetan a los bancos con lino blanco y encaje. Está todo muy bien pensado. —Gilbert sonrió—. Espero que le parezca bien.

Atalanta respondió a su sonrisa.

—En efecto. Las vidrieras son preciosas. —Señaló la que representaba la escena de un hombre y una mujer cogidos de la mano.

—Todos mis antepasados se casaron aquí —dijo Gilbert.

—¿También están enterrados aquí? —preguntó Atalanta—. He oído algo sobre una tumba familiar.

—La bóveda, sí. —Señaló una abertura cuadrada junto a la tarima, de la que salían unos escalones—. No suelo pisarla. Es oscura y húmeda, un lugar inhóspito.

Mientras hablaba, algo se movió en las sombras de la abertura. De ella surgió una figura vestida de negro.

Gilbert dio un paso atrás con un grito ahogado, sin color en la cara.

A Atalanta también le dio un vuelco el corazón, pero la esbelta figura le resultaba familiar.

—*Madame* Lanier —le susurró a Gilbert.

Se controló con un visible esfuerzo y dio un paso adelante.

—*Madame* Lanier, ¿no se encuentra bien?

—He visitado a Mathilde. —Tenía los ojos enrojecidos—. Le he dicho que vas a casarte de nuevo.

Hubo un silencio y Atalanta esperó a que la anciana continuara contándoles lo que Mathilde había pensado de aquello. Hablaba de su hija como si aún estuviera viva.

Gilbert dijo:

—Ella me dijo que debía volver a casarme si algo le sucedía antes de que tuviéramos hijos. Entendía muy bien que un conde tiene una obligación con su propiedad y su gente.

Madame Lanier le dirigió una mirada penetrante.

—¿Por qué habría pensado Mathilde que fuera a pasarle algo?

—Vamos, vamos, ya sabes cómo era. Ya la habían herido antes. Me dijo que no iba a cambiar su forma de ser, que no iba a ser precavida solo porque fuera una mujer casada y condesa. —Sonrió suavemente—. Le dije que nunca le pediría que cambiara porque la quería tal como era. —Los ojos se le oscurecieron de dolor—. Podríamos haber sido tan felices...

Madame Lanier le puso la mano en el brazo.

—No te preocupes, ella también era feliz. Me escribió para contarme lo feliz que era, dijo que no podía desear más. Que sabía dónde estaba tu corazón, tu verdadero tesoro. Ojalá pudiéramos aferrarnos a las cosas que amamos y mantenerlas cerca del corazón, pero se alejan de nosotros como el polvo.

Una lágrima le resbaló por la mejilla y se precipitó al suelo; una sobria figura quebradiza, el negro de su ropa en agudo contraste con las rosas de un blanco brillante.

Gilbert dijo:

—No deberías haber venido aquí. Te exiges demasiado.

Permanecieron en silencio, la atmósfera ligera se había evaporado. Incluso el dulce aroma de las flores en el aire parecía inapropiado.

Gilbert se centró en Atalanta y le preguntó, con un quiebro en la voz:

—¿Cree que hago mal en volver a casarme? —Parecía desesperado por la negativa, pero al mismo tiempo resignado a la condena.

—No, no puede suspirar por alguien que nunca volverá. —Después de un momento, Atalanta añadió—: Pero ha tomado una decisión que podría causarle problemas. Eugénie no se lleva bien con Yvette. Entiendo que ella es su responsabilidad hasta que cumpla dieciocho años; son dos años más.

«Llevo aquí unos días, viviendo la tensión constante, y no puedo imaginarme lo largos que se harán dos años».

—¿Cree que debería haber esperado hasta que fuera mayor de edad antes de buscar una nueva esposa? Tenía intención de hacerlo, pero conocí a Eugénie y... Ella devolvió la luz a mi vida. ¿Es egoísta desear la felicidad? Tal vez. —Se apartó de ella y se marchó, ignorando a una criada que quería preguntar algo sobre la decoración.

Atalanta sonrió a la chica y le dijo que todo estaba impresionante y que la novia estaría encantada. Ella sonrió.

Pero el estado de ánimo del Atalanta no se restableció con tanta facilidad. El malestar se arremolinaba en su interior y necesitaba tomar distancia.

«Necesito respirar aire fresco y pensar».

16

Aunque la policía había prohibido el acceso a la zona de la gruta de las conchas, Atalanta se sintió inevitablemente atraída hacia allí. El mapa que Mathilde había hecho de los jardines señalaba la gruta de las conchas y contaba con la tentadora pista: «Creso». ¿Se refería a alguna riqueza oculta? ¿A un botín?

Louise había dicho despectivamente que Mathilde e Yvette habían estado buscando tesoros y que era una fantasía suya. Pero ¿y si se hubiera referido a algún tipo de realidad? ¿Algo que Mathilde había descubierto mientras hacía planes para cambiar los jardines?

Atalanta no atendió la punzada de su conciencia mientras se agachaba bajo la tosca cuerda ensartada de tejo a tejo para cerrar el camino a la gruta de las conchas. Entró en ella y respiró el aire húmedo.

Una sensación de frialdad le subió por el cuello. ¿Y si alguien estaba al acecho para atacarla, para hacerle daño?

Se puso de espaldas a la pared, observando la luz, para determinar si había alguna sombra, pero no se movió nada. Los latidos de su corazón se hicieron más firmes y se obligó a actuar con cierto orden. ¿Cuál era la mejor manera de determinar si la gruta contenía un secreto? ¿Algo por lo que mereciera la pena matar?

Dirigió la atención a la pared de conchas que representaba el mosaico con las ninfas felices y los ciervos entre perros de caza. Marcel DuPont tenía una concha en el bolsillo.

¿La habría cogido de la pared? ¿Recogido del suelo? ¿Qué había ido a hacer allí? ¿Reunirse con Sargant para intentar hablarle de lo que sabía sobre la muerte de Mathilde y pedirle dinero por su silencio?

Pero Sargant era su enemigo.

«Eso no tiene sentido».

¿Sabía DuPont algo de aquella gruta? Cuando lo detuvieron por caza furtiva y preguntó por el conde, ¿pretendía hablarle a Gilbert de algo que hubiera encontrado allí? ¿O sobre algo que Mathilde hubiera estado tramando antes de morir?

La mujer del dispensario había mencionado que tenía la cabeza herida, el cráneo roto. ¿Había estado investigando la cueva y alguien había arrojado algo por la abertura o se acercó sigilosamente y la golpeó en la cabeza? ¿El asesino había colocado su cuerpo en un camino y espoleado al caballo para que pareciera un accidente?

La idea de que la muerte se hubiera producido en aquella cueva hizo que le subieran las pulsaciones. Pero tenía que mantener la calma. Escuchó con atención los sonidos que se filtraban por la abertura, luego respiró hondo y se acercó a la pared de conchas. Las tocó, primero las grandes, e intentó empujarlas hacia dentro o girarlas. ¿Habría una palanca? ¿Una forma de abrir un compartimento secreto? ¿Un escondite que Mathilde hubiera encontrado allí?

Creso...

Se sentó sobre sus piernas y probó con conchas más bajas, en busca de un esquema o algo que justificara los patrones del mosaico, pero nada se movía bajo sus dedos exploradores. ¿Era una locura pensar que podría haber un escondite en la pared rocosa? ¿Estaría hueca?

Aun así, ¿por qué había marcado ese lugar Mathilde? ¿Qué había ido a hacer Marcel DuPont allí?

—¿Ha perdido un pendiente? —preguntó una voz irónica.

Atalanta se puso en pie de un salto y se raspó el hombro con la pared rocosa.

—¡Ay! —Levantó la mano para frotarse el hombro herido.

—La policía ha clausurado este lugar —dijo Raoul mientras la estudiaba con expresión cínica.

—Entonces, ¿qué hace aquí? —preguntó.

—La he seguido.

Parpadeó. Era lo último que se esperaba.

—¿Me ha seguido? ¿Por qué?

—¿Porque no tengo nada mejor que hacer? ¿Porque parece que se mete en líos todo el tiempo?

—¿En líos? —repitió ella con desdén—. Soy una mujer adulta, no una colegiala a la que tenga que rescatar.

Algo brilló en sus ojos.

—¿Le molesta? Me pregunto qué es lo que está haciendo aquí, en Bellevue, *mademoiselle* Frontenac. —La miró de arriba abajo—. Habrá engañado a otros con su historia de tocar el piano en el banquete, pero a mí no.

A Atalanta le martilleaba el corazón.

—Vaya a preguntarle a Eugénie. Ella me invitó a venir.

—Sí, la invitó a venir, eso está claro. Pero ¿con qué motivo oculto?

—No tengo ni idea de a qué se refiere.

—Entonces, ¿qué hace aquí?

—Me interesa la mitología.

—Ah, claro. Atalanta. —Pronunció el nombre despacio—. Sus padres, supongo, le inculcaron este interés por los mitos griegos al ponerle el nombre de una mujer de fábula.

—Así es. Mi madre me regaló un libro de mitología griega cuando era niña.

—Historias poco adecuadas para una niña.

—A mi madre le encantaban esas historias y me leía el libro. Omitía los pasajes demasiado inapropiados. —Atalanta sonrió. Sus mejores recuerdos eran aquellas tardes en las que su madre le leía.

—Atalanta. Capaz de seguir el ritmo de cualquier hombre. Y una cazadora. Me pregunto... —Se inclinó hacia ella—. ¿Qué está cazando aquí?

Su proximidad hizo que el corazón se le acelerara. Él era peligroso para su misión en varios sentidos. Le salió una risa nerviosa.

—Quería ver de cerca el patrón del mosaico para saber cómo lo habían hecho.

—¿Y ha ignorado por completo las órdenes de la policía o el hecho de que a Eugénie la atacaran aquí? Venga, tiene más sentido común que eso. Usted está buscando un patrón, es cierto, pero no uno hecho de conchas. Un patrón entre sucesos.

Se estaba acercando demasiado.

—Probablemente fue Yvette en una travesura infantil, no hay misterio alguno en eso. No es que sean muy amigas.

Atalanta respiró hondo. Le ardía el hombro, pero estaba decidida a no mostrárselo. Debía distraerlo de su interés por lo que hacía.

«De inmediato».

—Es mejor que le dedique su tiempo a Angélique Broneur. Parece ansiosa por retomar lo que hacían en Italia.

—¿Cómo lo sabe?

—Ella me lo dijo. —Era una verdad a medias, pero ella nunca admitiría haber sido testigo del beso que él había rechazado.

—Lo de Italia fue hace años. Yo era un hombre diferente entonces. Era una chica inocente, no una diva como es ahora. —Sonaba melancólico—. ¿Por qué le contaría a usted algo tan personal como eso?

—No lo sé. Parece abierta, exuberante. Una personalidad viva.

Esbozó una sonrisita indulgente que sugería que Angélique aún lo tenía un poco dominado.

—Desde luego. Es bueno que ella haya venido.

—Todo bien entonces.

Atalanta se volvió hacia el mosaico y lo recorrió con la mirada. Posó los ojos en un lugar donde parecía faltar una.

Se inclinó e introdujo el dedo meñique en la cavidad. ¿Era de ahí de donde Marcel DuPont había arrancado la concha? ¿Por qué?

Intentó clavar más el dedo, pero parecía chocar con una pared.

—No lo estropee —le advirtió Raoul—. Es viejo y Gilbert es terriblemente protector con sus posesiones.

Atalanta se preguntó si el conde habría escrito la nota que había atraído a Eugénie hasta la cueva con la intención de que pareciera que Victor la esperaría allí y le habría echado el barro por encima para castigarla. Si era tan posesivo, no le agradaría que el hombre rubio aún pareciera atraer la atención de Eugénie.

Pero el chófer había dicho que el conde había estado en el café toda la mañana reunido con alguien. No podía haber vuelto a la finca.

Un sonido resonó en la cueva, unos arañazos silenciosos, como si alguien se moviera por encima.

Atalanta levantó la cabeza y miró hacia la abertura.

¿Había una sombra allí?

Raoul también se había fijado.

—Alguien nos vigila —dijo él en voz baja.

Luego salió corriendo. Atalanta lo siguió hasta donde estaba, de pie, mirando la roca. Un mirlo se posó en la rama de un árbol cercano, llamando indignado.

Raoul negó con la cabeza.

—Nos estamos volviendo paranoicos. Solo era un pájaro que buscaba insectos entre el musgo que cubre la piedra. —Extendió la mano y cogió la de ella—. Basta ya de esconderse dentro, disfrutemos de este día soleado. —Le tiró del brazo y comenzaron a andar—. No le comentaré a Gilbert sobre su pequeña excursión.

—Dudo que le importe —dijo Atalanta con más convicción de la que sentía.

Raoul aminoró el paso e hizo un gesto con la mano libre.

—Mire las vistas. Los campos de lavanda, la tierra a lo lejos. Y escuche.

Atalanta aguzó el oído.

—No oigo nada. Solo el canto de los pájaros.

—Exacto. Es tranquilo, algo que esos amantes del campo encuentran tan encantador.

—¿Y usted no?

Raoul se rio.

—Soy una persona de ciudad. Estoy deseando irme de aquí y regresar a Roma.

—¿Para otra carrera? —A Atalanta se le encogió el corazón al pensar en él jugándose la vida. Pero él no se sentía así; era feliz. Le hacía sentirse vivo—. Si no le gusta la paz del campo, ¿por qué ha venido? Entiendo que es amigo del conde desde hace años, pero... habría sido fácil inventar una excusa para no venir. Ni siquiera *monsieur* Martin Frontenac, el padre de la novia, asistirá.

—Me preocupaba que se considerara exactamente eso, una excusa para no venir. ¿Y quién necesita una excusa? La gente que tiene algo que ocultar. —Raoul caminaba aún más despacio, con los ojos fijos en el paisaje—. No es ningún secreto que corren rumores de que estaba enamorado de Mathilde. La gente cree que me enamoro de todas las mujeres que conozco.

—¿Tal vez de cualquier otra mujer que conozca? —se burló Atalanta.

Raoul la miró a los ojos.

—¿Y en qué categoría se encuentra usted, *mademoiselle* Atalanta? ¿Entre esas mujeres de las que me enamoro o las que se libran de mi afecto?

Sonó casi como un insulto. Atalanta respondió:

—En realidad no tiene importancia, *monsieur*, ya que no deseo establecer ningún tipo de relación personal. Así que, si no le importo, mejor. Podemos ser solo amigos.

—¿Amigos? —repitió él—. Los amigos confían y se aprecian. Me temo que yo no le caigo bien y que mucho menos confía en mí. ¿O me equivoco?

«Pillada». Si ella decía que le gustaba, él sonreiría. Si decía que no le gustaba, sonaría remilgada, pero no estaría expresando sus verdaderos sentimientos. Por otro lado, también había mencionado la confianza y ella no confiaba en él en absoluto. Eso era lo peor de todo.

—¿Por fin la he dejado sin palabras? —preguntó con una sonrisa.

—No confío en la gente nada más conocerla. Eso lleva tiempo.

—Pero sabe, instintivamente, si son de fiar o no. ¿Qué pieza de mí? —Parecía decidido a insistir.

—Nunca sé si habla en serio o no. Eso lo hace todo más difícil.

Raoul echó la cabeza hacia atrás y se echó a reír.

—¿Hablo en serio? ¿Por qué las mujeres siempre quieren hacerlo todo tan en serio?

—Porque estamos en una posición vulnerable con respecto de los hombres. Pueden arruinar nuestra reputación en un momento. Si usted coquetea, se le considera encantador. Si yo coqueteo, me tachan de...

—¿Libertina? —Enarcó las cejas—. Me pregunto cómo sería, *mademoiselle* Atalanta. ¿Miraría intensamente a los ojos de un hombre? ¿Jugaría con su cigarrillo entre los dedos? Oh, perdóneme, usted probablemente no fume. Creo que consideraría un despilfarro gastar dinero en tabaco.

—Se está burlando de mí.

—Un poco. Es tan remilgada y correcta que no puedo resistirme. —Pensó un momento y dijo—: No, la palabra remilgada no es la más adecuada. No creo que sea del todo precisa, creo que se entretiene con fantasías de lo que podría ser su vida si tuviera dinero y oportunidades.

«Pillada de nuevo». Atalanta se ruborizó. Parecía saber cosas de ella que sin duda podía, y debía, ignorar.

¿Había estado en su habitación? ¿Había mirado en sus cajones, hojeado sus álbumes con sus planes de viaje?

«¿Y a través de mis notas del caso? Si las ha leído, ¿a qué conclusión ha llegado? ¿Puede leer el alfabeto cirílico?».

Quizá sus carreras lo hubieran llevado a Rusia.

—¿Por qué piensa eso? —preguntó ella con voz temblorosa.

Raoul ignoró la pregunta y continuó:

—Tal vez no sea usted correcta, pero sí es sensata. Sí, esa palabra la describe mucho mejor. No se deja llevar por sus fantasías, las mantiene a raya gracias a su sentido de la realidad. Recuerda quién es y para qué está aquí.

Atalanta intentó que no la traicionaran los nervios cuando vio que se acercaba tanto a la verdad. Aunque hubiera reconocido el alfabeto cirílico, la transposición cifrada aseguraba que no hubiera podido entender las notas. No podía referirse al caso. Pensó en su posición como una prima lejana, alguien que no pertenecía a su mundo, alguien que tenía que ser consciente de su posición y no... complacerse en la atención de aquel apuesto hombre.

De todas formas, no era un interés real por su parte. Era un juego.

¿Una guerra de voluntades quizá? Él la estaba poniendo a prueba para ver si le daba algo.

—¿La estoy insultando al decir que es sensata? —preguntó Raoul—. Conozco señoras que se opondrían con vehemencia a tal calificativo.

—No veo por qué. *Sensato* significa «tener sentido común». Espero tenerlo. Pero lleva razón, también tengo sueños. Me gustaría ver todas las grandes ciudades.

—¿Cree que su música puede llevarla a ellas? Primero un concierto en París, luego Niza, Mónaco. ¿Roma, quizá?

Atalanta quería preguntarle si iría a escucharla tocar si alguna vez llegaba a Roma, pero ella no era concertista de piano y nunca volverían a verse después de que el caso hubiera terminado.

Por desgracia.

—Si alguna vez nos visita, será un honor ser su guía. —Simuló una reverencia con la cabeza.

Atalanta resopló.

—Ahora es fácil decirlo, pero ¿y si tardara dos años en llegar a la Ciudad Eterna? ¿Se acordaría siquiera de mi nombre?

—No es un nombre que se olvide con facilidad. —La miró a los ojos.

Parecía que el mundo a su alrededor se desdibujaba un poco y no había nada más que la sinceridad en aquellas profundidades de color marrón dorado. Pero los sentidos de Atalanta estaban alerta, le susurraban que no se dejara atrapar en la atmósfera de confianza que él intentaba crear entre ellos.

—Tomaré nota entonces para ponerme en contacto con usted si alguna vez visito Roma —dijo con ligereza—. ¿Tiene residencia permanente allí?

—No, pero, si dirige su carta al hotel Benvenuto, ellos me la enviarán. No creo en atarme a los lugares.

—Pero uno debe tener un sitio al que llamar hogar —objetó Atalanta.

—¿Quién lo dice? —La estudió más de cerca—. ¿Y dónde está su casa, *mademoiselle*? ¿A qué dirección de París podría escribirle si quisiera?

Atalanta se apresuró a dar una respuesta. No podía dar su dirección real, desconocía dónde vivían sus supuestos padres. Qué mala suerte que él mostrara ese interés. Sin embargo, revoloteaba de felicidad por dentro.

Raoul dijo:

—Es usted una mujer misteriosa, *mademoiselle* Atalanta. Una mujer sensible y misteriosa. Una contradicción. Algo que me gustaría desentrañar.

—Siempre puede escribirme a la atención de los Frontenac. Estoy segura de que me harán llegar cualquier carta.

—¿Habiéndola abierto y leído primero? *Madame* Frontenac es insaciablemente curiosa. Preferiría no alimentar su interés en mis asuntos o en los suyos. Puede que no considere... apropiada nuestra amistad.

Atalanta volvió a sonrojarse cuando respondió de esa manera a su propia sugerencia de que solo eran amigos.

—Gilbert me contó que había hablado por teléfono con un amigo sobre un concierto que va a organizar. Podría escribirle a la sala de conciertos donde actúe. ¿Le envío flores? —La soltó, se acercó a un macizo de flores y cogió una dalia morada. Se la tendió con una sonrisa—. Es un anticipo para asegurarle que cumpliré mi promesa.

Atalanta aceptó la flor de su mano. El corazón le latía tan deprisa que apenas podía respirar.

Raoul le hizo una reverencia y se alejó rápidamente. Se cruzó con Françoise, que iba en su dirección. Miró con curiosidad a Atalanta y la flor que llevaba en la mano.

—Siento mucho haber interrumpido un momento... ¿personal?

Su sonrisa era obviamente fingida; sus ojos, abiertamente inquisitivos.

—No sabía que Raoul había cambiado sus atenciones tan rápidamente. La semana pasada, cuando estuvo en París con nosotros, solo tenía ojos para una princesa alemana que estaba de vacaciones allí. No podía dejar de mirar sus pendientes de diamantes. Tendrá que casarse bien si quiere mantener su extravagante estilo de vida... Dicen que gana dinero con las carreras y que tiene en el banco una caja fuerte llena de joyas de su difunta madre que puede empeñar, pero los bancos no tienen acceso a las cajas de depósito y los empleados no pueden ver el interior. Solo el propietario puede acceder a ellas, y Raoul puede ir a ese banco fingiendo que saca de allí todo lo que quiera, no es que nadie lo crea de verdad. —Se irguió—. No debo chismorrear tanto. *Maman* me abofetearía por ello. ¿Puedo invitarla a la casa a tomar el té? Hemos terminado de probar el vestido. Eugénie está muy nerviosa.

Atalanta sonrió ante la pobre actuación de la mujer, que, por supuesto, había compartido a propósito todo lo que quería que Atalanta supiera. Había transmitido claramente que Raoul no tenía dinero y que tendría que recurrir a una esposa rica para que lo mantuviera. Tales alianzas no eran extrañas y, si ambas partes estaban de acuerdo, podían ser bastante cómodas.

El instinto de Atalanta se negaba a aceptar que Raoul, que parecía totalmente independiente, fuera a comprometerse con una mujer solo por su fortuna, aunque tal vez lo hubiera interpretado mal. Había dicho que el matrimonio no significaba nada para él, pero podía considerarlo una forma respetable de acceder al dinero.

Siguió a Françoise, ensayando algunas preguntas para hacerle a la novia sobre su vestido y otros preparativos para el gran día siguiente. Parecía improbable que ocurriera algo que pudiera detener la boda ahora que Louise había admitido haber escrito la carta y la búsqueda de Atalanta en la gruta de las conchas no había dado los frutos que esperaba. Sabía que, de alguna manera, lo estaba enfocando mal.

Pero no tenía ni idea de cómo cambiar su perspectiva.

17

El día de la boda amaneció en Bellevue naranja y dorado. Atalanta se asomó a las puertas abiertas de su balcón y lo contempló con sentimientos encontrados. Con la llegada de *madame* Frontenac, que había tomado cartas en el asunto, la boda estaba bien atada, pero el asesinato del cazador furtivo la atormentaba. ¿Por qué, tras su liberación, había corrido a Bellevue, a la gruta de las conchas, entre todos los lugares a los que podía haber ido?

«Creso —susurró en su mente—. Creso es la clave».

Un golpe en la puerta anunció la llegada de la doncella con agua caliente para que se lavara. El cuarto de baño de su ala se lo habían asignado a los parientes cercanos de la novia, mientras que el cuarto de baño de la otra era de Eugénie, que podía utilizarlo a su antojo.

La doncella hizo una reverencia.

—Es un día tan hermoso, *mademoiselle*. Estoy deseando ver a la novia con su vestido. Su madre dice que es impresionante. ¿Ya lo ha visto? Seguro que sí. Y las flores… El amo envió al jardinero a por el ramo. Las otras flores ya están en la capilla, vi cómo las recogían. Todas rosas blancas. Él las ha estado cultivando desde la primavera. Debe de quererla mucho. ¿No es romántico?

—La chica se sonrojó—. Perdóneme, estoy hablando demasiado.

—No, agradezco mucho tener conversación. Todos los demás están ocupados. ¿Hace mucho que trabajas aquí?

—Desde el pasado diciembre, *mademoiselle*. La criada que servía a la primera esposa del señor se fue justo después de su accidente para volver con su familia y, después de un tiempo, se dieron cuenta de que se necesitaban más manos.

—¿Aunque el señor esté a menudo fuera? —preguntó Atalanta.

—Es una casa grande y no le gusta que el polvo se deposite en sus objetos de arte. Es muy exigente con ellos. Me da miedo acercarme a ellos. Las mejores obras las guarda en su estudio y las limpia él mismo; me alegro, me aterrorizaría que se me cayeran. Son tan preciosas que me pasaría la vida intentando pagárselas. —La chica pensó durante un momento cuánto tiempo sería eso y se estremeció—. No me quedaré aquí para siempre. Solo lo suficiente para ganar dinero para mi propio vestido de novia y para la casita que Giles quiere comprar para nosotros.

—¿Giles es tu prometido?

—Sí. Trabaja en los establos.

—¿Compraréis una casita aquí, en la finca?

—No, *mademoiselle*. En un pueblo cercano. Giles puede trabajar con el herrero allí. Necesitamos trabajar aquí unos meses más y luego nos iremos.

—Ya veo. Te deseo toda la felicidad.

—No tendré una gran boda como la de hoy, pero seguirá siendo muy especial.

—Seguro que sí.

Atalanta se despidió con la mano mientras la muchacha se retiraba hacia la puerta. Se lavó y vistió, se puso las joyas y comprobó su aspecto desde todos los ángulos antes de salir de la habitación.

En el piso inferior se celebró un desayuno nupcial con especialidades locales y champán, antes de bajar a la capilla para la ceremonia. Raoul brindó por ella con su copa en cuanto entró.

—¿Puedo decir que está deslumbrante? —Hizo un gesto a un lacayo, tomó una copa de la bandeja que llevaba y se la entregó—. Por un día memorable.

Acercó su copa a la de él.

—Salud.

—¿Tienes una para mí? —Angélique apareció junto a ellos vestida de un llamativo azul con motivos dorados de pavos reales en las mangas—. Tengo la garganta seca.

—No sé por qué. Creía que bebías cócteles nada más levantarte de la cama —dijo Raoul con ligereza, pero con un deje de desaprobación.

Angélique se echó a reír. Atalanta creyó oler algo de alcohol en su aliento.

—Volverá a hacer calor; hay que hidratarse bien —replicó.

—Entonces agua, no champán —dijo Raoul.

El ceño fruncido delataba su preocupación, como si temiera que fuera a beber demasiado y causara una escena.

Atalanta se apartó para saludar a la novia, a su madre, a sus hermanas y a los demás presentes. Hubo un murmullo de voces mientras todos compartían historias de otras bodas hasta que llegara el sacerdote.

En cuanto se dijo que estaba en la capilla, los invitados salieron de la sala para trasladarse allí.

Atalanta se dio cuenta de que no había visto la esbelta figura de *madame* Lanier por ninguna parte esa mañana. Se inclinó hacia Françoise, que caminaba cerca de ella, y le preguntó dónde estaba su exsuegra.

La mujer se encogió de hombros y entabló conversación con una matrona del lugar. Todos los invitados habían entrado en la capilla. Solo Atalanta se quedó esperando a que apareciera *madame* Lanier. Tal vez necesitara algo de apoyo en aquel día tan difícil para ella.

Un grito procedente del piso de arriba atrajo la atención de Atalanta hacia la escalera. Eugénie bajó corriendo, con expresión furiosa.

—¿Dónde está Yvette? Se ha llevado mi velo. ¡Quiero que me lo devuelva, ya estoy harta de sus artimañas! Si le ha pasado algo, si tiene la más mínima mancha, la estrangularé. Con mis propias manos.

—Cálmese —la silenció Atalanta—. ¿No está el velo en su habitación?

—No, si no, no estaría buscándolo, ¿no? —Eugénie la miró con disgusto—. La brujita debe de haberlo cogido mientras yo estaba en el baño. Sabía que volvería después del desayuno para ponerme el velo. Está enfadada porque convencí a Gilbert de que un perro no tiene por qué estar presente en una boda. Ha ordenado a los criados que se queden con él en las cocinas durante todo el día para que no pueda estropear nada.

«Oh, no». Pom-pom lo significaba todo para Yvette.

—Para vengarse de mí, se llevó mi velo. Quiero saber dónde está. ¡Ahora mismo!

Madame Frontenac apareció en dirección a las cocinas arrastrando a Yvette por el codo. La muchacha chilló, de dolor real o exagerado.

—No le haga daño —dijo Atalanta.

—Le haré mucho daño si no me devuelve el velo ahora mismo.

Eugénie miró a la joven.

—¿Dónde está?

Yvette suspiró y miró al techo. Eugénie estalló.

—Estropearme el velo no hará que Gilbert o yo dejemos que tu feo monstruo mordedor asista a la boda. Dime dónde está. Ahora mismo.

—Si de verdad quieres saberlo, se lo he puesto a otra novia.

—¿Otra novia? —tartamudeó Eugénie. Miró a su madre y a Atalanta sin comprender—. ¿Quién? ¿Dónde?

Yvette señaló la entrada de la capilla.

—El velo está ahí. En la cámara funeraria subterránea. Se lo he puesto a Mathilde.

—¿Mathilde? —Eugénie estaba pálida—. ¿Qué quieres decir?

—Tiene una tumba con su imagen esculpida en mármol como si estuviera tumbada durmiendo. Le he puesto el velo.

—¡Eres malvada! —Eugénie la abofeteó—. Te odio. Monstruo. Ve a buscarlo. Tráelo ahora mismo.

Yvette pareció sobresaltada por su furia y se soltó de *madame* Frontenac.

—No te lo voy a dar. ¿Por qué iba a hacerlo? No te quiero aquí. Lo estropeas todo.

Salió corriendo escaleras arriba. Eugénie se lamentó.

—No voy a meterme en una oscura cámara funeraria para recuperar mi velo.

Sus facciones se contorsionaron y Atalanta temió que un torrente de lágrimas le arruinara el maquillaje.

—Yo lo traeré —se apresuró a decir—. Espera un momento.

Entró corriendo en la capilla y recorrió el pasillo. Los invitados ocupaban sus sitios, riendo y hablando, sin prestarle atención.

En lo alto de los empinados escalones que conducían a la cámara funeraria, respiró hondo y comenzó a descender. Estaba muy oscuro. «Debería haber traído alguna luz».

La suela del zapato se le resbaló en algo. Aspiró aire y recobró el equilibrio. ¿Debería volver a por fuego o bastaría con que tanteara el terreno?

«Mejor me daré prisa». Eugénie se estaba desesperando y cualquier retraso la perturbaría más.

Decidida, Atalanta siguió adelante. Su pie chocó con algo sólido que le bloqueaba el camino. Se inclinó para sentir qué era. Un hombro. Cabello. No mármol frío, sino cabello humano suave y liso.

Atalanta chilló. Siempre había imaginado que si alguna vez hacía un descubrimiento espantoso se quedaría tranquila, pero su cerebro no tuvo tiempo de procesarlo. El grito surgió de su interior antes de que pudiera hacerlo. Se dio la vuelta y subió corriendo los escalones, donde ya había algunas caras curiosas preguntando qué le pasaba.

El cura estaba de pie junto a Raoul y Gilbert. Ella balbuceó:

—Hay un cadáver ahí.

Gilbert dijo:

—Varios, en realidad, todos antepasados. Llevan muertos bastante tiempo.

Nadie apreció su sentido del humor.

Raoul cogió a Atalanta del brazo.

—¿No ven que lo dice en serio? ¡Que alguien encienda una vela!

El sacerdote no dudó en coger las velas ya encendidas de su atril y Raoul bajó los escalones. Tras unos impresionantes instantes de silencio, llamó:

—Alguien se ha caído por la escalera y ha muerto. Es *madame* Lanier.

Atalanta se llevó una mano a la boca. ¿La madre afligida que había querido pasar más tiempo con su hija muerta antes de la boda? ¿Piernas inestables por el cansancio o la emoción? ¿Quizá cegada por las lágrimas? ¿Un desafortunado paso en falso, una caída, el duro impacto contra el implacable suelo de mármol? ¿Se había dado cuenta de lo que ocurría o había sido instantáneo?

—No puedo creerlo —murmuró Gilbert—. Otro accidente no. No el día de mi boda.

—No habrá boda hoy —dijo Raoul—. Necesitamos un médico aquí y también podríamos informar a *monsieur* Joubert para que establezca cómo murió. No querríamos que nadie hiciera especulaciones más adelante.

Gilbert balbuceó:

—¿Joubert? ¿Policía? ¿Por qué?

Raoul le tocó el brazo.

—Solo para salvaguardar tu reputación, *mon ami*. No temas. Todo se arreglará pronto. —Miró a Atalanta—. ¿Por qué bajó?

—Eugénie quería su velo —respondió automáticamente.

—¿Su velo? —Parecía confuso—. ¿Y está ahí? ¿En una cámara funeraria?

—Yvette lo puso ahí para vengarse de Eugénie por haber

convencido a Gilbert de que su perro no puede asistir a la boda.

Gilbert levantó una mano y se tapó los ojos.

—No puedo creer que sea tan poco sensata.

Los ojos de Raoul brillaron de ira.

—Debería dejar de hacer eso. —Se quedó callado, con la mandíbula tensa—. ¿Quizá *madame* Lanier la pilló mientras lo hacía? Tal vez...

Atalanta se hizo su composición: la mujer mayor y enfermiza la había llamado, Yvette se había sobresaltado y había subido corriendo los escalones, empujando a *madame* Lanier, que había caído y había muerto.

—Debemos protegerla —susurró Gilbert—. Tenemos que contar otra historia a la policía. Algo, lo que sea.

Tenía los ojos muy abiertos por el *shock*.

Raoul lo rodeó con el brazo.

—Será mejor que vayamos a la biblioteca. Necesitas un trago fuerte.

Le dijo a Atalanta:

—Vaya y dígale a la novia que no habrá boda. Hágalo con delicadeza.

Ella asintió automáticamente, pero en su interior todo eran gritos. Su mano había tocado un cadáver. ¿Y cómo podría decírselo a Eugénie de una manera suave? No había manera de suavizar el golpe, su boda se había echado a perder.

La novia seguía esperando en el pasillo con su madre y sus dos hermanas.

—¿Y bien? —preguntaron a la vez.

Madame Frontenac observó las manos vacías de Atalanta.

—¿No lo has encontrado?

—Apuesto a que Yvette lo ha roto o lo ha manchado —se lamentó Eugénie—. La mataré.

—Ha ocurrido algo. —Atalanta intentó parecer tranquila. Raoul dependía de ella para mantener el orden—. *Madame* Lanier fue a ver la tumba de Mathilde y se cayó por las escaleras de la cámara funeraria. Lamento tener que decirles que ha muerto.

Se hizo un silencio de estupefacción. Eugénie parpadeó como si no la siguiera y Louise se mordió el labio. ¿Para contener un grito de consternación? ¿O para ocultar una sonrisa?

Entonces, *madame* Frontenac dijo:

—¿Y? Ella no debería haber estado aquí, en primer lugar. Ya no tiene nada que ver con Bellevue ni con Gilbert. Él va a casarse con Eugénie...

—*Maman*, ¿cómo puedes decir eso? —interrumpió Françoise—. Esa pobre mujer ha fallecido. Es terrible. —Se cogió las manos apretándose los anillos.

—Pero ¿qué hay del velo? —preguntó *madame* Frontenac—. ¿Lo conseguiste?

«Quiere seguir con la boda como si no hubiera pasado nada».

—Todavía no lo he buscado, pero ahora mismo no nos hace falta. Va a venir el doctor. —Aún no quería mencionar a *monsieur* Joubert en su calidad de oficial de policía.

—¿Por qué, si está muerta? Podríamos dejarla allí. Después de todo, es una cámara funeraria. —*Madame* Frontenac hinchó el pecho—. Debería estar contenta de tener la oportunidad de que la entierren en una habitación tan bonita. Su hija tampoco se lo merecía. Mathilde no tenía ningún título; en realidad no era nadie.

—*Maman* —volvió a decir Françoise mirando con recelo a Atalanta—. No puedes decir esas cosas. Si ha habido una muerte, el médico debe venir y ocuparse de todo. La boda puede celebrarse en otro momento.

Era un buen consejo, pero la insistencia en sus ojos también sugería que estaba deseosa de que se produjera cualquier tipo de retraso. ¿No había dicho Louise el día anterior que la boda podía aplazarse una semana más? ¿Por qué ambas hermanas estaban tan interesadas en eso?

—No, debe celebrarse ahora. —*Madame* Frontenac parecía frenética—. He venido adrede, como todos los invitados.

No podemos dejar que la muerte de una mujer insignificante lo estropee todo.

—Van a llamar al médico —insistió Atalanta—. La boda no se celebrará hoy. Será mejor que vuelvan a sus habitaciones y descansen.

Eugénie no había dicho nada en todo ese tiempo. Parecía aturdida, anonadada por ese giro de los acontecimientos.

Françoise y Louise la abrazaron y se la llevaron.

Madame Frontenac parecía querer discutir de nuevo, pero al captar la mirada de Atalanta resopló y siguió a sus hijas escaleras arriba.

18

Atalanta se dirigió a la puerta de la biblioteca y llamó. Tardó un momento, pero la puerta se abrió ligeramente. Raoul se asomó con gesto adusto. Su expresión se relajó un poco cuando la reconoció.

—Ah, es usted. —La miró y dijo en voz baja—: ¿Cómo está? No debe de haber sido agradable tropezar con el cuerpo de *madame* Lanier.

—Estoy bien. Debemos mantener la situación bajo control. *Madame* Frontenac está muy enfadada porque la boda no puede celebrarse. ¿Y el conde realmente cree que Yvette está implicada en la muerte de *madame* Lanier?

Raoul le sostuvo la mirada.

—Siempre eficiente y llena de preguntas.

Las mejillas se le encendieron. Le había preguntado cómo se sentía y, en lugar de aprovechar la oportunidad para compartir algo personal, lo había estropeado poniéndose en plan profesional. Pero eso era todo. No quería ahondar en sus sentimientos o se echaría a llorar.

Apartó la mirada y le hizo un gesto para que se acercara.

—Entre.

Gilbert se sentó en una silla, con la cara entre las manos.

—Se acabó —murmuró—. Se acabó.

Raoul asintió en su dirección y luego sacudió la cabeza como diciendo que el conde no estaba en condiciones de mantener una conversación seria.

Atalanta dijo:

—Eugénie no se lo ha tomado tan mal. —Sonaba bastante

pobre, pero esperaba que él no perdiera la esperanza de casarse con ella.

Gilbert se revolvió y la miró con los ojos enrojecidos.

—¿Quién?

—Eugénie. No parecía entenderlo del todo y...

—Pero yo sí. —Gilbert sonaba desesperado—. Todo ha terminado. El médico, la policía. ¿Cómo pudiste mencionar a la policía? —Miró a Raoul.

Su amigo hizo un gesto de impotencia.

—No podemos ocultar esta muerte. Todos tus invitados estaban allí y fueron testigos del hallazgo del cadáver. Debemos actuar como si estuviéramos seguros de que no tendrá consecuencias graves.

—No tendrá consecuencias graves... —Gilbert se pasó las manos por el pelo—. Pero si es un desastre, hombre, ¿no lo ves?

Raoul exhaló.

—Por supuesto, una muerte en una boda es desafortunada y...

—¿Qué podemos decirle a Joubert? —Gilbert se echó hacia atrás y miró al techo—. ¿Podemos convencerlo de que alguien se coló en la capilla para robar la plata? ¿Que *madame* Lanier lo sorprendió y el ladrón la empujó por los escalones? Algo por el estilo. Cualquier cosa para evitar... —Se sentó de nuevo y miró a Atalanta—. ¿Ha sacado el velo de la cámara funeraria?

—Todavía no.

—Debe hacerlo. Joubert querrá saber cómo llegó allí. Yvette no puede verse implicada.

—Pero Yvette estaba allí y... —añadió Raoul lentamente— podría ser una testigo importante.

Gilbert negó con la cabeza.

—Debe mantenerse completamente al margen. Oh, ese velo. ¿Cómo podemos...?

Raoul se acercó a él.

—No vamos a mentir ni a tergiversar los hechos. Joubert sin duda concluirá que ella resbaló y cayó. Vi que había agua en los escalones.

—¿Agua en los escalones? —repitió Gilbert.

—Sí. Probablemente por los arreglos florales.

—Es verdad —dijo Atalanta—. Yo también resbalé con algo cuando bajaba. —De nuevo sintió que el corazón le daba un vuelco porque casi había perdido el equilibrio—. Aquellos escalones eran demasiado empinados para ser seguros.

—Se resbaló, se cayó y murió, pobre mujer. —Raoul sonaba compasivo, pero no demasiado emocionado. Parecía estar a cargo de toda la situación—. El médico determinará que sus heridas son propias de una caída. Eso será todo.

—Si no hubiera sido por el velo... Prueba que Yvette estaba allí y... Oh, *non, non*. —Gilbert volvió a esconder la cara entre las manos.

Raoul miró a Atalanta como pidiéndole ayuda. Ella preguntó en voz baja:

—¿Por qué es tan malo, conde? Raoul dijo que había agua en los escalones. El agua hace que el mármol resbale. Es perfectamente lógico...

—Oh, sí, por supuesto. Si no considera... —Se quedó callado.

Raoul intercambió otra mirada de preocupación con Atalanta.

—Si hay algo que quieras decirnos antes de que llegue Joubert, este es el momento adecuado —dijo él.

Gilbert levantó la vista. Tenía los ojos frenéticos, blancos, como los de un caballo asustado.

—¿Decírtelo?

—Sí, puede confiar en que lo ayudaremos. —Atalanta se puso de parte de Raoul—. No mentiremos, por supuesto, pero...

—Si no miente, no me sirve de nada. —Gilbert se apartó de ellos—. Dejadme.

Raoul dijo:

—Dinos qué te preocupa. Queremos ayudarte.

—No puedes ayudarme a menos que estés dispuesto a mentirle a Joubert.

—¿Sabe algo más sobre la muerte de *madame* Lanier? ¿Usted...?

—¿Yo? —Gilbert la miró fijamente, con la mandíbula desencajada. Luego cambió de expresión—. Sí, esa es la respuesta. Por supuesto. ¿Por qué no se me ha ocurrido a mí? Lo confesaré. Estaba harto de sus constantes lloriqueos sobre Mathilde y la empujé por las escaleras. Se cayó y murió. Fui yo. Yo lo hice. Eso es. Lo hice yo.

Atalanta lo miró con incredulidad. ¿Por qué deliraba de repente?

Se levantó de un salto y se paseó por la habitación.

—Debo pensarlo bien. Me creerán cuando diga que la empujé. Soy lo bastante fuerte para ello, seguro. Pero el velo. ¿Cómo puedo explicar lo del velo? Sí. Les diré que *madame* Lanier se llevó el velo. Lo cogió de la habitación de Eugénie y se lo puso a su hija muerta. Me volvió loco y la presioné. Puede funcionar, en realidad puede funcionar. —Dio una palmada como si estuviera exultante.

Raoul miró fijamente a su amigo.

—¿Estás pensando en confesar un asesinato?

A Atalanta se le revolvió el estómago.

—¿No lo dirá en serio?

—Sí. Yo maté a *madame* Lanier. También maté a Marcel DuPont. Yo lo hice. Pueden arrestarme ahora mismo. —El conde extendió ambos brazos como para ofrecer las muñecas para las esposas—. Fui yo.

La expresión de Raoul era un gran signo de interrogación.

—¿Qué tiene que ver Marcel DuPont? No lo entiendo. ¿Y usted? —Miró a Atalanta.

Asintió lentamente. La sangre le latía en los oídos. Las cosas encajaron en su sitio de un modo terrible, como cuando un jugador de ajedrez, convencido de su estrategia, ve de repente el final del juego del oponente. Ve adónde conducían todos esos movimientos anteriores que parecían aleatorios.

—Quiere confesar dos asesinatos para proteger a alguien que cree culpable: Yvette —añadió Atalanta en un ronco susurro.

—¿Culpable? —Raoul hizo eco—. ¿De empujar a *madame* Lanier por las escaleras y apuñalar a DuPont? Debes de estar loco. La tensión de casarte de nuevo te ha afectado y lo del cadáver te ha hecho enloquecer definitivamente. Sí, se te ha inflamado el cerebro. En cuanto llegue el médico, debe atenderte a ti primero. Ya no puede hacer nada por *madame* Lanier, pero puede recetarte un sedante.

—No necesito un sedante ni un médico. No se me ha inflamado el cerebro. Quiero confesar dos asesinatos a Joubert para que me arreste y me encierre. Deja de hablar de Yvette, ella nunca estuvo en la cámara funeraria, no puso el velo allí. Fue *madame* Lanier. Eugénie se equivocó cuando supuso que había sido Yvette.

Atalanta dijo:

—Pero cuando Eugénie acusó a Yvette de haber cogido el velo, ella lo admitió. Dijo que lo había hecho porque Eugénie no había permitido que Pom-pom estuviera presente en la boda. Tuvo que quedarse con los sirvientes todo el día.

—Cállese. —Gilbert miró a Atalanta—. Si le menciona algo de eso a Joubert, todo estará perdido.

Raoul cogió aire.

—¿No creerás en serio que ella es culpable? ¿No estarás sacrificándote de verdad por ella?

—Nunca debí callar. Lo empeoré todo. Muchísimo. —Gilbert se frotó la cara—. Yo tengo la culpa. Soy el adulto. Ella era solo una niña en ese momento. Aún lo es. Una niña vulnerable y nerviosa.

—¿Qué es lo que no deberías haber callado? —preguntó Raoul.

—Sabe algo sobre la muerte de Mathilde —dijo Atalanta. La sensación de frío en su interior se intensificó hasta casi hacerla temblar—. Siempre sospechó que había sido Yvette.

Gilbert negó con la cabeza, pero la verdad se reflejaba claramente en su rostro ceniciento.

Raoul gritó:

—¿Por qué no dijiste nada? No me imagino a Yvette haciéndole daño a Mathilde a propósito. Ella la quería. Debió de ser una broma que salió mal.

—Por supuesto que lo era. Pero Joubert nunca lo habría visto de esa manera. Se toma sus deberes muy en serio, por no hablar de que solo finge su respeto por la alta burguesía. Es un socialista de corazón. Si hubiera vivido durante la Revolución, habría sido el primero en meter esas cabezas aristocráticas bajo la guillotina. Joubert se la habría llevado y la habría encerrado. Mi pequeña. La quiero como a mi propia hija. Haría cualquier cosa para protegerla.

—¿Incluso enfrentarse a la horca? —preguntó Atalanta en voz baja—. Si confiesa dos asesinatos, esa es su perspectiva de futuro. Y también lo culparán de la muerte de Mathilde. Después de todo, ¿por qué iba a matar a DuPont si este no supiera algo?

—Nunca volví a pensar en ese desgraciado cazador furtivo —gimió el conde—. Dijo que quería verme, pero yo no sabía para qué. Sin embargo, cuando volvió... Debió de ver cómo Yvette ponía un obstáculo en el camino del bosque que iba a tomar Mathilde. Sabía que había sido ella quien había causado el accidente y quiso utilizarlo para que yo lo liberara. Nunca pensé...

—Murió apuñalado —dijo Raoul en voz baja—. Puedo ver a Yvette haciendo una travesura que sale horriblemente mal, pero no puedo verla apuñalando a un anciano a sangre fría. Debes pensar con lógica, *mon ami*. Olvida tus miedos por un momento y visualiza la escena. ¿Yvette y DuPont? Era un hombre mayor, sí, pero seguía siendo un hombre. Era mucho más fuerte que ella. Una niña de dieciséis años no podría haberlo apuñalado.

—Es posible si ella lo pilló desprevenido. Porque, como

usted, él la creía incapaz. Pero su hermano... ¿Quizá es cosa de familia?

Atalanta tragó saliva. Renard le había hablado de la pistola con la que el hermano había apuntado a un compañero y de la flecha disparada a su profesor de violín. ¿No era lógico suponer que Yvette tenía impulsos similares a los de su hermano y había cogido un cuchillo al sentirse amenazada?

—Le pidió dinero para mantener la boca cerrada sobre su secreto culpable. Ella sabía que el chantaje nunca termina y... —Gilbert cogió aire—. Cuando conoció a *madame* Lanier, que no paraba de hablar de Mathilde, no pudo soportarlo más y tuvo que matarla también.

El cerebro de Atalanta se revolvió para encontrar una defensa, pero lo que estaba oyendo le parecía inquietante y escalofriantemente plausible.

Raoul frunció los labios.

—No creo que Yvette hiciera nada de eso. ¿Estás seguro de que le gastó una broma a Mathilde que provocó su caída del caballo?

—Por supuesto que no lo sé con certeza, pero he tenido mis sospechas. Yvette estaba tan callada aquel día... No era propio de ella. Parecía asustada. Solo después de que se dictaminara que había sido un accidente volvió a ser ella misma. Pero tenía cambios de humor, momentos en los que... no le importaba si lastimaba a otros o a sí misma. Lo atribuí a...

—Un sentimiento de culpa —añadió Atalanta.

—Sí. Me desprecié a mí mismo por pensar eso de mi propia sobrina, una niña a la que cuido y quiero, pero... no podía descartar la sensación de que había algo turbio en la muerte de Mathilde. Tal vez solo porque no podía aceptar que se hubiera ido de verdad, que nunca volvería a mí. —Respiró agitado—. ¿Por qué DuPont tuvo que venir corriendo desde la cárcel? ¿Por qué no pudo haber ido a otro lugar a empezar una nueva vida?

Raoul se acercó y se inclinó hacia él.

—No puedes creer sinceramente que Yvette sea culpable de asesinato. Entra en razón, hombre. Es una desgracia que esto haya ocurrido el día de tu boda, pero no hace falta que te pongas dramático y te entregues a la policía. —Volvió a mirar a Atalanta—. Estoy seguro de que *mademoiselle* Atalanta y yo podremos desentrañar lo que pasó. Demostraremos que Yvette no tuvo nada que ver; así podrá estar tranquila.

Gilbert se quedó mirando a la nada.

—No ha sido fácil desde la muerte de Mathilde, y empecé a creer que Yvette era la responsable. Siempre sospeché de ella. Cada vez que hacía algo raro, parecía una prueba más de su inestabilidad. De su culpabilidad. —Se le quebró la voz—. No puedo soportar perderla a ella también. —Se llevó las manos a la cara.

Atalanta entrecerró los ojos. Aquel hombre solo intentaba aferrarse a la última familia que le quedaba. Aunque veía de lo que era capaz en los peores momentos, la quería por lo que era en los mejores. Era una reacción muy familiar.

—Averiguaremos qué pasó. A Mathilde, a Marcel DuPont y a *madame* Lanier. Quédate aquí y cálmate. —Raoul le hizo un gesto a Atalanta para que saliera al pasillo con él—. Pobre hombre —dijo—. Está completamente fuera de sí.

—¿Se da cuenta de que le ha prometido que va a resolver tres asesinatos? —le preguntó Atalanta.

Su respiración era entrecortada. Comprendía la necesidad que sentía de ayudar a su amigo, pero en realidad no tenía ni idea de la magnitud de la tarea que había asumido. Faltaba poco para que llegara Joubert.

—¿Qué dice? —Raoul presionó—. ¿Me ayudará?

—¿Por qué me pide que lo ayude?

Esperaba que le dijera que creía que era una persona sensata y que alguien sensato era justo lo que necesitaba para esa tarea. Pero estaba enajenada. Su cerebro estaba hecho un lío y sus piernas parecían de gelatina. La vida de una joven podía depender de ellos.

Pero su respuesta fue completamente distinta y la sorprendió cuando le dijo:

—Porque de toda la gente que hay aquí usted es la única que ha intentado gustarle a Yvette de forma sincera y hacerse su amiga.

Se mordió el labio. No podía decirle que se había reconocido en la niña huérfana; se suponía que sus padres estaban vivos, en Suiza. «No olvides tu papel».

—Intentar hacerme su amiga no funcionó. —Atalanta suspiró. Yvette no había confiado en ella y no podía darle a Raoul nada de lo que necesitaba para demostrar su inocencia—. Además, ¿cómo puedo investigar sinceramente si es culpable de algo si me importa tanto?

Raoul le sostuvo la mirada.

—Si le importa, debe ayudarme a encontrar la verdad. Limpiaremos su nombre y la liberaremos. O, si no, encontraremos ayuda para ella. Pero no la abandonaremos. De ninguna manera.

La pasión de su voz conmovió a Atalanta en lo más profundo de su ser. Había ido hasta allí para ayudar a Eugénie, creía ella, pero el caso la había llevado en otra dirección. Pero ¿no se lo había dicho su abuelo? La necesidad de seguir a donde la llevara.

¿Era eso?

¿Ayudando a Yvette a costa de cualquier cosa?

—No la abandonaremos —repitió y se enderezó—. ¿Dónde está Yvette? Debemos encontrarla y hacer que hable con nosotros antes de que llegue Joubert. No puedo juzgar si le gusta la alta burguesía o no, pero podría no ser muy amable con una joven de la que empieza a sospechar.

—Bien pensado. Vamos.

Raoul se dirigió a la habitación de Yvette. La chica no estaba allí.

—Habría sido demasiado fácil —murmuró—. ¿Adónde puede haber huido?

—¿Los establos? Le encantan los caballos.

Fueron a los establos y encontraron a Yvette acariciando a un caballo marrón con una mancha blanca entre los ollares. Le susurraba palabras dulces con una expresión inexpresiva en el rostro, como si sus pensamientos la mantuvieran muy lejos.

Atalanta dijo:

—¿*Madame* Frontenac te ha hecho daño en el brazo? —Con calma; no serviría de nada lanzarse enseguida con preguntas sobre *madame* Lanier.

—No le importa a nadie. —Yvette giró hacia ella—. ¿Encontraste el velo para la reina de Bellevue? Actúa como si estuviera por encima de todos nosotros. Todos se someten a su voluntad sonriendo como idiotas. Especialmente tú, como si fueras su perrito faldero o algo así.

Atalanta no pestañeó.

—Yvette, hay algo que necesitamos saber. Es muy importante. Cuando llevaste el velo a la cámara funeraria, ¿qué encontraste allí?

—¿Qué encontré? Nada. Era de noche. Estaba oscuro y me di prisa. —Yvette tembló un momento.

Atalanta preguntó:

—¿No lo hiciste mientras Eugénie desayunaba?

—No. Cogí el velo anoche, antes de que se fuera a su habitación. Lo guardé conmigo y luego, cuando todos estaban profundamente dormidos, fui a la cámara funeraria.

—¿Estaban resbaladizos los escalones? —preguntó Raoul.

—¿Los escalones? —Yvette arrugó la frente—. No, no estaban resbaladizos. ¿Por qué habrían de estarlo?

—¿Pusiste el velo en la cabeza esculpida de la tumba y luego volviste? ¿No viste ni oíste a nadie cerca? ¿Te escondiste en la capilla?

—No. No creo que hubiera nadie. Tampoco me entretuve a mirar.

—¿Estaba *madame* Lanier allí rezando por su hija?

—No. No la vi. Creo que estaba en la cama. ¿Qué podría haber estado haciendo en una capilla fría a esas horas?

—¿Así que colocaste el velo allí por la noche —Atalanta quería estar completamente segura, ya que el tiempo era crucial en aquel caso— y no mientras los invitados desayunaban? Eugénie dijo...

—El velo estaba en una caja en su habitación. Lo cogí cuando ella estaba abajo contigo, sobre las diez de la noche. Gilbert acababa de decirme que Pom-pom tenía que quedarse con los criados todo el día durante la boda, que tenía que llevarlo allí en cuanto me levantara de la cama a la mañana siguiente. Estaba tan enfadada que quería vengarme de ella. Pensé que miraría en la caja antes de acostarse y armaría un escándalo. Solo iba a devolverle el velo si permitía que Pom-pom asistiera a la boda. Pero no pasó nada. No se dio cuenta. —Yvette agachó la cabeza como si recordara su abatimiento por el fracaso de su plan—. Entonces tenía el velo y no sabía muy bien qué hacer con él. ¿Prenderle fuego? ¿Cubrirlo de caca de caballo? No me parecía muy imaginativo. Pensé en envolver con él la estatua de Minerva del jardín después de haber usado pintura roja de esa fea habitación roja suya para dibujarle lágrimas de sangre en la cara. Habría sido divertido que Eugénie lo hubiera visto colgado desde su ventana, habría salido corriendo a recogerlo y luego se habría llevado un buen susto con las lágrimas ensangrentadas y todo.

—Eso es imaginativo —dijo secamente Raoul.

Ignorando su comentario, Yvette continuó:

—No creí que pudiera salir por la noche con la puerta principal cerrada, así que pensé en la capilla y la tumba, y en ponérselo a Mathilde. Sería aún más impactante, como si ella hubiera reclamado el velo para sí misma mostrando que no quería que Eugénie ocupara su lugar. Así que bajé y lo puse allí.

—¿Qué hora era?

—¿Alrededor de las tres? No lo sé con certeza.

—¿*Madame* Lanier no estaba allí?

—¿Por qué sigues hablando de *madame* Lanier?

—Porque la hemos encontrado muerta en la cámara funeraria.

Yvette giró la cabeza para mirar a Raoul.

—Te lo estás inventando —dijo con voz ronca.

—No. Está muerta y tú has puesto el velo en la tumba...

—Creen que la he matado. —Yvette no parecía aturdida ni horrorizada, solo incrédula—. Menuda broma. ¿Por qué iba a matar a una mujer que nunca me hizo daño? Incluso le caía bien.

Raoul lanzó una mirada a Atalanta.

—*Monsieur* Joubert querrá interrogarte. Dile lo que nos has dicho y todo saldrá bien.

—Joubert es un estúpido, cree que su uniforme lo hace especial. Pero no voy a responder preguntas como si fuera sospechosa. Esta es mi casa. Es un intruso. —Yvette volvió a acariciar al caballo.

—No es momento de rabietas —le advirtió Raoul—. Esto es muy serio. Si te acusan, *monsieur* Joubert podría llevarte a la cárcel. ¿Sabes dónde encierran a los sospechosos en el pueblo?

Yvette lo miró, todavía incrédula, pero poco a poco su expresión cambió. Corrió hacia él y se le abrazó al cuello.

—No dejarías que me pasara eso. Me protegerías.

Por encima de su cabeza, Raoul miró a Atalanta. Nunca lo había visto tan serio. Casi triste también. ¿Se había dado cuenta de que tal vez no podrían salvarla?

Atalanta parpadeó para calmar el ardor que sentía detrás de los ojos.

Raoul puso la mano en el hombro de Yvette y le dijo:

—No puedo protegerte si no me ayudas. Dile a Joubert lo que nos has dicho a nosotros y todo irá bien. No añadas detalles extravagantes ni te inventes historias. Y será mejor que no le cuentes nada de Minerva con las lágrimas ensangrentadas, solo que querías gastarle una broma con el velo. Una broma de colegiala, ese tipo de cosas.

Yvette retrocedió con las mejillas enrojecidas.

—No soy una colegiala. —Parecía muy decepcionada por que Raoul hubiera utilizado esa palabra para referirse a ella.

¿Estaba un poco enamorada del apuesto piloto de carreras, como había sugerido Eugénie?

«Si es así, no puedo culparla».

Yvette quiso salir corriendo, pero Raoul la agarró del brazo.

—Te quedas en casa. No dejaré que te crees más problemas escapándote. Tu tío está muy preocupado por ti, tienes que madurar y pensar en los demás de vez en cuando.

Yvette abrió la boca para replicar, luego bajó la mirada, asintió y se dejó conducir de vuelta a la casa. Después de haberla llevado a su habitación, instándola a que se quedara allí hasta que la llamaran, Raoul le dijo a Atalanta:

—¿Qué hacemos ahora?

Atalanta respiró hondo.

—Si Yvette nos ha dicho la verdad, sabemos que *madame* Lanier fue a la cámara funeraria después de las tres y encontró allí la muerte. Pudo resbalar y caer. También podrían haberla empujado.

—Yvette dijo que los escalones no estaban resbaladizos.

—Pero había algo en los escalones cuando bajé. Yvette podría no haber visto el charco de agua que pisó *madame* Lanier. Es una niña, ágil y rápida; caminaría diferente a una mujer de la edad de *madame* Lanier.

—Sí, claro. —Raoul se frotó la frente.

Fuera se oían cascos. Era el médico local, que llevaba su gran bolsa de cuero. Desapareció en la capilla. Poco después llegó un coche y se apearon dos hombres: Joubert y otro policía uniformado.

Raoul y Atalanta también los vieron entrar en la capilla. El corazón les martilleaba. ¿Qué pensarían?

Carraspeando, Atalanta preguntó:

—¿Cree que Joubert ha traído a alguien de mayor rango?

Raoul se encogió de hombros.

—Es posible. Un pueblo pequeño no suele tener más que un oficial de la ley, pero este podría ser un jefe de policía local. En contra de lo que sugirió Gilbert, no sienten aversión por la alta burguesía, sino que están deseosos de complacerla, siempre y cuando el médico establezca que las lesiones son compatibles con una caída.

—¿Después del accidente de Mathilde hace un año? —Atalanta negó con la cabeza—. El médico lo mirará todo con lupa, más que entonces. E incluso en aquel momento dijo que se había roto el cráneo y no el cuello. Podría haberse golpeado con algo.

—¿Cree que la mataron deliberadamente? —La miró fijamente—. ¿Cómo sabe lo que dijo el médico en ese momento?

Atalanta pensó que, si hacía algún tipo de confesión, él cooperaría con más facilidad, y dijo:

—Eugénie recibió una carta que afirmaba que Mathilde no había fallecido en un accidente. Esa acusación ensombrecía sus felices preparativos de boda, así que me pidió que viniera con ella y le dijera qué me parecía.

Raoul se dio una palmada en la palma de la otra mano.

—Sabía que usted no era lo que decía.

Atalanta se sonrojó.

—Solo mentí para ayudar a Eugénie, para averiguar si alguien había escrito la nota para estropearle el gran día, en lugar de querer advertirla de verdad. Me las arreglé para descubrir que había sido Louise. Todo parecía resuelto.

—¿Louise escribió una carta así? —Raoul silbó—. Nunca lo habría imaginado. Sí, odia a Eugénie por casarse antes que ella, pero ¿por qué incriminaría al hombre al que quiere?

—¿Cree que se preocupa por el conde?

—Eso pensaba yo desde hace tiempo. Pero podría haberlo pescado para ella, supongo, en lugar de presentárselo a su hermana. No entiendo a las mujeres.

—Louise escribió la carta. Ella me contó el contenido exacto y Eugénie nunca lo compartió con nadie más que conmigo.

Eso cuadra. Pero Marcel DuPont sabía algo, de lo contrario no lo habrían asesinado.

—Joubert supone que Sargant lo mató por una vieja disputa. Sí, pero ¿qué hacía la concha de la gruta en su bolsillo?

Raoul la apuntó con un dedo.

—¿Estaba en la gruta investigando las circunstancias de la muerte de Marcel DuPont?

—Sentí que se lo debía a Eugénie. Ella confió en mí y me pidió que la ayudara.

—Hmm. ¿Ha descubierto algo?

—Nada. —Atalanta se sintió mal al admitirlo, pero Raoul pareció animarse.

—Ya está. Nada que encontrar. No hay pistas para la policía. No pueden relacionarlo con la gruta, tampoco con Yvette, ni con nadie de aquí. No debemos preocuparnos. —Mientras se paseaba, repitió—: No debemos preocuparnos. No debemos dejarnos arrastrar por las emociones, eso lleva a tomar malas decisiones. Las carreras son así. La vida es así.

—Estoy de acuerdo en que primero debemos saber lo que dice el médico. —Atalanta hizo un gesto de invitación—. ¿Vamos a ver si nos enteramos de algo?

En la capilla, el médico había desaparecido en la cámara funeraria. Uno de los policías iluminaba la escena mientras Joubert se quedaba mirando los escalones.

Atalanta y Raoul podían acercarse sin que los percibieran. La voz del médico sonaba con eco por la profundidad.

—Tiene una herida importante en la cabeza. Debió de golpearse contra el suelo al caer. Tal vez el *shock* de la caída, el miedo, también causara un ataque al corazón, eso no puedo establecerlo. Lleva muerta unas... siete horas.

Raoul consultó su reloj y le susurró a Atalanta:

—Significa que murió sobre las cuatro de la madrugada. Eso coincidiría con lo que dijo Yvette.

—¿Alguna señal de que haya sido intencionado? —preguntó Joubert—. ¿La empujaron?

—Es difícil decirlo. Una caída causa moratones y... ¡Oye! Eso es importante. No se ven hematomas, qué raro. —El médico canturreó para sí—. Lo normal sería que tuviera. Sin embargo, solo se ve la herida de la cabeza.

Raoul sujetó el brazo de Atalanta y ejerció presión.

—Esto no es bueno —susurró.

—¿Significa eso que alguien la golpeó —preguntó Joubert— y luego la puso al pie de la escalera para que pareciera una caída?

—Posiblemente. —El médico pareció incorporarse a medida que su voz se hacía más fuerte—. Es extraño cuando menos. Mathilde, la difunta condesa de Surmonne, murió de una caída en la que se hirió en la cabeza. Siempre pensé que había sido consecuencia de la caída del caballo, pero, ahora que lo pienso..., puede que la golpearan en la cabeza y luego hicieran que pareciera una caída del caballo.

Joubert maldijo.

—¿Ahora nos dice que la muerte accidental de la condesa el año pasado fue un asesinato?

—No he dicho eso. Solo observo una posibilidad. Usted tiene que hacer la investigación, no yo.

—Pero debe proporcionarnos la información que necesitamos. Si nos hubiera dicho el año pasado que alguien le había golpeado la cabeza...

Atalanta contuvo la respiración. Raoul seguía agarrado a su brazo mientras escuchaban esas revelaciones, que hacían que un desenlace fácil estuviera cada vez más lejos.

—A menudo es difícil saber cómo se produjo un trauma así. —Las palabras del médico sonaron a excusa—. No tenía motivos para dudar de que se hubiera caído del caballo. Era un caballo salvaje y lo habían capturado mientras huía. Las circunstancias hacían pensar que...

—Las circunstancias no son hechos. —Joubert volvió a maldecir, pero su colega dijo:

—No podemos asegurar lo que pasó hace un año. No vamos a volver a investigarlo. Con este asesinato es suficiente. ¿Cree que la mujer murió aquí o que la trasladaron?

—No puedo asegurarlo —dijo el médico—. No sangró mucho.

Su voz se hizo más fuerte y su cabeza apareció fuera de la bóveda. Vio a Atalanta y a Raoul.

—Me atrevo a decir que tenemos compañía.

Los policías parecían enfadados.

—Aún no estamos preparados para interrogar a los testigos. Deben quedarse en la casa. Nadie puede salir.

—Nos aseguraremos de que todo el mundo lo entienda —los tranquilizó Raoul, y se llevó a Atalanta. En cuanto estuvieron fuera del alcance de sus oídos, dijo—: Así que fue un asesinato. No una caída por las escaleras, sino un asesinato. No creo que Yvette lo hiciera. ¿Por qué? ¿Porque no le gustaba *madame* Lanier? Si matara a todos los que no le gustan, Eugénie estaría bien muerta.

Atalanta negó con la cabeza.

—No es un tema para bromas.

—Pero el motivo es lo más importante en un caso de asesinato. La gente debe tener un motivo para actuar, no le golpea a otro en la cabeza por diversión.

Su abuelo le había aconsejado que volviera al principio, al motivo que lo pone todo en funcionamiento. La primera muerte: la de Mathilde. ¿Por qué murió?

Raoul frunció el ceño.

—Debemos decirle a Gilbert que parece un asesinato. No debe cogerlo desprevenido.

Atalanta odiaba tener que darle al conde aquellas malas noticias, pero asintió con la cabeza. Con pasos pesados siguió a Raoul escaleras arriba. Su primer caso estaba tomando un cariz terrible; un detective más experimentado habría sabido qué hacer.

«Pero no tengo ni idea».

Fueron a la biblioteca y la encontraron vacía.

—Le dije que se quedara aquí —dijo Raoul con expresión sombría—. ¿Dónde se habrá metido?

Oyeron voces y se dirigieron a la puerta del estudio, que permanecía abierta. Gilbert estaba sentado detrás de su escritorio, fumando, y Victor se encontraba de pie frente a él.

—Te digo que fue ese tal DuPont. —Se volvió al oír sus pasos.

Gilbert dijo:

—Victor me está hablando del día en que Louise y él llegaron aquí. DuPont se dirigió a ella en la posada donde tomaron café.

—Lo vi claramente hablando con ella. Creo que ella también le dio algo. ¿Dinero quizá? —Victor se encogió de hombros—. No había pensado en ello hasta ahora. Oí a la policía cuando entraban en la casa, uno de ellos le dijo al otro que era sorprendente que hubiera habido otra muerte en Bellevue. Que aún no habían aclarado lo de DuPont, ya que lo del dinero era extraño. Parece que tenía trozos de un billete en la mano. Alguien le pagó antes de morir.

—Y ahora Victor cree que fue Louise —dijo Gilbert frotándose la frente con gesto cansado—. Pero yo no lo creo. ¿Por qué iba ella a pagar a un cazador furtivo? ¿Y por qué iba a apuñalarlo después? No tiene ningún sentido.

Victor quiso protestar, pero Gilbert le hizo un gesto con el cigarrillo en la mano. El humo llegó hasta el techo.

—Por favor, vete. Ya es bastante difícil.

Victor dijo:

—Quieres salvar a Yvette, y puedes, pero solo si centras las sospechas sobre otro.

Gilbert miró fijamente su espalda en retirada.

Raoul preguntó:

—¿Por qué iba Victor a señalar a Louise? Creía que estaba enamorado de ella.

Gilbert se rio.

—Victor quería a Eugénie y, después de que ella aceptara mi propuesta, recurrió a Louise como segunda opción. Creo que ella lo sabe, pero se lo consiente para hacer sentir mal a

Eugénie. —Después de un momento, añadió—: Al fin y al cabo, Eugénie aún lo ama.

«Así que el conde lo sabe».

—¿Por qué piensas eso? —quiso saber Raoul. Se quedó con los brazos cruzados, mirando fijamente al conde—. Se va a casar contigo.

—No después de todo esto. —Gilbert apagó el cigarrillo—. No habrá boda. Ni luna de miel, ni felicidad. Todo se ha ido al garete por un poco de agua en los escalones.

—Me temo que es más complicado que eso. —Raoul explicó lo que el médico había encontrado—. Creen que *madame* Lanier recibió un golpe en la cabeza.

—Así que Yvette será sospechosa de todos modos. —Gilbert palideció de nuevo—. Ella golpeó a Eugénie con el cepillo de baño, ese hematoma todavía es visible. Prueba que es violenta. Golpea a la gente sin pensar. —Hizo un gesto brusco—. Debe huir. Escapar del arresto.

Atalanta se estremeció ante tal sugerencia.

—No, eso solo confirmaría su culpabilidad. La perseguirían. Podría... —Guardó silencio antes de expresar con palabras la peor de las hipótesis.

Raoul dijo rápidamente:

—Atalanta tiene razón. No debemos perder la cabeza y...

—Amigo, participas en carreras de coches y a eso le llamas deporte. No tienes miedo. Pero yo sí. Prefiero morir a que le pase algo. —Gilbert cerró los ojos. Parecía avejentado y cansado.

—Prometimos que lo ayudaríamos —dijo Atalanta— y lo haremos. A usted y a Yvette. —Miró a Raoul. Vio que los ojos de él reflejaban desesperación, pero tenía que haber algo que pudieran hacer.

19

Cuando a Atalanta le llegó el turno de ser interrogada por la policía, estaba más tranquila de lo que había previsto. Se había prometido a sí misma que no mentiría, pero que tampoco ofrecería información que no le pidieran. «Decir lo menos posible».

Joubert presentó a su compañero, que tenía algo de porte real, como el jefe de la policía local, *monsieur* Chauvac.

—¿Es usted prima de la familia Frontenac? —preguntó Chauvac. Pronunció el distinguido nombre sin el asombro habitual.

Tal vez él mismo procedía de una familia adinerada y miraba con desprecio a quienes habían adquirido sus riquezas recientemente, no por herencia de tierras y objetos de valor, sino por suerte en los negocios.

—Sí, acompañé a Eugénie porque quería que tocara el piano en su boda. Soy profesora de música.

—Ya veo. ¿Y ha estado aquí con ella desde su llegada? ¿Conoció a *madame* Lanier, la difunta?

—Sí.

—¿También fue usted quien encontró el cuerpo?

—Tropecé con ella cuando quise coger algo de la cámara funeraria.

—¿Qué había ido a buscar?

—El velo de la novia.

—¿Y por qué estaba el velo nupcial en la cámara funeraria?

Atalanta tuvo la tentación de inventar una vieja tradición, pero dijo en tono neutro:

—*Mademoiselle* Yvette, sobrina del conde, lo había colocado allí. Era una broma de colegiala. Una broma porque no le gusta Eugénie, mientras que sí le gustaba Matilde, la primera esposa del conde.

—Le pido hechos, *mademoiselle*, no su opinión.

—Sé a ciencia cierta que no le gusta Eugénie, ella misma lo dijo, en presencia de otros. Varias veces. —Atalanta pensó que no estaría de más recalcarlo, ya que Eugénie seguía viva y coleando—. Yvette también colocó una escoba mojada en la cama de un invitado en una ocasión anterior. Ella es así.

—Fue a buscar el velo ¿y luego?

Atalanta describió el suceso lo mejor que pudo.

—Cuando oí que era *madame* Lanier, pensé que se había resbalado y caído por los escalones, porque yo había estado antes en la cámara funeraria y...

Chauvac la detuvo con un gesto de la mano.

—No me interesa lo que piense.

—Pero sí importa que ella hubiera estado allí antes visitando la cámara funeraria.

—Yo determinaré lo que importa. —El jefe de policía se alisó el bigote negro perfectamente recortado—. Cuando se descubrió el cuerpo, ¿dónde estaba la chica, Yvette?

—Fuera de la capilla. Las Frontenac estaban enfadadas con ella porque había puesto el velo en la cámara.

—Y cuando se enteró de la muerte, ¿qué hizo?

—Salió corriendo, pero siempre sale corriendo cuando está enfadada o nerviosa, así que no significa...

—Yo diré qué importa y qué no. ¿Fue a ver dónde estaba?

—Sí.

—¿Y dónde estaba?

—En los establos.

—Preparando un caballo para huir.

Joubert miró emocionado a su jefe. Chauvac hizo como si no lo hubiera oído y le preguntó a Atalanta:

—¿Qué dijo *mademoiselle* Yvette cuando la encontró?

—Le pedí que regresara a la casa, y lo hizo. Solo estaba acariciando al caballo, no ensillándolo. —Atalanta lanzó a Joubert una mirada abrasadora. No parecía impresionado.

Chauvac se aclaró la garganta como para llamar su atención y continuó preguntando:

—Mientras ha estado aquí, en la finca, ¿ha habido otros incidentes con *mademoiselle* Yvette? ¿Ha mostrado tendencias violentas?

Atalanta dudó.

—Es una chica joven. Según mi experiencia...

—No le pregunto por su experiencia ni por otras chicas, pregunto por esta chica, *mademoiselle* Yvette, la sobrina del conde. ¿Mostró tendencias violentas?

—En realidad no puedo responder a esa pregunta.

—Se niega a responder a la pregunta —dijo el jefe de policía al otro hombre—. Todos intentan proteger a la joven.

—No soy psiquiatra —protestó Atalanta—. No puedo juzgar si...

—Solo pregunto por lo que vio y oyó. Otros han dado su testimonio sin vacilar.

«Apuesto a que Eugénie sí». Pero aquella incongruencia la sorprendió.

—Si otros han dado testimonio libremente del comportamiento de Yvette, ¿por qué dice que todos tratamos de proteger a la chica?

¿Eugénie se había callado? No, se negaba a creerlo.

El jefe de policía hizo un gesto con la mano.

—Yo hago las preguntas, usted las responde. ¿Ha golpeado la chica a alguien en su presencia?

—Sí.

«Lo siento mucho, Yvette, pero juré que no mentiría».

—¿Se ha comportado la chica de forma inexplicable en su presencia, intentando hacerse daño?

Atalanta respiró hondo. De nuevo sintió la tentación de mentir, o al menos de eludir una respuesta sincera.

—¿Se refiere al incidente en el lago, durante el pícnic? Solo intentaba llamar la atención.

—No le pido que evalúe lo que pasó o que especule sobre sus emociones. Le pregunto si intentó hacerse daño. Si era rebelde e impredecible.

—Sí.

—Gracias. ¿Ve? No ha sido tan difícil.

La ira burbujeó en su interior, pero consiguió tragársela.

El jefe de policía estudió sus notas.

—¿Llegó aquí el día en que encontraron muerto a Marcel DuPont?

—Sí. Se llevaban su cadáver cuando pasaba nuestro coche. En ese momento no nos dimos cuenta de que estuviera muerto. Nuestro chófer hizo un comentario acerca de vagabundos borrachos y...

—Cuando llegó a la casa, ¿estaba *mademoiselle* Yvette?

—Sí, así es. Salió con los sirvientes a recibirnos.

—¿Notó algo raro en ella? ¿Tenía la ropa desaliñada? ¿Los zapatos embarrados? ¿Estaba decaída?

—No, parecía ser la misma de siempre.

—Ya veo. Y, mientras ha estado aquí, ¿ha oído mencionar que *mademoiselle* Yvette tenga necesidad de visitar al psiquiatra?

—He oído hablar de ello, pero no estoy segura...

—Gracias, es todo lo que necesito saber.

Atalanta se irguió.

—Si una persona le menciona a otra que tengo que ir al psiquiatra, ¿significa eso que estoy verdaderamente desequilibrada o solo que la otra persona lo piensa? Por despecho, por ejemplo.

—Menciona la palabra *desequilibrado*. Interesante. —Chauvac la miró—. ¿Sabe si *mademoiselle* Yvette discutió con *madame* Lanier?

—No. No las vi ni las oí discutir, y dudo que Yvette tuviera algo en contra...

Levantó una mano.

—No voy a repetir lo que ya he dicho.

Atalanta suspiró y se dejó caer sobre el respaldo de la silla.

—Comprendo que busque hechos, pero ¿qué son los hechos? Si ninguno de nosotros los oyó pelearse, ¿eso prueba que no se pelearon? Si hubo una pelea, ¿eso prueba que fue mortal? No prueba absolutamente nada y usted lo sabe.

—Estamos buscando pruebas en la habitación de la joven. —El jefe de policía hizo un gesto elocuente con la mano—. Ahora, ¿hay algo más que pueda decirnos? Hechos, por favor, no especulaciones.

—No sabría decirle.

—Gracias. Puede irse.

Atalanta se levantó y en ese momento la puerta se abrió de golpe y entró otro policía. Al parecer, había llegado más tarde, sin que Atalanta lo viera.

—Miren lo que hemos encontrado en la habitación de la niña —gritó entusiasmado.

Levantó el estuche de pintura de Yvette, el que se llevaba al bosque cada vez que quería trabajar en alguna creación artística. Estaba lleno de pinceles, tubos de pintura y trozos de papel. Pero en el fondo había algo que le llamó la atención: un pequeño cuchillo. La hoja estaba manchada de algo parecido al óxido seco.

Pero Atalanta se dio cuenta con un escalofrío de lo que era. Sangre seca.

¿La sangre de Marcel DuPont?

El jefe de policía se puso en pie.

—Podemos llevarla al ayuntamiento; allí veremos qué confiesa, también sobre *madame* Lanier.

Atalanta protestó:

—Cualquiera podría haber colocado el cuchillo en su estuche de pintura.

—Oh, por supuesto. Un asesino se pasea con un cuchillo y luego lo coloca en el estuche de pintura de una niña. ¿No habría sido más lógico tirarlo? ¿Echarlo al agua? ¿Enterrarlo? Hay muchas opciones en el exterior. ¿Por qué traerlo dentro?

—Apuesto a que las huellas de Yvette no están en él —dijo Atalanta con firmeza. Tenía que rebatir sus conclusiones, sembrar la duda en sus mentes como fuera.

—No acepto esas apuestas —se burló Chauvac—. Trae a la chica.

El policía que había encontrado el estuche salió de la habitación seguido por Joubert, que parecía ansioso por entrar en acción.

Atalanta dijo:

—¿No se estará precipitando? ¿Ha reunido todas las pruebas?

El jefe de policía la miró.

—*Madame* Lanier era una dama respetable sin enemigos. ¿Quién querría hacerle daño?

—Deme una buena razón por la que Yvette querría hacerle daño —replicó Atalanta. Estaba decidida a mantenerse firme. Se lo debía al conde, a Raoul y a su propia conciencia.

El jefe de policía suspiró.

—La chica estuvo en la cámara funeraria durante la noche para colocar el velo. Allí se encontró con *madame* Lanier. Discutieron o ella la empujó al pasar, no tiene por qué haber sido intencionado. —Hizo girar el anillo en su dedo—. Si mató a DuPont, también debió de matar a *madame* Lanier a sangre fría. Una chica perversa. Depravada hasta la médula.

A Atalanta se le encogió el corazón. Todo el mundo había expresado sus dudas sobre el estado mental de Yvette. ¿No había manera de salvarla?

En el pasillo se oyeron gritos y el ruido de cosas cayendo. Atalanta salió corriendo de la habitación y vio a Yvette dando patadas al policía desconocido que la sujetaba, mientras Joubert intentaba llevarle los brazos a la espalda para esposarla. Al forcejear, chocaron con un aparador y un jarrón alto de color rojo oscuro con hombres bailando se tambaleó peligrosamente.

Atalanta se apresuró a impedir que cayera, pero Joubert gritó:

—Si obstaculiza la detención, la arrestaremos a usted también.

«Tengo que estar libre para investigar y ayudar a Yvette».

Atalanta se quedó helada.

El jarrón se volcó y cayó al suelo. Los pedazos salieron disparados en todas direcciones.

Gilbert bajó corriendo.

—Es un ánfora griega —exclamó—, con una escena de los seguidores de Baco. —Se inclinó para estudiar las piezas rotas.

Yvette había dejado de luchar. Miró a su tío.

—No te importa que me arresten. Siempre quisiste más a tus estúpidas antigüedades que a mí.

El conde palideció.

—Sabes que eso no es cierto. Me entregaría en tu lugar si pudiera, pero... —Estiró la mano para ponerla en su mejilla, pero ella apartó la cabeza.

—¿Por qué tuviste que hacerlo? —dijo en tono agónico—. ¿Por qué destruirte a ti, a mí y a todos los que te quieren?

Yvette lo fulminó con la mirada.

—Yo no he matado a nadie. Todos mienten.

Los policías la apartaron. Chauvac había salido de la habitación y saludó a Gilbert.

—Lo informaré de lo que descubramos. *Au revoir.*

Gilbert se quedó mirando mientras se llevaban a su sobrina.

—No me lo puedo creer. ¿Por qué?

—Encontraron un cuchillo ensangrentado entre sus pinturas —dijo Atalanta en voz baja—. Probablemente crean que fue el cuchillo utilizado para matar a Marcel DuPont.

—¿Ese viejo cazador furtivo? ¿Por qué iba a matarlo Yvette? No me la imagino haciéndolo. —Parecía haber olvidado que él mismo había supuesto que ella podría haberlo hecho y había querido confesar en su lugar—. Todo es un malentendido. Debo llamar a un abogado. El mejor que haya.

Se volvió hacia el teléfono.

Atalanta murmuró que lo sentía y subió las escaleras. La energía que la había invadido al querer salvar el jarrón hacía que le temblaran las piernas.

Raoul salió a su encuentro.

—¿Qué ha sido ese alboroto? —le preguntó con un brillo en los ojos—. ¿Se ha peleado con nuestro querido jefe de policía?

Atalanta negó con la cabeza.

—No hay tiempo para bromas. Han detenido a Yvette.

—¿Tan pronto? —Raoul parecía más sorprendido que conmocionado—. ¿Por qué? ¿Qué pueden tener como prueba sólida?

Atalanta le habló del descubrimiento.

—Alguien debe de haber colocado ahí el cuchillo. —Raoul hizo un gesto con ambas manos—. Todo el mundo sabía que habían encontrado el cuerpo de *madame* Lanier. La gente corría por todas partes. Cualquiera podría haber entrado en la habitación de Yvette y haber colocado el cuchillo en su estuche de pintura.

Atalanta asintió.

—Le dije al jefe de policía que no creo que sus huellas estén en él, pero él ya parece convencido de su culpabilidad.

Raoul suspiró.

—Normalmente, en el campo, la nobleza tiene mucho poder. Pueden volver las batallas legales a su favor. Los jueces los benefician cuando hay una disputa de tierras, por ejemplo. Y a la policía le gusta complacerlos deteniendo a campesinos por caza furtiva sin apenas pruebas. Para poner fin a esta trágica situación, muchos jefes de policía recién nombrados intentan hacerlo de otra manera. Quieren demostrar que no tienen miedo de tocar a la alta burguesía donde más le duele, así que detener a la sobrina del conde es una buena manera de demostrar lo entregado que está Chauvac a esta causa.

«Así que mi impresión sobre él era cierta. No le importan los nombres ni las reputaciones». Atalanta frunció los labios.

—Aprecio su empeño por tratar por igual a cada posible sospechoso y no descartar a la gente de antemano por su apellido o su estatus, pero podría estar tan entregado a su causa, como usted la llama, que estuviera interpretándolo todo en perjuicio de Yvette.

—Y podríamos estar cegados por nuestro afecto hacia ella e interpretarlo todo para que no parezca culpable. —Raoul le sostuvo la mirada—. No puedo negar que siento pena por Yvette. No porque esté detenida por asesinato, sentí pena por ella mucho antes, porque es muy infeliz. Echa de menos a sus padres; no puede ver a su hermano tanto como le gustaría. Adora a Gilbert, pero no puede demostrarlo de una manera que... Es una joven problemática. Y me preocupa que eso perjudique a su posición.

Atalanta asintió.

—Entiendo. He oído rumores de que su hermano también es bastante difícil.

Raoul se rio por lo bajo.

—¿Se refiere al incidente en el que disparó una flecha a alguien que no le gustaba? Estoy de acuerdo en que fue impulsivo y bastante peligroso, pero ocurrió en un instante. No fue premeditado. Apenas conozco al chico, pero no creo que sea mala persona.

—Aun así, la gente también puede hacer daño a los demás en un instante. Dejarse llevar por la emoción. —Atalanta sintió que flaqueaba. ¿Y si Yvette se había precipitado? ¿Sin pensar? ¿Tendría que pagar el precio más alto por ello? ¿Pagar con su vida?

Raoul le tocó el brazo. Le apretó un momento como para animarla.

—Tenemos que hablar con Louise sobre su encuentro con Marcel DuPont.

—Oh, sí, qué buena idea. —Hacer algo siempre ponía a Atalanta de buen humor, le daba energía—. ¿Dónde estará?

—Creo que después de su charla con la policía se fue a los jardines. Debemos encontrarla de inmediato.

20

Encontraron a Louise sentada en el banco junto al emparrado, con una rosa arrancada en la mano. Deshojaba los pétalos y los dejaba caer al suelo.
—¿Cómo estás? ¿Se te ha pasado un poco el susto?
Louise enarcó una ceja.
—Hablas de un asesinato como de un ratón corriendo por la capilla. Eso puedo superarlo, pero no que aparezca un cadáver el día de la boda de mi hermana.
—*Madame* Lanier era una mujer rota. —Raoul se encogió de hombros—. Y no le quedaba mucho tiempo.
A Atalanta le sorprendió el tono despreocupado que adoptó. «¿Es una estrategia para provocar a Louise y que responda?».
—¿Entonces está bien que alguien la empuje por las escaleras? —preguntó Louise enarcando una ceja.
—Me pregunto para qué molestarse. —dijo Raoul mirándola fijamente—. Iba a morir de todos modos... Los médicos le habían dicho que tenía los pulmones débiles.
Atalanta se esforzó por no mostrar sorpresa. Ella se había enterado por Renard, pero ¿cómo lo sabía Raoul? «¿Es de dominio público en ciertos círculos? ¿Cotilleos en las fiestas?».
Louise parecía sorprendida.
—¿Se estaba muriendo?
—Sí. Entonces, ¿por qué molestarse en matarla? —Raoul plantó los pies separados—. ¿Fue un error, Louise? ¿Algo que podrías haber evitado?
Las palabras sonaron como el golpe de una puerta al cerrarse.
Louise parpadeó.

—Yo... ¿Qué estás insinuando?

—¿O fue una salida fácil —continuó en un tono distendido—, después de haberle cogido el gusto al asesinato cuando mataste a DuPont?

—¿DuPont? —Louise dejó caer la rosa entera y se levantó—. No necesito escuchar cuando...

—No tan rápido. —Raoul se colocó frente a ella—. Hablaste con DuPont horas antes de que muriera, el día que llegaste aquí. Te estaba chantajeando.

—No lo hizo. Ni siquiera quería hablar conmigo. Quería a Eugénie.

—¿A Eugénie? —repitió Atalanta.

—Sí —asintió Louise con la cabeza—. DuPont se me acercó a la salida de una posada donde tomábamos café. Tenía un recorte de periódico con una foto de Eugénie. La tomaron en alguna fiesta y mencionaba que esa encantadora mujer de la alta sociedad estaba a punto de casarse con el conde de Surmonne. —Su voz se endureció un momento, como si apenas pudiera hablar de la buena fortuna de su hermana—. Me enseñó el recorte y me dijo que, si quería que la boda continuara, debía pagarle dinero. Si no, vendría y lo arruinaría todo con lo que sabía de Mathilde.

—¿Te dijo eso? —preguntó Raoul.

—Sí, creyendo que yo era Eugénie. Le dije que era su hermana. Comparó mi cara con la de la foto y dijo que nos parecíamos mucho. Le dije que yo era realmente su hermana y que si quería hablar con Eugénie tenía que ir a Bellevue, donde estaba ella. Dijo que lo haría y ahí acabó todo.

—¿En serio? —preguntó Raoul con cinismo.

Atalanta intervino:

—Victor dijo que DuPont le había dado algo.

—¿Victor te dijo eso? —La voz de Louise estaba cargada de odio—. ¿Por qué habría hecho algo así?

—En realidad, le contó la historia a Gilbert. Nosotros solo entramos en la habitación y oímos una parte.

—¿A Gilbert? ¿Por qué? —Los ojos de Louise pasaron de Raoul a Atalanta y viceversa.

Raoul se encogió de hombros.

—Eso tendrás que descubrirlo tú. No creo que lo dijera solo para tener un tema de conversación.

—El bestia... —Louise tragó saliva.

Raoul se inclinó más hacia ella.

—Le diste dinero a DuPont, Louise. Y queremos saber por qué.

—Sí. —Agitó una mano impaciente—. Mencionó que no tenía dinero para viajar a Bellevue. Esta posada estaba a unos kilómetros y él era un hombre mayor, así que le di unos francos para que algún granjero lo llevara. No era mucho dinero.

—¿Monedas? —preguntó Raoul—. ¿O un billete?

—Monedas, seguro. —Louise arrugó la nariz—. Detestaba a ese vil anciano y sus insinuaciones. ¿Cómo podía saber algo de Mathilde?

—A DuPont lo detuvieron por caza furtiva en la finca el día en que Mathilde tuvo su accidente de equitación. —Raoul le sostuvo la mirada—. Podría haber sido testigo.

Louise parecía incómoda.

—Ya veo. —Retorció las manos como si estuviera arrugando algo—. Ya veo.

—La muerte de DuPont es muy significativa —continuó Raoul—. Debes decirnos todo lo que sepas sobre esta reunión en la posada.

—Acabo de hacerlo.

—¿Recuerdas algún detalle que pudiera ayudar? —intervino Atalanta—. ¿Notaste algo particular en él?

—Estaba sucio y apestaba, como si hubiera dormido en una pocilga. También tenía las manos sucias. Había manchado el recorte de periódico.

—¿Se lo volvió a meter en el bolsillo después de enseñártelo?

—No, se aferraba a él y a las monedas como un mendigo avaro. —Louise resopló—. ¿Quién se creía que era para amenazarme?

—Estabas enfadada con él. ¿Tan enfadada como para vengarte y apuñalarlo?

—¿Crees que llevo un cuchillo en el bolso? —Louise lanzó una mirada de disgusto a Raoul—. ¿Y por qué haces todas estas preguntas? ¿Estás de parte de la policía?

—Han arrestado a Yvette —dijo Atalanta.

La expresión de Louise se tornó alegre.

—¿En serio? Qué apropiado. Unos días entre rejas le darán una lección al pequeño monstruo.

—Pensé que era Eugénie quien la llamaba pequeño monstruo. ¿De repente eres buena amiga de Eugénie? —preguntó Raoul.

Louise abrió los ojos.

—Siempre he sido buena amiga de Eugénie. Y, por supuesto, cuando maltratan a mi hermana pequeña, la apoyo. Yvette no está bien de la cabeza. Se lo he dicho a la policía.

Así que había sido Louise quien había estado difamando a Yvette. Probablemente ni siquiera pensó bien lo que le estaba haciendo a la chica.

—Seguro que no les interesó —dijo Atalanta.

Raoul se revolvió y le lanzó una breve mirada interrogativa. Louise se volvió lentamente hacia ella.

—Porque el jefe de policía me ha dicho que solo se ocupa de los hechos, no de suposiciones, teorías, ideas u opiniones.

Louise se rio suavemente.

—¿Te dijo eso? A mí no. Compartí libremente lo que había oído sobre Yvette y lo que yo misma había visto de su comportamiento errático, y no me detuvo ni una sola vez. —Chasqueó la lengua—. No debe de haberle tocado la fibra sensible, *mademoiselle* Atalanta. —Miró a Raoul—. ¿Eso es todo? Porque empieza a hacer calor y quiero entrar.

—Naturalmente. Estoy seguro de que tu hermanita está desesperada por tu compañía y apoyo. —El tono de Raoul era sarcástico y Louise tuvo la decencia de, al menos, hacer una leve inclinación. Se alejó rápidamente.

Raoul se dirigió a Atalanta:

—¿La cree?

—Suena bastante plausible que DuPont la tomara por Eugénie. Se parecen. Y las fotos de los periódicos pueden estar muy granuladas y ser vagas. Debió de creer que tenía a la mujer correcta.

Raoul asintió.

—¿Y el resto? ¿Lo de que le dijo que se fuera con Eugénie y ya está? ¿Se habría arriesgado Louise, encantada con la reputación intachable de los Frontenac, a que ese viejo verde ensombreciera la feliz boda? ¿No es mucho más probable que le hubiera pedido que se reuniera con ella más tarde para darle más dinero y, en esa ocasión, lo hubiera matado? Si hubiera concertado una nueva cita, podría haber llevado un cuchillo.

—Es posible —admitió Atalanta—. Pero me preocupa la concha que llevaba en el bolsillo. Si lo mataron en la gruta, ¿cómo pudo Louise llevarlo hasta la zanja? ¿Es lo bastante fuerte para eso? ¿No la habría visto alguien?

—En las horas más calurosas del día, entre las doce y las tres, no hay mucha gente fuera, pero admito que Louise no es de esas personas que cargan con un cadáver al hombro. Tendría que haber sido otro. ¿Victor, quizá? Él vio el intercambio entre Louise y el hombre; podría haber ido tras él para averiguar de qué se trataba.

—Sí. —Atalanta lo señaló—. Tienes mucha razón. Debemos hablar con Victor.

Lo encontraron sentado en una silla de la terraza, leyendo un libro. Raoul se inclinó para distinguir el título.

—Julio Verne. Qué apropiadamente escapista en un día tan sombrío.

Victor ladeó la cabeza.

—¿Ha venido a criticar mis gustos literarios?

—No. Quiero saber más sobre el hombre con el que Louise se encontró en la posada. Exactamente qué viste.

—Era un hombre viejo y sucio. Habló con él y le dio algo. Eso es todo lo que sé. Ya lo dije. Se lo dije a Gilbert.

—Lo sabemos. —Atalanta le dedicó una sonrisa ganadora—. Pero usted es un artista. Dibuja pequeñas escenas y resalta todos los detalles. Debe recordar algo más que el hecho de que era un anciano. Vio lo que Louise le dio.

—No. Podría haber sido dinero, me pareció oír el tintineo del metal, pero no estoy seguro. Había un coche aparcando y el rugido del motor ahogaba otros sonidos. —Victor apoyó las manos en el libro que tenía abierto sobre las rodillas—. ¿De qué se trata? ¿Es importante?

—DuPont está muerto —dijo Raoul sin contemplaciones—. Y queremos saber quién lo mató.

—¿Louise? —Victor no se reía—. Estaba molesta por que hubiera hablado con ella. Le pregunté si estaba bien y me dijo que sí, pero parecía distraída.

—¿Dónde fuiste después de eso? Llegaste a casa más tarde.

—Nos separamos. Quería visitar a un amigo que vive cerca, así que dejé a Louise en el pueblo para ir de compras.

«Así que cualquiera de los dos podría haberse encontrado con DuPont y haberlo matado», reconoció Atalanta. Para Victor habría sido más fácil, pues disponía del coche para desplazarse con rapidez e incluso llevar el cadáver a otro lugar, si es que a DuPont lo habían asesinado en la gruta de las conchas.

—Venga ya —dijo Raoul—. Te conozco, Victor. Eres un señor. Proteges a las mujeres de tu vida. Sabías que el viejo había molestado a Louise y cuando ibas a encontrarte con ese amigo, o cuando volvías de la cita, viste a ese hombre al borde de la carretera. Te detuviste y hablaste con él. Querías saber por qué había estado acosando a Louise.

—No lo volví a ver —dijo Victor. Sonó apresurado y poco sincero—. Pregúntale a Louise.

—¿Por qué le contó a Gilbert el incidente de la posada? —preguntó Atalanta—. ¿Por qué justo esta mañana, después del descubrimiento del cadáver de *madame* Lanier? ¿Por qué no antes? ¿O por qué lo mencionó?

—No lo sé. Me sentí obligado a hacerlo. —Victor volvió a coger el libro y pasó una página—. Si me disculpan, estoy leyendo.

—Han arrestado a Yvette —dijo Raoul— ¿y tú estás leyendo?

Victor lo miró con odio.

—Ella no significa nada para mí. Eres tú quien alienta su infantil encaprichamiento contigo haciéndote el héroe.

Raoul enrojeció.

—Tiene serios problemas. ¿No te importa?

—Apenas la conozco. No siento ninguna necesidad de hacer nada para...

—Apenas la conoces —dijo Raoul—, pero sí a su hermano. ¿No diste clases de arte en la escuela donde él estudia?

Victor se puso rígido.

—Posiblemente. Doy muchas clases de arte.

—¿Y qué te pareció el chico?

—Doy tantas clases que no podría recordar a los alumnos. Solo estoy uno o dos días.

—Sí, bueno... —Raoul frunció el ceño—. Es posible que ni siquiera lo dejaran ir a tu clase. Siempre se metía en líos por alguna travesura. También lo castigaban. ¿Quizá eso te dio la idea? ¿Usar a Yvette para encubrir tu crimen?

—He tenido suficiente. —Victor se puso de pie—. Pareces decidido a provocar una pelea, pero no voy a responder. No he cometido ningún crimen aquí...

—Excepto haber atraído a Eugénie a la gruta de las conchas con una nota en la que fingía que quería conocerla y luego haberle tirado el barro encima —dijo Atalanta. Era un farol, pero quería calibrar su respuesta.

Victor la fulminó con la mirada.

—¿Qué? Yo no he hecho tal cosa. No quiero encontrarme con ella lejos de los demás y, desde luego, no la odio tanto como para echarle barro encima como hizo ese maniaco desconocido.

—Pero sentirías el aguijón de su rechazo cuando encontró un partido mejor —dijo Raoul.

—Estas cosas pasan. Y ahora tengo a Louise.

—Louise está enamorada de Gilbert —señaló Raoul, como si todo el mundo lo supiera.

A Victor le brillaron los ojos.

—No por mucho tiempo.

Cerró el libro y entró.

—¿Qué quiere decir con eso? —preguntó Atalanta—. ¿Tiene algún tipo de treta para mostrarle a Louise que Gilbert no la merece?

—Gilbert no está a su alcance, de todos modos, ya que va a casarse con su hermana —dijo Raoul—. No veo... —Se quedó callado y miró a lo lejos—. ¿Puede ser eso? ¿Victor mató a DuPont con la esperanza de incriminar a Gilbert? ¿Para que lo encerraran y lo condenaran? Si se enteró de que DuPont sabía más sobre la muerte de Mathilde...

—Es posible —dijo Atalanta—, pero el cuchillo utilizado no se encontró entre las cosas de Gilbert. Alguien lo puso en el estuche de pintura de Yvette. ¿Por qué incriminaría Victor a Yvette? Puede que no le caiga especialmente bien, pero tampoco tiene motivos para odiarla.

—Estoy de acuerdo. —Raoul suspiró—. Estamos dando vueltas en círculos, sin llegar a ninguna parte.

Por un lado, le agradaba saber que él no estaba consiguiendo resultados que ella no hubiera tenido hasta el momento, pero por otro necesitaban avanzar para ayudar a Yvette.

«Por suerte, tengo una fuente a la que puedo recurrir». Renard le había dicho, a través de *mademoiselle* Griselle, que no estaba sola. ¿Quizá era el momento de asimilarlo?

No tenía por qué hacerlo todo sola; ahora tenía amigos a los que pedir ayuda.

—Sí, bueno, voy a dar un paseo hasta el pueblo —dijo Atalanta a Raoul—. Caminar siempre me proporciona buenas ideas. Luego hablamos.

Se alejó esperando que no la siguiera. Quería llamar a Renard desde un teléfono del pueblo y ver si tenía alguna información útil para ella.

21

Renard se sintió aliviado al hablar con ella.

—Esperaba que se pusiera en contacto conmigo. Tengo mucha curiosidad por saber cómo van las cosas.

Atalanta sintió un nudo en la garganta ahora que tenía que admitir su derrota en la resolución del caso.

—Siento que tengo tantos cabos sueltos que no sé cómo unirlos.

Le contó lo que había ocurrido aquella mañana.

Renard dijo:

—Siento que encontrara el cuerpo. Debe de haber sido una experiencia espantosa.

—Lo siento por *madame* Lanier, aunque sé que ya se estaba muriendo. ¿Sabe quién hereda su dinero? Podría ser importante. Quiero decir, cuando Mathilde murió, su dote revirtió a su familia. ¿Es posible que ahora que su madre ha muerto el dinero vuelva a Gilbert?

—Lo dudo, pero puedo investigarlo.

—Sí, y también me gustaría saber los arreglos precisos para Yvette. Lo que posee, lo que pasa con ello si muere.

—¿Muere? —repitió Renard—. ¿Crees que puede ser la próxima víctima?

—Más bien pensaba en que la acusaran de asesinato y la condenaran a muerte. —Atalanta suspiró—. ¿Su hermano se beneficiaría de eso?

Victor había negado haberlo visto, conocerlo o incluso recordarlo. Pero ¿y si los dos se hubieran encontrado y discutido cosas, y el hermano le hubiera preguntado a Victor...?

Parecía tan complicado... Pero la gente se esforzaba de verdad cuando la recompensa era buena. Y Victor no tenía dinero. Eugénie lo había rechazado. «¿Quizá piensa que nunca tendrá oportunidad de acceder a un buen matrimonio y felicidad a menos que tenga fondos?».

—¿Has oído algo que pueda ayudar? —preguntó a Renard.

—Sí, estaba pensando en la mejor manera de ponerme en contacto con usted, ya que sabía que hoy era la boda y llamar a la casa podría no ser... apropiado. —Renard sonaba muy correcto—. Me he enterado de algo sobre Angélique Broneur.

Atalanta tuvo que admitir que casi se había olvidado de la bella cantante.

—¿Sí? —lo animó.

—Tiene problemas económicos. Ha tenido que vender su casa de las afueras de París y los dos caballos que tenía allí.

—¿Caballos?

—Sí, es una experta amazona y le gustaba montar a caballo todos los días cuando estaba en su casa.

—Me dijo que no montaba muy bien.

—Lo hace. Incluso estaba entrenando a uno de los caballos como saltador de obstáculos.

—¿Así que tampoco tiene miedo de saltar sobre árboles muertos? —dijo Atalanta lentamente, pensando en la afirmación de Angélique de que el día del fatal accidente de Mathilde había regresado a la casa porque veía arriesgado el paseo de su amiga. «¿No es una saltadora experimentada?».

Renard dijo:

—Parece que ha acumulado deudas porque tuvo que cancelar una gira de conciertos ya programada. Tiene problemas con la voz. Algunos dicen que es porque bebe demasiado.

—Ya veo. —Atalanta imaginó a Angélique, inquieta por sus problemas financieros, bebiendo en su bar privado. Acudiendo a la capilla por capricho para ver la tumba de su amiga muerta, atraída por un sentimiento de culpa por haber estado implicada en su muerte.

Tal vez *madame* Lanier apareciera y dijera algo al respecto, que nunca había creído que Angélique no fuera a estar con su hija, o un comentario parecido que sugiriera que lo sabía todo. Atalanta se imaginó a Angélique golpeándola o empujándola para que se tambaleara hacia atrás y se golpeara la cabeza contra la pared de piedra.

Era una posibilidad que no podían descartar.

—Gracias por decírmelo. Esto podría ser muy importante. Ah, una cosa más. ¿Por casualidad sabe dónde estaba Angélique antes de venir a Bellevue? ¿Tenía obligaciones en una ciudad como Niza o Montecarlo que la hubieran alejado de aquí?

«Algo que hubiera hecho imposible que hubiera asesinado a DuPont».

—No, no tenía ningún compromiso. He oído que iba a visitar a una amiga en Saint Piage, cerca de Bellevue, antes de ir.

Así que había estado en los alrededores.

Aun así, ¿por qué iba ella a saber de DuPont? ¿O DuPont de ella?

De repente, a Atalanta se le ocurrió una idea muy interesante. Le dijo a Renard:

—He de irme. Volveré a llamar pronto para ver si ha conseguido la información.

—Tenga cuidado, *mademoiselle* Atalanta. Aún podría haber un asesino suelto.

Atalanta colgó el auricular, tan ensimismada en su nueva idea que apenas consideró las palabras. Tenía que volver a hablar con Louise.

Louise no se alegró de verla. Se sentó al piano y pasó los dedos por las teclas produciendo una melodía vacilante.

—Otra vez no —murmuró cuando Atalanta se acercó.

—Quiero saber una cosa más. Ese recorte de periódico que DuPont le enseñó. —Atalanta habló en voz baja para que nadie la oyera—. ¿Estaba Eugénie sola en la foto o había alguien con ella?

—Creo... —Louise frunció el ceño—. Sí, ahora lo recuerdo. Estaba Angélique a su lado. El artículo mencionaba a la guapa *socialité* y a la talentosa cantante invitada a actuar en su banquete de bodas. —Sonaba como si Angélique le gustara tan poco como su hermana.

Atalanta dijo:

—¿Y DuPont también la mencionó?

—No. Me tomó por Eugénie. —Louise pensó un momento—. Le dije que Eugénie se encontraba en Bellevue y me preguntó si la otra mujer estaba también. Le informé de que estaba en Saint Piage.

—¿Sabía que Angélique estaba allí?

—Sí, nos lo dijo a todos antes de irse de París. —Louise se encogió de hombros—. ¿Importa?

La mente de Atalanta daba vueltas. ¿Habría averiguado DuPont dónde se alojaba Angélique en Saint Piage? ¿La había abordado? ¿Lo había matado para evitar que le contara a Gilbert la verdad sobre lo que había sucedido aquel fatídico día?

Louise la miró.

—¿Por qué estás tan interesada en limpiar el nombre de Yvette? Primero querías ayudar a mi hermana a averiguar lo de la carta misteriosa y ahora... Parece que estás deseando caerle bien a alguien. No te importa quién sea, Eugénie, Gilbert, con tal de que te lo agradezcan y te recompensen.

—Tengo mis propios intereses.

—¿En serio? Una carrera en la música no proporciona lo que se diría un ingreso estable, como Angélique podría confirmar. Su voz se va y su carrera está acabada. Menos mal que no hay boda ni actuación en la fiesta de esta noche, todo el mundo habría oído lo horrible que suena últimamente. —Louise se levantó y cerró el piano de golpe.

Atalanta se quedó pensativa. ¿Acaso Angélique había matado a *madame* Lanier para impedir que se celebrara la boda y que todos supieran del deterioro de su voz?

Pero ¿por qué había aceptado la invitación para actuar?

¿No podría haber fingido una enfermedad, un resfriado, un dolor de garganta, cualquier cosa para no tener que cantar?

¿Mataría a alguien para evitar una actuación que podría haberse evitado de un modo mucho más sencillo? Parecía improbable. Sin embargo, el enfrentamiento con *madame* Lanier en la cámara funeraria mientras Angélique estaba medio borracha y sumida en los remordimientos era algo plausible.

Atalanta se mordió el labio. El problema era que tenía tantos escenarios posibles que no estaba segura de qué camino tomar, qué pistas seguir, cuáles descartar. Cómo cerrar el cerco en torno al asesino.

¿Qué le había escrito su abuelo en la carta? «Vuelve siempre al principio». Parecía un consejo obvio, pero ahora veía que era fácil distraerse con toda la información que había recopilado. Había estado tan ansiosa por lanzarse en cada nueva dirección que le habían planteado que había olvidado el inicio.

¿Cuál había sido el punto de partida, la primera piedra que cayó y puso en movimiento todas las demás?

La muerte de Mathilde. Su supuesta muerte accidental.

Si suponía, vistas las recientes repercusiones, que no había sido accidental, tenía que hacerse una pregunta fundamental: ¿por qué murió Mathilde?

Fue a su habitación y sacó una hoja de papel nueva. En ella escribió los nombres de todas las personas implicadas.

- Gilbert, conde de Surmonne, esposo.
- Yvette, sobrina de este.
- Angélique Broneur, amiga de la familia y mujer seductora.
- Louise Frontenac, una amiga de Mathilde que la había emparejado con el conde.
- Eugénie, hermana de la anterior, actual prometida del conde y futura segunda esposa.
- Victor, un amigo de la familia.
- Raoul, un amigo de la familia.

No estaba segura de que los dos últimos hubieran estado cerca cuando ocurrió el accidente. Se centraría en los primeros nombres de la lista y desmenuzaría sus motivos.

Parecía obvio que, si una mujer había matado a Mathilde, habría sido por tener al conde para ella sola. Eugénie. Louise. Angélique. Pero ¿alguna de ellas se había tomado la molestia de asegurarlo? A Eugénie la había emparejado su hermana con el conde. Louise no había intentado convertirse en la nueva condesa. Angélique... parecía feliz con su carrera.

¿Había provocado el accidente su comportamiento imprudente y había tenido miedo de admitirlo? ¿Lo sabía DuPont? ¿La había abordado en casa de su amiga en Saint Piage? ¿La había llamado para que fuera a Bellevue? ¿Le había enseñado dónde había estado, lo que había visto? ¿Lo había matado y esperaba que pareciera una pelea que había salido mal?

No, Atalanta estaba precipitándose. La muerte de Mathilde era su punto central ahora, no la de DuPont. En el momento del accidente de Mathilde, él todavía estaba vivo. Y podría haber sido testigo de ella.

De eso estaba segura. Si él hubiera afirmado que sabía algo después de haber salido de la cárcel, ella podría haber llegado a la conclusión de que se había inventado una historia para conseguir dinero. Pero había pedido que el conde fuera a verlo justo después de su detención el día del accidente.

¿Por qué el conde?

¿Porque quería una recompensa por su información? ¿O porque el propio Gilbert estaba implicado?

Si DuPont hubiera querido decirle que sabía que era culpable podría haberlo hecho sin riesgo, ya que estaba encarcelado y Gilbert no podría haberle hecho daño allí dentro.

Aun así, parecía muy arriesgado que un cazador furtivo se atreviera a dirigirse a un conde de esa manera.

Gilbert... La pluma de Atalanta se cernió sobre su nombre. La cuestión era: si había tenido algo que ver con la muerte de su esposa, ya fuera maquinando su caída o golpeándola en la cabeza y haciendo que pareciera que el caballo la había tirado, ¿por qué lo había hecho? No tenía nada que ganar con su muerte. Su dote volvió a su familia.

¿Había descubierto que ella le era infiel? ¿Estaba celoso y enfadado?

¿O tenía que ver con sus acciones en su casa? ¿Querer cambiar cosas que habían permanecido igual durante generaciones? Sus planes para el jardín. La palabra «Creso».

La X en la gruta de las conchas.

Eran pistas que le había dejado la propia fallecida. Su voz hablando desde más allá de la tumba, por así decirlo. Atalanta pensó que su abuelo seguramente le habría dado un significado especial, pero ella no estaba segura de que quisiera decir algo. Nada que no fuera un nuevo proyecto para un jardín, como hacían las mujeres cuando se mudaban de la ciudad al campo y querían dejar su impronta en el nuevo hogar.

¿La gruta de las conchas guardaba un tesoro? ¿Lo había encontrado Mathilde y la había matado su marido para mantenerlo en secreto?

Madame Lanier también había mencionado la palabra «tesoro». Había dicho que Mathilde le había escrito para decirle que conocía el verdadero tesoro de su marido. A primera vista parecía que esas palabras podían referirse a ella misma, a que ella era su querido tesoro. Pero ¿y si se referían a algo mucho más sustancial? ¿Era posible que Gilbert hubiera matado a *madame* Lanier para evitar que hablara con alguien sobre ese tesoro?

Pero se había sentido tan desolado por la muerte y tan molesto por la posibilidad de que culparan a Yvette... Aunque ella sospechara que él podía ser tan despiadado como para matar a alguien, ¿realmente iría tan lejos como para que la culpa recayera sobre su querida sobrina, a la que intentaba proteger contra viento y marea? No le habían importado las opiniones de los demás ni sus insinuaciones de que debía deshacerse de la difícil muchacha.

Entonces, ¿cómo iba a hacer que encajara? No, tenía que pasar a los demás.

Atalanta trabajó durante mucho tiempo en su lista de motivos. Era difícil porque no había llegado a conocer a Mathilde y no podía valorar si había sido una mujer que despertara sentimientos rotundos en los demás. ¿La habían odiado tanto como para hacerle daño?

Desde luego, Yvette no la odiaba; al contrario, habían sido muy amigas, habían recorrido juntas las tierras y habían buscado tesoros.

¿Mathilde había implicado a Yvette en la búsqueda de lo que creía escondido en los jardines o en la gruta de las conchas? ¿O había sido un juego inofensivo para mantener a Yvette ocupada?

«Creso». Eso parecía ser importante. Riqueza, dinero, posesiones. Gilbert tenía una hermosa casa allí, repleta del arte que conseguía en sus viajes. Piezas selectas, cada una más deseable que la otra. Las mejores las guardaba en su habitación, donde nadie podía entrar. La criada le había dicho que ni siquiera debía limpiar el polvo de allí.

¿Podría tener allí algún tesoro? ¿Una pieza muy especial? Pero ¿por qué no la compartía cuando tenía otros objetos a la vista? ¿Qué podía tener de extraordinario para justificar el secreto total? ¿Podría ser tan importante que hubiera matado por ello?

No, eso parecía improbable. De alguna manera sentía que se estaba acercando a alguna verdad, pero no estaba segura de estar siendo capaz de ver el cuadro completo. Sus viajes, sus descubrimientos, las ventas realizadas...

Ladeó la cabeza. Tenía la idea de que le faltaban algunas piezas importantes. ¿Quizá la información adicional de Renard sobre la herencia de *madame* Lanier y los acuerdos para Yvette podrían proporcionárselas?

22

La cena fue muy tranquila sin que Yvette se riera demasiado alto o hiciera ningún comentario inapropiado. Cada uno se consumía en sus propios pensamientos. Gilbert apenas tocaba la comida y se quedaba sentado mirando la mesa, mientras que los demás sí comían, aunque intentando hacer el menor ruido posible.

—Esto parece una tumba —dijo por fin Angélique. El color subido de sus mejillas sugería que se había bebido un cóctel o dos antes de bajar a cenar.

—Es un término muy desafortunado —le reprochó Raoul sin verdadera severidad.

—Bueno, en realidad no tenemos que rompernos la cabeza por la muerte de una mujer que ya había pasado su mejor momento.

Gilbert levantó la vista.

—Me gustaría que no hablaras así de mi difunta suegra. —Antes de que Angélique pudiera protestar, añadió—: Y, hablando por mí, no me preocupa tanto la muerte de una mujer que tal vez ya estaba cerca de la tumba como el futuro de una niña que aún debería tener toda la vida por delante.

—Con la propensión de Yvette al drama —dijo Eugénie— era solo cuestión de tiempo que hiciera algo para meterse en problemas. —Miró a Gilbert—. No se podría haber evitado.

—Podría haberse evitado si hubieras sido más amable con ella —espetó—. Porque intentaste destruir las fotos de Mathilde, heriste sus sentimientos hasta tal punto que quiso vengarse cogiéndote el velo y poniéndoselo... —Se le quebró la voz.

Entonces, ¿cómo iba a hacer que encajara? No, tenía que pasar a los demás.

Atalanta trabajó durante mucho tiempo en su lista de motivos. Era difícil porque no había llegado a conocer a Mathilde y no podía valorar si había sido una mujer que despertara sentimientos rotundos en los demás. ¿La habían odiado tanto como para hacerle daño?

Desde luego, Yvette no la odiaba; al contrario, habían sido muy amigas, habían recorrido juntas las tierras y habían buscado tesoros.

¿Mathilde había implicado a Yvette en la búsqueda de lo que creía escondido en los jardines o en la gruta de las conchas? ¿O había sido un juego inofensivo para mantener a Yvette ocupada?

«Creso». Eso parecía ser importante. Riqueza, dinero, posesiones. Gilbert tenía una hermosa casa allí, repleta del arte que conseguía en sus viajes. Piezas selectas, cada una más deseable que la otra. Las mejores las guardaba en su habitación, donde nadie podía entrar. La criada le había dicho que ni siquiera debía limpiar el polvo de allí.

¿Podría tener allí algún tesoro? ¿Una pieza muy especial? Pero ¿por qué no la compartía cuando tenía otros objetos a la vista? ¿Qué podía tener de extraordinario para justificar el secreto total? ¿Podría ser tan importante que hubiera matado por ello?

No, eso parecía improbable. De alguna manera sentía que se estaba acercando a alguna verdad, pero no estaba segura de estar siendo capaz de ver el cuadro completo. Sus viajes, sus descubrimientos, las ventas realizadas...

Ladeó la cabeza. Tenía la idea de que le faltaban algunas piezas importantes. ¿Quizá la información adicional de Renard sobre la herencia de *madame* Lanier y los acuerdos para Yvette podrían proporcionárselas?

22

La cena fue muy tranquila sin que Yvette se riera demasiado alto o hiciera ningún comentario inapropiado. Cada uno se consumía en sus propios pensamientos. Gilbert apenas tocaba la comida y se quedaba sentado mirando la mesa, mientras que los demás sí comían, aunque intentando hacer el menor ruido posible.

—Esto parece una tumba —dijo por fin Angélique. El color subido de sus mejillas sugería que se había bebido un cóctel o dos antes de bajar a cenar.

—Es un término muy desafortunado —le reprochó Raoul sin verdadera severidad.

—Bueno, en realidad no tenemos que rompernos la cabeza por la muerte de una mujer que ya había pasado su mejor momento.

Gilbert levantó la vista.

—Me gustaría que no hablaras así de mi difunta suegra. —Antes de que Angélique pudiera protestar, añadió—: Y, hablando por mí, no me preocupa tanto la muerte de una mujer que tal vez ya estaba cerca de la tumba como el futuro de una niña que aún debería tener toda la vida por delante.

—Con la propensión de Yvette al drama —dijo Eugénie— era solo cuestión de tiempo que hiciera algo para meterse en problemas. —Miró a Gilbert—. No se podría haber evitado.

—Podría haberse evitado si hubieras sido más amable con ella —espetó—. Porque intentaste destruir las fotos de Mathilde, heriste sus sentimientos hasta tal punto que quiso vengarse cogiéndote el velo y poniéndoselo... —Se le quebró la voz.

—No iba a destruir las fotos de Mathilde, solo quería dañar el maldito álbum porque ella me había molestado a mí primero. Fue una mera represalia.

Madame Frontenac soltó una carcajada.

—Ya no tienes dieciséis años, Eugénie. Deberías haberlo superado.

Eugénie hizo una mueca a su madre y volvió a concentrarse en el plato.

Louise preguntó:

—¿Qué ha dicho el abogado al que has consultado, Gilbert?

A Atalanta le sorprendió que quisiera saberlo. ¿No sabía si detendrían a Yvette? ¿Le preocupaba que, si la chica quedaba en libertad, la investigación se centrara en otros posibles sospechosos?

—Viene a ver a Yvette. Dijo... —Gilbert hizo tiempo toqueteando su servilleta— que alegar locura temporal podría salvarla. Por supuesto, significaría que tendría que someterse a tratamiento.

—En un manicomio, quieres decir —dijo Eugénie con una alegría apenas disimulada.

Su madre le lanzó una mirada de advertencia.

—Qué horror. —Se inclinó hacia Gilbert—. ¿Lo estás contemplando?

—No creo que tenga muchas opciones. No voy a dejarla morir por un crimen que no ha cometido voluntariamente.

—O con el que no ha tenido nada que ver en absoluto —añadió Raoul.

Gilbert parecía no oírlo.

—No la dejaré morir —repitió lentamente—, así que el tratamiento es la mejor solución posible. Entiendo que manchará nuestra reputación que se diga que tenemos un... paciente en la familia, pero...

—Mejor que un asesino convicto —observó Victor con sorna.

Gilbert le lanzó una mirada abrasadora.

—Si vuelvo a oír tus comentarios, te vas. De hecho... —Miró alrededor de la mesa—. ¿Por qué no os vais todos? Ya no habrá boda.

—Pero ¿verdad que aún te casarás con Eugénie? —dijo *madame* Frontenac—. Si la policía accediera a ingresar a Yvette al cuidado de un médico especializado que se ocupe de que esté bien tratada en algún lugar seguro donde no pueda hacer daño a nadie, la boda podría celebrarse como estaba previsto. Sé que tú no tienes nada que ver con los delirios de la pobre muchacha, así que me alegro de que mi hija se case contigo.

Eugénie parecía querer decir algo, tal vez expresar dudas, le pareció ver a Atalanta, pero su madre le hizo un gesto con la mano para que se abstuviera. Sonrió a Gilbert.

—Eres un hombre decente. La forma en que has manejado todo este atroz asunto hace que te admire aún más.

—No tengo ningún deseo de casarme después de todo esto —dijo Gilbert—. Eugénie podría ser totalmente inocente del... suceso, pero, en mi opinión, ella desempeñó un papel fundamental en el agravamiento del estado de Yvette. Puede ser poco razonable, pero, después de lo que he pasado, no estoy de humor para escuchar argumentos. Quiero que todos se vayan.

—Pero la policía querrá que nos quedemos hasta que estén seguros de que han resuelto el caso —dijo Raoul.

—No hemos venido hasta aquí para que se celebre una investigación —corrigió *madame* Frontenac—, sino una boda. Te casarás con mi hija. —Su voz sonaba acerada.

Gilbert se levantó y tiró la servilleta sobre la mesa.

—No quiero oír ni una palabra más al respecto.

Salió de la habitación.

—Menudo comportamiento espantoso —dijo *madame* Frontenac.

Victor intentó tranquilizar el ambiente:

—El hombre no está de humor para plantear otra fecha para la boda.

—Bah, no sé por qué lo dices ni por qué eres tan comprensivo. Nunca te gustó Yvette; no me extraña, después de lo que te hizo su hermano —se burló Louise.

—¿Su hermano? —saltó Atalanta.

Raoul dijo:

—¿Así que diste una clase de arte en su escuela?

—Sí, me dijo que el hermano de Yvette había arruinado su clase dibujando algo extremadamente inapropiado —les explicó Louise.

Victor se puso colorado.

—¡No tendría que habértelo contado!

Madame Frontenac dijo:

—¿Qué fue lo que dibujó, Louise?

Louise respondió, mirando a Eugénie:

—Mejor no me explayo, *maman*, pero fue muy bochornoso.

—No veo cómo o por qué Victor tendría que culpar a Yvette por una broma que hubiera hecho su hermano —dijo Raoul.

—Si tú lo dices... —Louise le pegó un sorbo a su vino.

Raoul le dijo a *madame* Frontenac:

—Me sorprende que aún quiera que se celebre el matrimonio. Yvette está desequilibrada y su hermano también, a juzgar por lo que he oído sobre su comportamiento en la escuela. ¿Y si es cosa de familia? ¿Se siente segura dejando que su hija se case con un hombre así y que pueda darle un heredero?

—Pienso lo mismo —dijo Eugénie.

Madame Frontenac se apresuró a decir:

—El hermano del conde se casó con una mujer por debajo de su posición. Estoy segura de que la inestabilidad viene de su parte de la familia. Era actriz. —Puso todo el desdén posible en aquella palabra.

Atalanta dijo:

—Si Eugénie se siente incómoda con el matrimonio, tiene derecho de romper el compromiso.

Madame Frontenac enrojeció.

—¿Y espera que algún otro hombre la toque entonces? Creo que no. Ahora tendrá que casarse con él. No hay otro camino. —Se levantó y abandonó la habitación.

Eugénie rompió a llorar.

—No quiero casarme con un hombre que tiene parientes asesinos.

—Ni siquiera sabemos si Yvette es culpable —dijo Raoul.

Eugénie se lamentó:

—No me importa. Que se insinúe es suficiente. Y pensar que a Yvette la internarán en un manicomio... Las miradas que me lanzará la gente... No puedo vivir con ello. No puedo.

—Podemos fugarnos —dijo Victor—. Todavía te quiero.

—¡Victor! —Eugénie y Louise gritaron al mismo tiempo; la primera con incrédula alegría, su hermana con incrédulo enfado.

—¿Lo dices en serio? —preguntó Eugénie.

—No tiene un franco a su nombre —espetó Louise—. No puede mantenerte de la forma a la que estás acostumbrada.

—Podemos viajar y él puede dibujar. Sería tan emocionante...

Por una vez, Atalanta sintió cierta simpatía por Eugénie, aunque su plan estuviera mal pensado y fuera probablemente desastroso para ambos. La aventura era un gran atractivo.

—¿Por qué no huimos ahora? —dijo Eugénie. Miró a Victor con ojos de adoración—. Voy a hacer la maleta rápidamente.

—Tendrías que devolverlo —dijo Louise señalando el ostentoso anillo que llevaba en el dedo.

Eugénie se lo quitó y lo tiró sobre la mesa.

—Tómalo si lo quieres. Siempre quisiste a Gilbert para ti. Ahora tenlo y ten a sus hijos locos.

Eugénie salió corriendo de la habitación.

Raoul se dirigió a Victor:

—No puedes hablar en serio.

Victor le dedicó una lenta sonrisa de lobo.

—¿Por qué no? Eugénie siempre me ha adorado. La llevaré a sitios maravillosos hasta que ella se canse o yo me canse de ella. Siempre puede volver con sus padres. *Madame* Frontenac puede parecer severa ahora, pero nunca rechazará a la niña de sus ojos.

Louise parecía horrorizada, pero su falta de protesta confirmó a Atalanta que, en efecto, Eugénie era la favorita de su madre y que se saldría con la suya.

—Voy a decírselo a *maman* ahora mismo. —Louise se levantó de un salto—. Ella la detendrá. Evitará este desastre.

Victor dijo:

—No, Louise, no seas aguafiestas.

Corrió tras ella.

Raoul se levantó para recoger el anillo de la mesa. Entonces intervino Angélique:

—No puedes guardártelo.

Raoul resopló.

—No soy un ladrón. —Llevó el anillo a la ventana y lo estudió sosteniéndolo a la luz—. Tampoco soy un experto en piedras, pero dudo que esta sea real.

Atalanta recordaba que el cocinero de la casa parisina de los Frontenac se lo había dicho. O al menos se lo había sugerido.

—¿Es falso? —dijo Angélique—. Gilbert siempre me pareció un tacaño. Invierte su precioso dinero en arte antes que en regalos para su prometida. Eso hace que te preguntes por qué quería volver a casarse. Parece que solo le importan sus preciados descubrimientos... —Terminó la copa de vino y se la tendió a Raoul—. Sé bueno y rellénamela.

—Ya has bebido bastante, cariño —dijo Raoul con énfasis burlón—. Será mejor que te acuestes.

—No voy a acostarme. Quiero participar en el drama que está a punto de desarrollarse. ¿Me oyes? —Angélique levantó una mano. Arriba se oían golpes de puertas—. *Madame* Frontenac no dejará que su hija se vaya con este indeseable. Y Gilbert podría sentir la necesidad de defender su honor sacando su pistola de duelo. Apuesto a que en menos de diez minutos —comprobó su elegante reloj de pulsera— correrá la sangre.

—Ya ha corrido suficiente sangre —dijo Raoul con fuerza—. Guárdeme esto, ¿quiere?

Con estas palabras le lanzó el anillo a Atalanta, que lo cogió con ambas manos. Le guiñó un ojo.

—Discúlpame mientras voy a evitar otro asesinato.

Y salió de la habitación.

A la izquierda con Angélique, Atalanta vio su oportunidad.

—¿Se reunió usted con Marcel DuPont? —preguntó.

Angélique cerró los ojos lánguidamente.

—¿Quién?

—Marcel DuPont, el cazador furtivo que presenció el accidente de Mathilde. Se puso en contacto con usted cuando estaba con un amigo en Saint Piage.

Los ojos de Angélique se abrieron de nuevo. La fácil confianza de sus rasgos se apagó.

Atalanta añadió:

—Ya sé que lo hizo, así que podría contarme qué sucedió después.

—Nada. Me llamó por teléfono. Dijo que tenía información sobre la muerte de Mathilde y me preguntó cuánto valía para mí. Le dije que absolutamente nada. Nunca fui a verlo.

Las palabras salieron rápidamente, casi como si las hubiera ensayado, y Atalanta no se quedó convencida. ¿No se reunió con él? ¿No sintió la más mínima curiosidad por saber qué sabía?

—No. Mathilde estaba muerta y se había ido. ¿Qué más se podía decir al respecto? —Angélique sacó un cigarrillo, lo puso en su boquilla y lo encendió—. ¿Por qué me espía?

—No estoy espiando, quiero ayudar a Yvette. Ella no mató a Marcel DuPont. Alguien puso el cuchillo en su estuche de pintura.

—¿Y cree que fui yo? —Angélique miraba a Atalanta a través de una nube de humo—. Cree que lo puse ahí para que ella pareciera culpable.

—Creo que es usted lo bastante inteligente para ello.

—Bastante inteligente, sin duda. —El tono de Angélique era ligero, como si estuvieran charlando de algo mientras tomaban un cóctel, pero sus ojos eran fríos y calculadores—. No tengo nada que ocultar. Yo no maté a DuPont. Ni a *madame* Lanier, si esa era su siguiente pregunta.

—¿Y a Mathilde? —preguntó Atalanta.

Angélique abrió un poco los ojos.

—¿Mathilde? Murió al caerse del caballo. Fue un accidente.

—Eso dice todo el mundo. Pero el médico observó que la lesión podría haberse producido por un golpe en la cabeza. ¿Discutió usted con ella? ¿La golpeó y luego hizo que pareciera que la había tirado el caballo?

—No. Nunca discutimos, solo nos divertíamos. Éramos muy buenas amigas. —Angélique hizo rodar el cigarrillo entre los dedos—. No tenía motivos para desearle nada malo.

—Estaba enamorada de Gilbert.

Angélique se rio.

—No todas podemos estar enamoradas de Gilbert. Le dejo el puesto a la pobre Louise. Y usted, *mademoiselle* Atalanta, ¿también encuentra atractivo al conde? Oh, no, está enamorada de Raoul; más interesante porque es distante, porque hace cosas peligrosas.

Atalanta sintió un molesto rubor.

—Yo no... —balbuceó.

Angélique la detuvo con un gesto de la mano.

—No la culpo. Le deseo lo mejor. Quédese con él por el momento; nunca se quedará con usted, pero será una buena compañía mientras dure. Doy fe.

A Atalanta se le encogió el corazón ante la idea de que Raoul fuera a estar con ella por pasar el tiempo y luego la abandonara. Pero ese escenario solo existía en la mente de Angélique. Raoul y ella habían unido sus fuerzas para ayudar a Yvette. Nada más.

—Intenta distraerme con su astucia del tema de nuestra conversación.

—Su conversación. Usted la empezó y puede terminarla hablando con la vajilla de la mesa. Me voy. —Angélique se levantó y se dirigió a la puerta, sorprendentemente firme sobre sus pies.

Atalanta dijo:

—No nos engaña su actitud de despreocupación. Sí le importa, por Gilbert y por los problemas que tiene en la voz. Por haber tenido que vender sus caballos, en especial el saltador que tanto la entusiasmaba.

Angélique palideció.

—Conoce todos mis secretos.

—Solo intento ayudar.

—¿Ayudar? Entonces váyase y déjenos en paz. No tiene nada que hacer aquí. No habrá ninguna boda, ninguna actuación.

Arriba algo se estrelló contra el suelo. «¿O alguien?».

Atalanta miraba al techo con el corazón acelerado. Raoul creía que podía evitar un asesinato, pero ¿y si quedaba atrapado entre el ansioso amante y el iracundo prometido?

—Se lo dije. —Angélique consultó su reloj—. Sangre en diez minutos.

23

Atalanta subió corriendo y encontró a Victor en el suelo del pasillo frotándose la mandíbula. Gilbert se puso a su lado y le dijo:

—No vas a huir con ella. No tienes medios para mantenerla, solo echarás a perder a una chica decente. Nunca tendrá otra oportunidad de casarse bien. Puede que ya no la quiera, pero no dejaré que lo hagas.

Raoul se puso a su lado y le dijo a Atalanta:

—Victor se merecía ese golpe.

Atalanta negó con la cabeza.

—¿Dónde está Eugénie?

—La he encerrado en su habitación.

Madame Frontenac avanzó hacia ellos y le espetó a Victor:

—Si intentas huir con ella, haré que te busque la policía y te acuse de secuestro.

—Su hija es mayor de edad y puede tomar sus propias decisiones. Ya no es una menor que necesite un acompañante.

—Pero su dinero sigue estando bajo nuestro control —dijo *madame* Frontenac—, y ella lo sabe. Lamento destruir la bonita imagen que tienes de ella, querido muchacho, pero Eugénie se preocupa más por sus vestidos, sombreros y pendientes de lo que nunca lo hará por ti.

Se dirigió a su habitación y cerró la puerta con suavidad.

Victor se quedó aturdido y Raoul se echó a reír.

—Te ha pillado, querido muchacho. —La repetición de las expresiones burlonas de *madame* Frontenac hizo que a Victor se le pusieran rojas las orejas.

Gilbert pareció recobrar el sentido. Se irguió frotándose la mano.

—Necesito un trago... —murmuró, y se marchó.

Raoul lo observó preocupado.

—Será mejor que le haga compañía.

Victor se puso en pie.

—Creo que es mejor que me vaya antes de causar más problemas. —Miró por el pasillo y vio llegar a Louise.

—Oh, no. —Corrió en la dirección opuesta.

—No puedes irte —chilló Louise—. Podrías ser un asesino. La policía quiere hablar contigo. Les hablaré del hermano de Yvette. Lo odiabas, y a ella también. Pusiste el cuchillo en su estuche de pintura. Tienen que tomarte las huellas dactilares. ¡Eh!

Atalanta la detuvo colocándose en su camino.

—Por favor, Louise. Es, con diferencia, la persona más sensata e inteligente de esta casa. No se deje arrastrar por este caos de emociones. Mantenga el orgullo.

Louise pareció querer protestar, pero luego respiró hondo y dijo:

—Por supuesto, tienes razón. Soy la más sensata e inteligente, siempre lo he sido. No soy propensa a la histeria. No debería dejarme engañar por este inútil estafador. Nunca amé a Victor, solo lo fingía porque era algo que enfurecía a Eugénie.

—¿Ama a Gilbert? —preguntó Atalanta en voz baja.

Louise la miró directamente a los ojos.

—Lo hice, una vez. Pero pronto me di cuenta de cómo era. No le importan las personas, solo las cosas.

Se dio la vuelta y se marchó con la cabeza bien alta.

Atalanta asintió para sí misma. Sí. Varias personas habían dicho lo mismo, aunque lo habían expresado de distinta manera. Gilbert, conde de Surmonne, se preocupaba por el arte, el dinero y las posesiones por encima de todo. Eso era lo que lo definía.

Aun así, todas esas mujeres celosas se equivocaban en una cosa: era posible que el conde no se enamorara, pero valoraba la familia, los lazos de sangre. Amaba a Yvette, quería protegerla. Lo había hecho todo por ella. Había...
—¡*Mademoiselle*! Teléfono.
Una criada se acercó a ella. Atalanta bajó enseguida.
—¿Sí?
—Aquí Renard. Enseguida empecé a investigar lo que me encargó; tengo contactos que me deben favores y han sido de gran ayuda. —Renard sonaba satisfecho—. La fortuna de *madame* Lanier irá a sus parientes, ni un franco al conde. Y el dinero de Yvette, el que heredó cuando murió su madre, solo está al cuidado del conde hasta que la muchacha cumpla dieciocho años. Si muere antes, él perderá el control y revertirá en su hermano.
Así que el conde nunca había tenido interés por dañar a Yvette. La chica todavía no era mayor de edad, tenía dieciséis años. Aún tenía el control de su dinero y le quedaban dos años más. No querría que la condenaran, juzgaran o ahorcaran.
Él...
Atalanta apretó el auricular. Miró a su alrededor y habló en voz baja para que no la oyeran:
—¿Qué pasaría si a Yvette la consideraran incapaz para controlar su propio dinero? —El corazón le latió más deprisa.
—Entonces el conde continuaría administrándolo. Su hermano tiene dinero propio y su madre quería que Yvette tuviera algo para ella.
—*Merci*. Es muy interesante.
Atalanta contempló la magnífica vista de París sobre su cabeza. Giró sobre los talones y contó los objetos de arte que había en el pasillo, las cosas que el conde guardaba y de las que nunca había querido desprenderse.
Nunca... ha vendido para sacar provecho.
Dinero.
«La raíz de todos los males. ¿Es esa la respuesta?».

Una explicación comenzó a presentarse ante ella como la niebla que se levanta despacio de la tierra a primera hora de la mañana convirtiendo formas vagas en contornos definidos. Sí, ahora lo veía. Todo encajaba. Todos los pequeños detalles que parecían no tener sentido.

Pero ¿cómo podría demostrarlo?

Renard hablaba a lo lejos. Ella dijo:

—Perdone, ¿qué estaba diciendo?

—Su abuelo tenía un lema, *mademoiselle*. «Si estás cazando un zorro, debes tener la astucia de un zorro. Si estás cazando un lobo, debes tener la fuerza de un lobo. Si estás cazando a un asesino, debes ser tan despiadado como él y estar decidido a completar lo que empezaste. A toda costa». —Añadió tras un momento de silencio—: Este es su primer caso. Debe mezclar determinación con cautela. No se enfrenta a un ladrón o a un impostor, sino a alguien que no ha dudado en recurrir a la violencia. Varias veces.

—Lo sé. —Atalanta lo dijo con una pesadez en su interior, pero al mismo tiempo con la convicción de que por esa misma razón tenía que detener a ese asesino.

Un hombre así no podía seguir libre. Tenía que arriesgarlo todo, incluso su vida, para resolver el caso. Se lo debía a la chica que una vez le preguntó por qué le importaba.

«Porque lo más terrible de la vida no es tener problemas o tener que luchar para sobrevivir. Es asumir que nadie te ve, que no le importas a nadie».

Es posible que alguna vez ella misma se hubiera sentido así. Pero no en aquel momento. Le dijo a Renard:

—No se preocupe por mí. Tengo un aliado secreto, no estoy sola.

24

Raoul había dicho que era un plan de locos y que nunca funcionaría, pero Atalanta había insistido en que era la única manera.

—¿Me ayudará o no?

Raoul había accedido con un suspiro y había dado instrucciones al mozo de cuadra al que le habían pedido ayuda; después de todo, no querían hacer ningún daño real.

A Atalanta el corazón le latía con fuerza. Era tan peligroso y a la vez tan estimulante...

Cuando el humo empezó a extenderse por el pasillo, golpeó las puertas y gritó:

—¡Fuego! La casa está ardiendo.

La gente comenzó a chillar; pronto se abrieron las puertas y las figuras a medio vestir bajaron corriendo. Atalanta se escondió en un rincón y observó la puerta del dormitorio del conde. Apareció en bata de raso y se dirigió... no a las escaleras, sino a su estudio, a la habitación donde guardaba sus piezas más preciadas.

Donde no permitía que nadie entrara.

Atalanta lo siguió sigilosa. Él entró. Ella esperó. El humo ya se estaba disipando. Raoul no había corrido riesgos y le había pedido al mozo de cuadra que rociara la paja con agua.

Dentro se oyó el tintineo metálico que ella esperaba.

Empujó la puerta. El conde estaba de pie sobre una mesa pegada a la pared. Había quitado un óleo que colgaba allí y había abierto la caja fuerte que se escondía detrás. Estaba metiendo puñados de papel en una gran bolsa de cuero.

—Estoy segura de que Yvette estará encantada de que salve su herencia del fuego —dijo Atalanta con sorna.

El conde dejó caer la bolsa. Los papeles salieron disparados y se esparcieron por el suelo. Eran bonos al portador.

—¿O debería decir lo que queda de ella? —Atalanta le sostuvo la mirada—. Ha gastado una parte considerable en obras de arte. Arte que anhela, arte que pretende vender a las galerías, pero a menudo le gusta tanto que se lo queda. Y necesita más dinero para comprar nuevas piezas. Yvette no lo sabrá hasta que tenga dieciocho años, aún faltan dos. Y... si se descubriera que es inestable y no es capaz de manejar el dinero, usted seguiría al cargo. Ella nunca tendría que saber que lo ha gastado.

El conde la observó con ojos brillantes.

—Pero cometió un error —continuó Atalanta—. Se casó. Su mujer, Mathilde, tenía grandes planes para esta casa; quería cambiar el mobiliario y los jardines. Eso costaría dinero, dinero que no estaba dispuesto a gastar. También le hacía preguntas sobre las ventas que hacía o dejaba de hacer; estaba demasiado encima de usted. Nunca tendría que haberla acogido en su casa, así que, un día que Angélique volvió pronto de un paseo y se dio cuenta de que su mujer estaba sola en un camino peligroso, fue hasta allí. Asustó al caballo y ella se cayó. El caballo corrió y usted la golpeó en la cabeza. Ella murió allí, pero usted no había pasado inadvertido: Marcel DuPont lo vio y luego lo arrestaron por caza furtiva en sus tierras. Quería reunirse con usted y contarle lo que creía saber. Pero usted no fue; estaba distraído o no sabía que quería hablar acerca de la muerte de Mathilde. Pero cuando liberaron a DuPont se convirtió en un problema.

»Vino a Bellevue buscando a Eugénie; ella aún no había llegado. Lo atrajo hacia usted prometiéndole dinero y, mientras lo contaba, lo mató y le quitó el dinero de la mano, pero un pequeño trozo se quedó en su palma. También buscó en sus bolsillos y encontró el artículo sobre su boda y la de

Eugénie. Tal vez contempló la posibilidad de dejarlo allí, ya que podría apuntar a ella o a Angélique, pero no se atrevió a arriesgarse y lo escondió. En lugar del artículo, le puso una concha en el bolsillo para sugerir que el asesinato tenía que ver con la gruta, con los rumores del tesoro. Sabía que Mathilde buscaba un tesoro en el jardín, en la gruta, porque quería saber de dónde sacaba su Creso, su fuente de ingresos, su rico marido. No tendría que haber descubierto que era la herencia de Yvette, por eso la mató. Pero su interés en la gruta servía a sus propósitos, así que dejó que la policía buscara allí; no encontraría nada. Yo también caí en la trampa y pasé tiempo en la gruta, empujando conchas para encontrar una palanca y abrir un compartimento secreto. Pero más tarde comprendí que su tesoro estaba aquí, en su estudio, donde nadie podía entrar. Incluso mantenía alejada a Mathilde fumando en esta habitación, lo que ella tanto odiaba.

El conde no habló. Lo único vivo en sus facciones de mármol eran los ojos.

Atalanta continuó:

—Guardó el cuchillo que había utilizado para apuñalar a DuPont; tal vez le preocupaba deshacerse de él o ya tenía la idea de utilizarlo más tarde para echarle la culpa a alguien. Habría gente suficiente para la boda. *Madame* Lanier apareció y mencionó que Mathilde le había escrito para contarle dónde estaba su verdadero tesoro; le preocupaba que Mathilde le hubiera contado que no vendía mucho y, sin embargo, siempre tenía fondos para comprar más obras de arte. ¿Quizá la señora había tenido tiempo de reflexionar sobre ello y comprender lo que aquello significaba? Si no, ¿por qué iba a asistir a su boda con otra mujer? Estaba preocupado, la había visto salir de la cámara funeraria cuando me enseñó la capilla. Supuso, con razón, que volvería allí y la golpeó en la cabeza creyendo que parecería que se había caído por las escaleras. Pero Yvette me dijo que, cuando colocó el velo en la tumba, no había ninguna mancha resbaladiza ni agua. Usted derramó la de los jarrones que contenían los adornos florales, para completar la ilusión de que se había producido una desafortunada caída. Lástima que al médico no lo convenciera y la policía empezara a armar revuelo. Pero entonces ya había dirigido la atención hacia donde quería: al hacerse el sorprendido ante la idea de que Yvette lo hubiera hecho, nos inclinó a sospechar de ella. Fingió que no quería que lo pensáramos, pero nos metió la idea en la cabeza. Fue perfecto. Toda la gente que era una amenaza fuera del camino e Yvette considerada inestable, implicada, pondría su dinero a salvo en sus manos.

—Es un cuento divertido —dijo el conde—, pero no funcionará. Nunca podrá probar que estos bonos al portador eran parte de la herencia de Yvette.

—No, pero puedo pedir que miren dentro de la caja fuerte del banco que se supone que los guarda y no estarán allí. Usted es el único que tiene acceso. Como alguien me dijo, el banco no puede comprobar el contenido de las cajas de depósito y las cámaras acorazadas, y nadie sabe lo que realmente hay allí.

El conde se rio suavemente.

—Qué inteligente. Supongo que también gritó fuego cuando no lo había. Una trampa. Debería felicitarla, *mademoiselle* Frontenac. ¿O no es Frontenac? ¿Quién es usted realmente?

Atalanta dijo:

—Me llamo Atalanta Ashford y su prometida me contrató para averiguar si había matado a su primera esposa.

El conde parpadeó.

—¿Eugénie pensaba que yo había matado a Mathilde? ¿Por qué?

—Por una carta que Louise le envió para herirla y hacerla infeliz antes de la boda. Louise nunca quiso incriminarlo, solo estropear la felicidad de su hermana.

El conde sacudió la cabeza.

—Qué mezquina.

—Fue un acto impulsado por el deseo. El deseo de Louise por su amor o su deseo por el arte, ¿cuál es la diferencia?

—El arte es más grande que todo lo demás. Supera los sentimientos, supera la vida.

—¿Y eso le da derecho a matar?

—Le aseguro que la pobre mujer Lanier ya estaba en las últimas. Y DuPont era un mísero hombre sin un propósito en la vida. Simplemente robaba y bebía demasiado.

Le hervía la sangre ver cómo despreciaba con arrogancia la vida de los demás.

—¿E Yvette? Una joven vivaz de dieciséis años con toda una vida por delante internada en un manicomio. ¿Cuál es su excusa?

Se quedó inmóvil un momento.

—Nunca tendría que haber llegado a eso. Habría encontrado una obra maestra, la habría vendido y le habría dado el dinero que le correspondía. Lo habría hecho.

—Puede que se haya convencido de esa mentira, pero sabe que nunca habría sido capaz de desprenderse de una verdadera obra maestra si la hubiera encontrado.

El conde empezó a recoger los bonos del suelo y los metió en la bolsa. Dijo:

—Estamos solos aquí, *mademoiselle* Ashford. Los demás han abandonado la casa por miedo al supuesto incendio. No voy a dejarme intimidar por una simple mujer, una empleada. —Cerró la bolsa y luego saltó de nuevo sobre la mesa para cerrar la caja fuerte y volver a colocar el cuadro delante de ella.

Atalanta se sintió abrumada por sus acciones y no supo qué hacer. Se había sentido tan orgullosa de sí misma al exponérselo todo y que él no se lo negara...

—En esta bolsa hay una fortuna en bonos al portador. Puede llevarse una parte si se compromete a mantener la boca cerrada sobre esta fantástica historia que ha montado. ¿Qué le parece?

«¿En serio?». ¿Creía que iba a aceptar dinero a cambio de su silencio?

—No dejaré que Yvette sufra por su avaricia.

—Es una lástima. —Volvió a colocar la mesa en su sitio, ya que se había movido un poco bajo su peso. Luego, con un movimiento rápido, abrió el cajón y sacó una pistola.

«¿Quién había mencionado una pistola de duelo? Debería haberlo recordado. Un error fatal».

El conde apuntó directamente hacia ella.

—Estaba aquí recogiendo algunas obras de arte para salvarlas de la quema cuando entró. Quería robarme. Le disparé. Tuve que hacerlo. Pondré algunos objetos en su habitación para demostrar que estuvo robando todo el tiempo que estuvo aquí haciéndose pasar por huésped. La policía lo creerá. Nunca pensarán que Eugénie la contrató. Ella tampoco lo dirá, se avergonzará de haber pensado eso de mí, sobre todo ahora que Yvette está detenida por los crímenes. Ella odia a Yvette y no puede esperar a verla condenada.

Atalanta tuvo que admitir que podía ser cierto. Se le aceleró el ritmo cardiaco y todos los músculos se le tensaron. No tenía ni idea de lo bueno que era el conde. ¿Podría lanzarse al suelo? Rodar y luego...

El conde añadió:

—Fue un placer conocerla, *mademoiselle* Atalanta. Fue una digna oponente.

A pesar de su precaria posición, una cálida sensación recorrió el pecho de Atalanta. Había resuelto el caso y su abuelo habría estado orgulloso de ella.

—Yo que tú no apretaría el gatillo —dijo una voz.

Atalanta lo esperaba y, aun así, se sobresaltó. El conde se quedó clavado en el suelo, mirando fijamente a Raoul, que había aparecido en la puerta. Apuntaba al conde con una pistola.

«¡No!». No le había dicho a Atalanta que llevaba un arma consigo.

¿Y si un intercambio de disparos los dejaba a ambos heridos o muertos?

Raoul dijo:

—Robar para pagar el arte que quieres es una cosa, Gilbert, pero dejar que encierren a una joven inocente entre enfermos mentales para seguir robándole es increíble. Me gustaría pegarte un tiro ahora mismo, o tal vez golpearte donde más te duela.

—Raoul, por favor —dijo Atalanta.

Su ira reverberó por toda la habitación y en su propio pecho, donde concentraba su ira contra aquel conde insensible y codicioso. Pero Raoul no debía dar un paso que no tuviera marcha atrás.

—No dispares, Raoul. Te arrestarán.

El conde aprovechó el momento en que ambos estaban distraídos para lanzarse al vacío. Con la bolsa en la mano, logró rodar por el suelo detrás del escritorio y terminó de pie cerca de la ventana. La abrió de par en par y salió por ella al balcón.

—¡Vuelve aquí!

Raoul bajó la pistola y corrió hacia la ventana. Atalanta estaba allí un instante antes que él. Ambos se asomaron. El conde trepaba ágilmente de un balcón a otro.

—Hay uno con celosías —gritó Raoul—. Cree que puede bajar por ahí.

Salieron corriendo de la habitación, recorrieron el pasillo, bajaron las escaleras y salieron por la puerta principal. Los demás huéspedes estaban muy juntos, vigilando la casa como si esperaran que salieran llamaradas por las ventanas o el tejado. Cuando vieron salir corriendo a Atalanta y Raoul, se quedaron boquiabiertos.

Raoul señaló al fondo.

—El desgraciado ya está en el césped. Esprinta como un galgo.

—Se está jugando la vida —dijo Atalanta con sorna.

Corrieron tras Gilbert por los estrechos senderos, agachándose bajo los zarcillos colgantes, rodeando las estatuas y saltando por encima de los setos de boj.

El conde conocía bien su jardín y lo convirtió en una carrera de obstáculos para sus perseguidores.

Atalanta llamó a Raoul:

—Aquí, a la izquierda. Un atajo.

Siguió su consejo de inmediato y corrieron por el sendero.

—Ahí está —señaló Atalanta.

Raoul se lanzó. Consiguió golpear con la mano la rodilla del conde. El hombre gritó de dolor y dejó caer la bolsa de cuero. Se agarró a ella, pero Atalanta tenía el otro extremo y tiró.

—Ríndase, Gilbert. Se acabó.

—Puedo recompensarla generosamente si me deja ir.

—El dinero no significa nada para mí —dijo Atalanta—, pero la justicia sí. —Apartó la bolsa.

El conde se quedó con las manos vacías, manteniendo el peso sobre su rodilla herida. No hizo ningún otro intento de huir.

Raoul le apuntó con la pistola y le dijo:

—Atalanta, átale las manos a la espalda. Usa el cinturón de su bata.

—Ya lo había pensado —dijo Atalanta.

Se acercó al conde con cautela, aunque él parecía haberse rendido. Cogió su cinturón y le ató las manos. Mientras se aseguraba de que los nudos estaban bien apretados, le preguntó:

—Dígame una cosa, conde. ¿Ha merecido la pena? Tres asesinatos con los que ha condenado a una joven a un futuro terrible.

—Ese no era el plan. —El conde sonaba abatido.

Levantó la cabeza y miró su casa a lo lejos. Aquella hermosa casa blanca que Eugénie había calificado de perfección. Pareció que se daba cuenta de que ya no viviría allí, de que ya no disfrutaría de sus paseos y cabalgadas entre la lavanda; de que era la última vez que contemplaría su gloria silenciosa y se presentaría allí como Gilbert, conde de Surmonne; de que pronto saldría en los periódicos; de que los periodistas escribirían sobre él.

Ya no era un ser humano, sino un espectáculo. Un convicto y, tras el juicio, un hombre muerto.

—Ese no era el plan —repitió—. Pero, una vez que empiezas, tienes que seguir. No hay vuelta atrás.

Raoul se guardó la pistola en la cintura y cogió al conde por el brazo.

—Vayamos hasta la casa, llamaré a la policía. —Luego le dijo a Atalanta—: También deberíamos decirles a nuestros desconcertados invitados que nunca hubo un incendio real.

—Eugénie se enfadará tanto por haber tenido que soportar el frío sin motivo... —dijo Atalanta. La tensión nerviosa se liberó en la necesidad de reírse a carcajadas de toda la situación.

—Y *madame* Frontenac nunca creerá que su codiciado futuro yerno es un asesino.

—Ni siquiera yo lo creo. Pero ha presentado un caso convincente..., ¿*mademoiselle* Frontenac? —El signo de interrogación era más juguetón que serio, ya que él probablemente había oído que le había revelado su verdadera identidad al conde.

Sin embargo, Raoul se detuvo y le tendió la mano libre.

—Raoul Lemont.

Atalanta la estrechó.

—Atalanta Ashford.

Se sintió gloriosa al reivindicar su verdadero nombre, que también era el de su abuelo, el hombre que había detectado su talento para la investigación y había dado un nuevo rumbo a su vida.

25

La policía había enviado a un jefe de policía muy escéptico, Chauvac, pero, tras revisar la bolsa que llevaba el conde y escuchar la corroboración de Raoul de lo revelado por Atalanta, empezó a tomarse el asunto más en serio. Llamó a París para que los abogados investigaran la situación exacta de la herencia de Yvette Montagne, ordenó a la policía parisina que fuera al banco y exigiera echar un vistazo a la caja fuerte donde se suponía que estaban sus bonos al portador, también pidió más detalles de las transacciones de arte para ver si el conde había hecho realmente ventas que pudieran justificar su fortuna.

Quería entrevistar a todos los invitados sobre lo que había ocurrido después de la detención de Yvette, y a nadie le hizo gracia tener que quedarse despierto para responder las preguntas, excepto a Louise, que le contó al jefe de policía lo que el hermano de Yvette le había hecho a Victor por puro rencor.

Atalanta y Raoul, una vez prestada declaración, se sentaron en la biblioteca con el jerez que Raoul les había servido de la licorera del conde.

—Me pregunto —dijo mirando los libros— a quién pertenecerá todo esto ahora que va a morir en la horca. No tiene hijos y sus padres han fallecido. Su hermano tampoco vive y...

—Creo que serán Yvette y su hermano los que heredarán —respondió Atalanta—. Me parecería una especie de justicia poética que los objetos de arte comprados con su herencia pasaran ahora a su haber.

—Dudo que Yvette aprecie la ironía. A su manera se preocupaba por Gilbert y estará muy disgustada al saber lo que le hizo.

—Pero también se sentirá aliviada por que la muerte de Mathilde no haya sido culpa suya. Ese perrito suyo siempre está correteando y puede que pensara que había asustado al caballo.

Raoul asintió.

—Pobre chica. Nunca tuvo un hogar en ningún sitio. ¿Qué hará ahora, con este juicio pendiendo sobre ella?

—Debería viajar —dijo Atalanta con convicción—. Viajar lo mejora todo. Otros lugares que ver, cosas que hacer, gente que conocer. Necesita una compañera sensata que la cuide y todo irá bien. Al menos, será mejor de lo que ha sido.

Raoul levantó su copa.

—Brindo por ello. —La estudió—. Atalanta Ashford. ¿No estarás emparentada con Clarence Ashford?

—Era mi abuelo.

—Debería haberlo sabido enseguida. Una vez resolvió un asuntillo en una carrera en la que yo competía. Un hombre muy inteligente y con mucho tacto. Pero ¿has dicho «era»? ¿Ha fallecido?

—Sí. Heredé esta tarea. Eugénie quería a mi abuelo, en realidad, pero me consiguió a mí.

Raoul la miró.

—Qué interesante. ¿De verdad eres concertista de piano?

—Enseñé música y francés en un internado suizo, pero ya no tengo que hacerlo.

Comprendió las implicaciones, pero no hizo preguntas, porque habría sido descortés, supuso ella.

—¿Qué vas a hacer ahora?

—No tengo ni idea. Ver algunas ciudades magníficas, supongo. —Deseó que la invitara a Roma o a la Toscana, que le mostrara el país que era la mitad de su herencia para descubrir su belleza a través de sus ojos, pero no estaba dispuesta a presionarlo para ello.

—¿Moscú quizá? —preguntó Raoul. Le brillaron los ojos—. Ya conoces el idioma, a juzgar por tu clave.

—¿Estuviste en mi habitación registrando mis cosas? —Atalanta lo miró fijamente. Con el ajetreo de las últimas horas se había olvidado de todo aquello—. ¿Por qué me dejaste fuera, en el balcón?

—Solo quería asegurarme de que no me pillabas en el acto. Tenía intención de volver a abrir las puertas antes de irme, pero tus notas me despistaron y oí la voz de Angélique en el pasillo mientras la criada la llevaba a su habitación, junto a la tuya. Quería hablar con ella, así que salí corriendo. Más tarde me di cuenta de que no había abierto las puertas. Supongo que debo disculparme.

Atalanta no sabía si enfadarse por que se hubiera atrevido a registrar sus pertenencias o reírse de su atrevida confesión. Y no había sido capaz de descifrar su código. Estaba orgullosa de sí misma.

Llamaron a la puerta y entró Eugénie.

—Oh, lo siento, pero... ¿podría hablar contigo un momento?

Atalanta salió con ella. Eugénie dijo:

—Te ocupaste de mi caso y, aunque resultó muy diferente de lo que yo esperaba, estoy agradecida por lo que encontraste. Ahora no tengo que casarme con este... monstruo. Incluso *maman* lo ve. Sin embargo, no puedo pagarte por tus servicios, pues *maman* me ha quitado mi dinero y mis joyas para que no me fugue con Victor.

—No necesito dinero, me sobra. —Atalanta sonrió—. Me alegro de que mis servicios te hayan parecido satisfactorios.

—Quiero olvidar todo este desafortunado asunto. Voy a pedirle a *maman* que me lleve a Viena o a algún sitio donde no nos llegue ninguna información. Y Françoise y Louise no pueden venir, tienen que encontrar su propia distracción. —Se marchó sin despedirse.

Atalanta ya se imaginaba a Eugénie y a su madre en Viena discutiendo sobre qué ver y hacer, y a quién conocer o evitar.

Volvió a entrar en la biblioteca y encontró a Raoul de pie junto a una de las estanterías, hojeando un gran volumen.

—*Asesinatos medievales* —leyó Raoul el lomo—. *Una historia de los casos de asesinato más sensacionales.* ¿Crees que nuestro conde se inspiró aquí?

—Lo dudo. Simplemente, se le presentó la oportunidad. Mathilde quería montar un caballo que no podía manejar. Este la había tirado antes, así que no parecería sospechoso. El conde incluso esperó a que hubiera un invitado para completar su plan, la mejor tapadera posible, y una distracción, por si surgía alguna sospecha.

—Aun así, no entiendo —dijo Raoul— por qué Angélique no la acompañó. Es una buena amazona.

—Exactamente por eso. Ella corre riesgos, pero no está dispuesta a exponer al caballo. Especialmente cuando el caballo no es suyo.

Raoul asintió.

—Tiene sentido. —Le sonrió y volvió a coger su vaso—. Por el futuro, *mademoiselle* Ashford. Un futuro en el que puedas viajar tanto como quieras.

«Y en el que ayudaré a la gente en la medida de mis posibilidades», añadió Atalanta para sí misma.

Al fin y al cabo, ahora había descubierto que esas habilidades eran incluso mejores de lo que nunca había esperado. Podía seguir los pasos de su abuelo y conocerlo cada vez más a través de la pasión por los rompecabezas que compartían.

Pasión por proteger a los inocentes y llevar a los culpables ante la justicia.

Un juego estimulante en el que pensar con antelación era tan importante como confiar en su instinto para que la guiara en la dirección correcta.

Raoul se acercó a ella y le acercó su copa. La miró fijamente a los ojos.

—Nunca he oído a una mujer hablar de asesinato con tanta pasión, *mademoiselle* Ashford.

¿De verdad había dicho eso? ¿O se lo había imaginado? ¿Un eco de sus fantasías de antaño?

No necesitaba seguir fantaseando, pues ahora su vida prometía estar llena de misterios y aventuras.

Estaba impaciente por ver lo que le esperaba.

Agradecimientos

Como siempre, doy las gracias a todos los agentes, editores y autores que comparten en internet información sobre el proceso de escritura y publicación. Un reconocimiento especial a mi fabulosa editora, Charlotte Ledger, que comprendió de inmediato adónde quería llegar con esta serie y cuyos excelentes comentarios me ayudaron a dar vida a Miss Ashford de forma aún más vívida. Gracias también a todo el equipo de One More Chapter por su trabajo, y a Lucy Bennett y Gary Redford por la maravillosa ilustración de la portada, que capta a la perfección el espíritu de la serie.

La primera semilla de esta serie se plantó hace años en unas vacaciones en Suiza, donde, durante un paseo, pasé por delante de un cartel que explicaba que el hermoso edificio que había detrás había albergado en su día un internado internacional. Como mi cerebro de escritora siempre está trabajando, esté donde esté, pensé que sería maravilloso hacer algún día algo con el escenario de un internado internacional frente a las gloriosas montañas suizas. Y cuando Atalanta Ashford se me presentó, trabajaba en un internado internacional, y a partir de ahí se desarrolló su aventura.

Bellevue es ficticia, aunque sus bellos elementos se basan en la vida real; por ejemplo, la gruta de las conchas con sus motivos mitológicos, que podían encontrarse en muchas casas solariegas e incluso en palacios reales. Si alguna vez tienes la oportunidad de ver una, hazlo: ¡merece la pena!

www.ingramcontent.com/pod-product-compliance
Lightning Source LLC
LaVergne TN
LVHW040135080526
838202LV00042B/2913